LES PAPILLONS NOIRS

DU MÊME AUTEUR :

Le Secret de Robert le Diable, François Bourin, 1991.
Le Testament du Docteur Lamaze, médecin accoucheur, Jean-Claude Lattès, 1999.
Le Syndrome Nerval, Jean-Claude Lattès, 2010.

www.editions-jclattes.fr

Caroline Gutmann

LES PAPILLONS NOIRS

Roman

JC Lattès

Maquette de couverture : Le Petit Atelier
Illustration de couverture : © Loui Jover
Carte du carrefour des morts : © Y. Giraud (1986/1989)

ISBN : 978-2-7096-6185-0

Première édition mai 2018.

À Benjamin et à Pierre.

« Les pierres ne doivent jamais être posées sur le sol. Il faut toujours qu'elles soient quelque peu enfouies. Car la pierre possède une tête, une queue et un dos et son ventre a besoin de la chaude obscurité de la terre. La pierre n'est ni morte ni muette. Elle entend le choc des vagues, le clapotis du lac, le grondement du torrent et elle se plaint si elle est malheureuse, d'une plainte qui déchire le cœur du poète. »

Michel Tournier, *Les Météores*

LE SANCTUAIRE DES PAPILLONS

1.

Ils sont apparus une nuit. Difficile de retrouver la date, c'est encore confus dans ma tête. À demi endormie, j'ai soudain vu voler devant moi d'étranges papillons noirs. Ils agitaient doucement leurs ailes, de longues ailes qui semblaient effilochées. Puis ils se sont figés, se transformant en branchages d'une armée d'arbres morts.

J'ai pressé très fort les paupières pour les faire disparaître. La manœuvre a fonctionné et j'ai retrouvé la douce obscurité de mes nuits. Je pensais en être définitivement débarrassée mais le bruissement d'ailes est vite revenu. Quand mon médecin m'a montré sur les clichés du scanner une grosse tache qui envahissait mes méninges, menaçait mes nerfs optiques et mes fonctions vitales, j'ai tout de suite compris qu'on avait trouvé le repaire de mes papillons noirs.

Je n'ai bien sûr parlé de rien à mon médecin. La vie secrète de mon cerveau ne le regardait pas et, paralysée sur ma chaise, la bouche fermée, je l'écoutais me dire qu'il n'y avait pas de temps à perdre pour traiter ce qu'il appelait mon « méningiome ». Trois jours plus tard, un rendez-vous était pris en neurochirurgie à Sainte-Anne avec le professeur T. J'étais entre de bonnes mains.

Pendant deux semaines, je ne touchai mot à personne. J'avançais comme un fantôme, trompant mon monde car mes automatismes fonctionnaient encore. Ce n'était pas aux dirigeants de l'agence Newbirth, avec lesquels je travaillais sur la création de nouveaux concepts télévisuels, que j'allais parler de l'état de mes méninges. Nous étions en état de guerre et, peu importait que mon cerveau soit peuplé d'animaux bizarres, du moment que ma production plaise aux « cibles captives » et torpille celle des sociétés rivales. Du côté familial, mes parents reposaient sous terre, mon fils aîné terminait un stage à Londres, le second disputait des tournois de tennis dans le sud de la France et mon amoureux du moment était en retraite pour préparer son séminaire annuel sur « le renoncement de soi et l'ouverture au cosmos », un sujet qu'il déclinait sous de multiples formes et qui lui assurait une rente à l'année. Pour le reste, j'évitais mes amis et déclinais toutes les sorties sous prétexte de travail excessif. Il y en avait bien une qui sentait le subterfuge et qui me harcelait au téléphone mais son départ pour la Grèce, son pays d'origine, mit fort heureusement fin à ses suspicions.

À force de ne pas en parler, j'aurais presque pu oublier le mal qui avait pénétré dans ma tête. Je me levais, mangeais, me montrais efficace et performante dans mon travail et terminais la soirée par une séance de cinéma en solitaire. N'était-ce pas là la vie banale d'une célibataire ?

Le seul problème résidait dans le fait que je n'étais plus seule. Ils me rappelaient chaque nuit leur présence, toujours plus nombreux et envahissants, prêts à tout pour m'emprisonner dans l'enchevêtrement de leurs ailes.

2.

Le jour de mon rendez-vous à Sainte-Anne, l'écran de la télévision resta noir. J'avais pourtant changé d'opérateur et cela continuait à ne pas fonctionner. Il y avait eu l'iPad et la machine à laver quelques semaines auparavant, et maintenant c'était au tour de la télévision. Cela me donna un sale sentiment, celui de me sentir déréglée de l'intérieur et de propager mon désordre autour de moi, mais je chassai vite ces mauvaises pensées, connaissant trop mon goût pour les signes « révélateurs » que j'aurais même pu lire sur une feuille blanche.

Le professeur T. m'attendait à 11 heures. J'entrai par la rue Cabanis. On me remit un plan du site après avoir fouillé mon sac. J'eus un instant l'impression d'être une simple touriste à la découverte du grand temple de la neurologie. Mais l'illusion dura peu. Je passai devant un terrain de tennis qui semblait abandonné, puis un joli jardin sur la gauche où des médecins, ou peut-être des malades, se prélassaient sous le soleil éclatant de cette fin mai ; je n'y prêtai pas attention, uniquement préoccupée à atteindre le bâtiment Raymond Garcin. J'étais sur l'allée Paul Verlaine mais il fallait que je trouve le chemin Guy de Maupassant. Sur quelle route Lacan avait-il fait ses études de cas ? Une question à remettre à plus tard, décidai-je quand, enfin, je pénétrai dans le bâtiment dédié à la neurochirurgie.

L'enregistrement à l'accueil se fit rapidement. J'étais surprise de me voir sourire en sortant ma carte Vitale et de parvenir à remplir tous les papiers idoines avec facilité, comme si de rien n'était, alors que j'étais paralysée par la peur. On me dirigea vers la salle B où je m'assis à côté d'une rangée de patients.

L'attente se prolongeait. Il y avait deux hommes qui avaient la même tonsure au crâne, une longue balafre qui leur mangeait la moitié de la tête. J'allais donc ressembler à cela. Je ne savais plus où poser mes yeux. En face de moi, un vieux monsieur accompagné de son épouse ne cessait de me fixer. Il avait l'air mal en point avec sa grosse écharpe qu'il tenait autour de son cou alors qu'il faisait si chaud. Ne sachant plus où me réfugier, je sortis mon portable, pianotant au hasard sur les touches, faisant défiler sans les lire mes derniers e-mails. Je me l'étais déjà répété : les méningiomes étaient des tumeurs cérébrales bénignes dans la plupart des cas. Un coup de chirurgie, un bon mois de convalescence et j'en serais débarrassée. Une jolie petite femme d'une cinquantaine d'années se dirigea vers la sortie. Elle semblait alerte et ne portait aucune marque disgracieuse. Cela me rassura et je me levai presque soulagée quand on prononça mon nom.

Le médecin en face de qui je m'assis était jeune. Trente-neuf ans, comme je l'avais appris sur Internet. Toutefois, sans qu'il ait à faire d'efforts, il dégageait une force tranquille qui inspirait la confiance à son interlocuteur et lui faisait comprendre qu'il avait toute l'autorité que lui conférait son titre de professeur.

Pendant qu'il discourait sur mon état de santé, je regardais ses mains. Elles étaient petites, avec des ongles bien coupés, carrés comme j'aime chez les hommes. Quels gestes feraient-elles en tenant le bistouri pour ouvrir mon crâne ?

Les paroles du professeur T. glissaient sur moi sans que je réagisse. J'avais une tumeur, non cancéreuse selon toute probabilité, mais elle était grosse, envahissante et mal placée. Il n'y avait pas de temps à perdre pour l'enlever car les prochaines échéances étaient l'épilepsie, puis le coma, un scénario peu réjouissant, j'en convins avec lui.

L'opération durerait quatre heures et comportait des risques à ne pas sous-estimer. Paralysie partielle ou totale, encombrement de la parole, troubles de la mémoire. Cela atteignait, bien sûr, un tout petit pourcentage de malades, mais il fallait le prendre en compte car on ne touchait pas une région anodine de l'anatomie.

La consultation allait prendre fin. Les mots sortirent alors difficilement de ma bouche mais je les énonçai clairement. Si je devais faire partie du tout petit pourcentage de patients qui, suite à l'opération, terminaient leur vie en légume, je refusais tout acharnement thérapeutique. Comment pouvais-je faire savoir ma décision ? Le professeur T. resta silencieux un instant puis reprit. Rien ne m'empêchait d'écrire une lettre précisant ma volonté de ne pas être maintenue en vie en cas de défaillance opératoire, lettre qui serait versée à mon dossier et activée si la situation le demandait.

J'acquiesçai vivement. Le professeur T. avait marqué un point.

3.

De retour chez moi, je fus accueillie par mon vieux chien : Pedro, quinze ans, huit kilos, mélange de bichon et de caniche. J'avais hérité de ce dernier à la mort de maman et ne lui avais pas donné plus d'un mois de survie après la disparition de sa maîtresse. Pourtant il s'accrochait à la vie depuis près d'un an, chaque jour plus mal et handicapé, mais toujours plus aimant.

Son regard me faisait du mal. Il avait le même quand maman attendait la mort si longue à venir. Des images noires affluèrent alors dans ma mémoire, des images dont le souvenir me paralysait. Cette nuit à attendre la fin à laquelle elle aspirait tant et le bruit insoutenable de son souffle qui ne s'arrêtait pas.

Je me sentais défaite, incapable de penser ou d'articuler un mot. Aux aboiements de Pedro, je compris que c'était l'heure de la soupe et, comme un robot, j'écrasai sa pâtée sur l'assiette « nounours », anciennement destinée aux enfants et qui lui était désormais attribuée, avant de m'enfermer dans ma chambre et me mettre au lit.

Qu'allais-je dire à mes deux fils ? Le professeur T. ne m'avait rien caché : une opération très lourde suivie de trois mois de convalescence avec interdiction de quitter Paris avant la mi-août. Tous nos projets de vacances tombaient à l'eau sans compter, bien sûr, le risque de devenir une mère impotente et à la charge de ses enfants.

Depuis leur départ respectif, mes deux garçons m'appelaient chaque matin vers 8 heures, l'heure à laquelle j'étais censée partir au bureau, ce que je ne faisais plus depuis l'annonce de ma maladie, mais ils n'en savaient rien. Demain matin, le même scénario se reproduirait. Je les avais épargnés jusque-là. N'était-il pas préférable de les laisser vivre dans l'insouciance et attendre leur retour avant de leur dire la vérité ? De toute façon, je m'en sentais incapable à l'heure présente. Il fallait attendre, gagner du temps, me reprendre. La secrétaire du professeur T. devait me donner prochainement la date de mon hospitalisation. J'allais pouvoir organiser mon absence, prévoir pour eux un ersatz de vacances et surtout, ne pas leur montrer de signe de faiblesse. Un enfant n'est pas là pour soutenir ses parents.

Depuis toujours, je veillais à leur épargner le récit de mes aventures médicales passées. Cette partie de ma vie ne les concernait pas. J'avais tout fait pour la mettre entre parenthèses, car, malgré tous les discours lénifiants, je savais pertinemment que, dans notre société, la maladie n'est pas une force mais une tare qu'il faut cacher. Il y avait bien eu il y a dix ans mon problème au sein. Je dis problème car je ne veux pas dire cancer. Or ce dernier n'avait aucun lien avec le premier, celui de mes dix-neuf ans, tellurique, dévastateur. C'était banal chez une femme de quarante-cinq ans d'avoir une trop forte densité mammaire, et des microcalcifications qui proliféraient. Cela provenait-il de la prise de la pilule ou des sels d'aluminium dans les déodorants ? Personne ne le savait et il y avait des colloques pour en débattre. J'avais frôlé le drame de peu mais on avait posé le diagnostic à temps. Les ganglions sentinelles sous les bras n'étaient pas touchés. Pas de chimiothérapie, juste un bon coup de chirurgie. Pas très agréable mais j'avais connu tellement pire.

C'était la période des grandes vacances. Les enfants étaient loin et les bruits des vagues faisaient diversion. À leur retour, je cachai mes cicatrices. Le bon point : j'étais hors de danger.

Je croyais alors avoir maintenu la maladie à distance et puis soudain, sans crier gare, elle se rappelait aujourd'hui à moi de la plus étrange des façons, comme un effet de boomerang, plus de trente ans après la « première fois ».

N'ayant jamais entendu parler de « méningiome », j'avais en effet enquêté sur le net, me préparant ainsi à mon rendez-vous avec le professeur T. Comment se formaient ces drôles de petites boules qui se logeaient dans notre tête et menaçaient notre vie ? La médecine est bavarde sur la toile et les publications scientifiques sur les méningiomes nombreuses. Je savais qu'il fallait prendre ces informations avec prudence mais à l'issue des descriptions des différentes typologies de tumeurs revenait systématiquement, comme un des éléments déclencheurs les plus fréquents, la radiothérapie.

Je n'en croyais pas mes yeux. À l'âge de dix-neuf ans, à l'issue de douze mois de chimiothérapie pour une très sérieuse maladie du sang, j'avais reçu sur le crâne des rayons. Ce qui était censé détruire des cellules cancéreuses pouvant se développer des années plus tard aurait donc provoqué une autre forme de maladie. Le serpent se mordait la queue !

Il fallait à tout prix que j'en aie le cœur net. Ce n'était peut-être que des spéculations infondées. J'avais attendu la fin de la consultation pour poser ma question au professeur T. Mes méningiomes actuels pouvaient-ils avoir pour origine la radiothérapie reçue il y a plus de trente ans ? Il y a peu de certitudes en médecine mais un réseau de probabilités. Le professeur T. était resté prudent mais quand il m'avait répondu que c'était « une des hypothèses possibles », j'avais compris que je tenais là l'explication.

Au fond de mon lit, je n'osais plus bouger. Je me sentais piégée, prise à nouveau dans le cycle de la maladie. En quelques jours, j'avais rejoint l'autre camp, celui que j'avais tout fait pour fuir, condamnée désormais à être une malade au long cours. Je retournais des années en arrière, ressentant la même fatigue, le même goût amer dans la bouche et cette détresse immense qui vous isole de tous et de tout.

Dans *Gatsby le magnifique*, Fitzgerald, le peintre si subtil d'une jeunesse frelatée, superficielle et tourmentée, a écrit la phrase la plus profonde que je connaisse sur la fracture entre les hommes : « Au-delà de la race et de l'intelligence, il n'existait entre les humains qu'une seule différence essentielle : les malades et les bien portants. »

Mon entrée dans le monde des malades tient toujours de l'ordre du mystère. Rien ne le laissait présager. Je sortais d'une khâgne qui m'avait apporté beaucoup même si j'avais raté de peu le concours de Normale Sup' et, pendant l'été, j'étais devenue adepte de la planche à voile pour suivre Mathieu, mon bel amoureux qui y excellait. Tout semblait me sourire pendant cet été indien. De retour de vacances, on m'avait dit que j'avais beaucoup minci, une bonne nouvelle pour moi dont les formes étaient plutôt généreuses. Je préparais avec bonheur cette nouvelle rentrée à la Sorbonne, moins stressante que la khâgne, quand, un soir, j'avais eu soudain très chaud et je m'étais mise à grelotter. J'avais 39 de fièvre. Probablement un début de grippe. Le lendemain, un gros ganglion avait surgi sur mon cou. Les jours suivants j'en avais un second sur l'autre côté du cou et, sur le corps, deux boutons qui ne ressemblaient à rien.

Une longue errance kafkaïenne avait alors commencé. Des médecins aux meilleurs spécialistes, personne ne comprenait ce que j'avais. Au bout de longues semaines d'examens et de recherches, on m'avait dirigée vers le service d'hématologie de l'hôpital Saint-Louis. Prises de sang, radiographies, biopsies, ponctions de la moelle et du liquide lombaire, le discours médical restait toujours opaque. Je me sentais épuisée et inquiète mais à mes questions sur la cause de mon mal, je recevais une seule réponse, toujours la même : dans mon malheur, j'avais de la chance. L'apparition brutale de la fièvre et de tous les autres symptômes avait à temps révélé mon « virus » qui aurait pu rester tapi dans mon organisme pendant des mois. On allait pouvoir ainsi enrayer sa propagation.

Sans être totalement naïve, je préférais le mot virus à celui de cancer. En tout cas, à observer l'attitude des médecins qui se passaient, gênés, mon dossier, j'avais compris que j'avais gagné le gros lot. On avait affaire à un cas rare, une variante de la maladie de Hodgkin s'apparentant davantage à une forme d'histiocytose. Je n'avais pas envie d'en entendre plus. Ce n'était pas le charabia médical qui comptait pour moi mais d'être soignée au plus vite. Un protocole avait été alors établi. J'étais jeune et le « virus » se propageait à grande vitesse chez les gens de mon âge. Il fallait taper fort avec une chimiothérapie très efficace.

Les débuts furent prometteurs. J'étais encore vaillante et j'observais les produits de toutes les couleurs qui coulaient dans mes veines. Il y en avait toutefois un qui me faisait peur, à cause de sa couleur rouge. C'était un des plus puissants, de l'adriamycine, je crois.

Quand mes cheveux commencèrent à tomber par poignées, je tins bon et demandai à être rasée.

Les infirmières me félicitèrent. J'avais une attitude modèle dans le service mais elle ne dura pas.

On a beau résister, face à la maladie tout se dégrade. Il y a les veines, abîmées par la chimiothérapie, par lesquelles rien ne passe plus, forçant parfois les infirmières à piquer dans les pieds jusqu'à ce qu'enfin un cathéter vienne prendre le relais, les mycoses dans la bouche qui rendent pénible toute ingestion, les nausées permanentes, un corps qui se transforme lentement, devenu lisse, sans plus aucun poil, improductif car en aménorrhée de longs mois pour prévenir tout risque d'hémorragie et, surtout, pire que l'absence de cheveux, un visage dépourvu de cils et de sourcils, qui nous rend tous identiques : des têtes rondes, chauves, gonflées par la cortisone, sans plus aucun trait distinctif. Le voyage était sans retour. J'étais entrée dans un autre monde, celui des zombies.

Nous étions huit malades, isolés dans nos chambres, vivant au rythme des perfusions, des transfusions et des aplasies. La chimio détruisait tout sur son passage, les mauvaises cellules mais aussi les globules : les rouges, les plaquettes et les blancs, ceux qui protègent des microbes. Venaient alors la fièvre et les incessantes prises de sang à la recherche de germes qui restaient dans la plupart des cas introuvables. Et puis il y avait le moment fatal de l'aplasie, quand la numération sanguine était au plus bas, qu'une fatigue insurmontable rendait impossible chacun de nos gestes et nous paralysait sur notre lit. À ce moment-là, il n'y avait plus d'espoir. Nous étions hors du monde. Jour et nuit, un ballet d'infirmières et de médecins guettait la hausse des globules blancs qui nous permettrait de sortir de l'état quasi létal dans lequel nous étions plongés. Mais c'était une question de moelle et de chance, toujours la chance qui faisait que certains s'en sortaient et que d'autres disparaissaient dans un long sommeil.

Dans cette ambiance crépusculaire, j'ai croisé le meilleur de la médecine. Des infirmières hors pair, omniprésentes, dévouées à leurs malades jusqu'à souvent leur dernier souffle, mais aussi des esprits curieux et facétieux comme le professeur D. qui arrivait à retourner n'importe quelle situation, faisant, alors que je m'en plaignais, les louanges de la cortisone, « le médicament idéal pour stimuler les cellules grises », redonnant de la vie en quelques minutes de visite au plus moribond des patients du service.

Mais ce moment de grâce disparaissait vite et l'épuisement revenait. Impossible de résister à cette sensation de disparition de soi. Le temps s'éternisait et j'étais toujours allongée sur mon lit, toujours plus proche du vide. Il n'y avait plus de jours ni de nuits car entre la surexcitation provoquée par les hautes doses de cortisone indispensables à mon traitement et les effets du valium pris chaque soir pour m'aider vainement à dormir, il y avait un entre-deux insupportable, de l'hébétude mêlée à une inquiétude constante, celle de devoir continuer à vivre cette non-vie.

J'étais pourtant « entourée » de beaucoup d'amour, mais même le dévouement de mes proches ne me soulageait pas. Il y avait d'abord celle qui m'accompagnait toute l'après-midi, Anne-Marie, ma mère adorée. Ses pieds chaussés de protections et la bouche couverte par un masque indispensable quand les globules descendaient, elle arrivait, amaigrie, se forçant à sourire alors qu'elle était minée par l'angoisse, et restait de longues heures assise sur son fauteuil, à me veiller. J'étais trop fatiguée pour lui parler, comme je l'étais pour lire ou regarder la télévision. J'avais pourtant attendu toute la matinée sa venue mais ensuite sa présence me pesait tout comme son départ me déchirait. C'était mon père qui venait la chercher, cachant beaucoup mieux qu'elle son inquiétude, soucieux avant tout que sa femme qui avait connu un grave épisode dépressif ne rechute. Venait ensuite mon amoureux. Pour me rejoindre à Paris, Mathieu avait commis un acte chevaleresque dont j'étais alors incapable de mesurer la portée.

Affecté dans le Nord depuis le mois de septembre pour faire son service militaire, Mathieu n'avait pas supporté d'être éloigné de moi. Il avait donc décidé de se faire passer pour fou. Ce n'était pas chose si facile car les services de l'armée sont suspicieux et, devant plusieurs commissions, il avait dû exercer son numéro d'acteur avec le talent que l'amour lui avait donné. Cela lui avait pris quelques mois mais il avait réussi à échapper aux contraintes militaires avec toutefois la mention de ses problèmes mentaux inscrite à vie sur son dossier.

J'avais interdit à tous mes autres amis de venir me voir mais j'avais une botte secrète au sein de l'hôpital, ma cousine Agnès qui codirigeait le service d'hématologie et de greffes de la moelle pour les enfants leucémiques. Outre la chaleur qu'elle m'apportait et ses visites régulières qui m'éclairaient sur l'avancement des traitements, notre lien de parenté favorisait mes rapports avec le corps médical. L'hôpital est un microcosme où les règles reflètent celles de la société. Agnès me protégeait. Même si les malades étaient tous traités de la même façon, inconsciemment, dans la tête des soignants, j'étais la petite-cousine d'une fidèle collaboratrice du professeur Jean Bernard, à qui ce service d'hématologie devait tout.

4.

Le premier mars, le jour de mes vingt ans, j'étais toujours à l'hôpital et je n'avais aucune idée de mon avenir. On ne me parlait pas de sortie et encore moins de guérison. Il fallait attendre.

Il y avait pourtant des mieux, on allait peut-être commencer à diminuer les traitements, et un peu de ce qui ressemblait à de l'espoir naissait quand, brusquement, sans raison, tous les voyants s'affolaient. Infections, tremblements, hémocultures, jeux de montagnes russes avec des pics de température à 40 et, quelques heures plus tard, le thermomètre qui chutait à 35,5, vous laissant anéantie, échouée sur le lit, au plus proche du vide. On nous le répétait, nous n'avions plus d'immunité et étions devenus la proie de tous les microbes.

D'une certaine façon, au bout de longs mois, l'hôpital que je voulais fuir était aussi devenu une cellule protectrice. J'en connaissais tous les rouages. Les habitudes des infirmières, les horaires des médecins, les affaires de cœur de la kinési qui venait me faire travailler tous les jours. À force de déambuler dans le couloir, tous les malades du service m'étaient familiers. J'avais même noué des liens avec certains, le garçon à l'autre bout que je croisais souvent avec sa perfusion, un jeune pompier atteint d'un Hodgkin qui ne pensait qu'à retourner éteindre des incendies, et une jeune fille dont la chambre se trouvait en face de la mienne. Nos deux mères parlaient beaucoup ensemble. Jeanne, c'était son nom, souffrait d'une leucémie qui avait récidivé. Quand je la voyais sur son lit, elle me faisait toujours un signe. J'admirais sa douceur et sa docilité. Alors que je vivais dans l'anxiété et la rage, elle ne montrait jamais aucun signe de colère, acceptant ce qui venait comme si elle avait déjà renoncé.

Qu'est-ce que j'allais bien pouvoir faire dehors ? Tout m'était interdit : manger salé à cause de la cortisone – alors que je rêvais de fromage et de choucroute –, me promener dans les grands magasins, prendre le métro ou fréquenter des lieux où il y avait du monde et donc des germes – impossible tant que mes défenses, détruites par la chimiothérapie, ne seraient pas revenues. Et ce jusqu'à quand ? Personne ne le savait. « Les recherches sur l'immunité avancent », nous répondait-on.

Un beau jour, une démonstratrice était venue me voir pour me présenter des modèles de perruques. La Sécurité sociale nous en offrait une gratuitement. Je les trouvais affreuses et ne voulais pas les essayer mais la représentante qui avait du métier réussit à m'affubler de cheveux noirs en synthétique qui accentuaient encore davantage ma mine cadavérique. Elle trouvait que cela m'allait très bien et me la laissa. Je la remerciai et la rangeai soigneusement dans mon placard, me promettant de ne jamais la porter. À l'heure du dîner, l'aide-soignante qui apportait le repas alluma la télévision. Il fallait que je me distraie. Cela tombait bien, c'était l'heure de ce feuilleton américain où le pouvoir de séduction de chacune des héroïnes se mesurait à la longueur de leur tignasse. Déjà que je n'avais pas faim, ce spectacle me coupa définitivement l'appétit.

C'est le médecin chef qui m'annonça la nouvelle. J'allais pouvoir rentrer à la maison mais il y avait une surprise à la clef. Vingt séances de rayons sur la tête en ambulatoire. C'était une façon de détruire toute métastase indétectable aux examens mais qui pouvait se réveiller des années plus tard. Je ne devais m'inquiéter de rien mais seulement savoir que la repousse des cheveux serait retardée de deux mois environ.

Je n'avais rien d'autre à faire que d'acquiescer. La maladie vous rend soumis et impuissant. J'étais revenue chez moi en ambulance, souffrant dans la rue d'être transportée sur une civière et de croiser des personnes connues qui me saluaient, gênées, et me suivaient du regard. Bien sûr, j'étais heureuse d'être chez moi, en famille, mais chaque matin, quand les ambulanciers sonnaient à la porte, le cauchemar recommençait. J'affrontais les curieux sur ma civière, avec une charlotte sur le crâne, marqué, désormais, par de gros traits qui délimitaient l'action des rayons. Sur le chemin, je tentais de me détendre, en vain, car la peur montait à mesure que la séance approchait, ces quelques minutes où je me retrouverais seule sous la grosse machine aux effets d'autant plus effrayants qu'on ne ressentait rien.

Tout cela fut suivi d'une grande fatigue mais, d'une façon aussi irrationnelle que l'arrivée brutale de la maladie, je me sentis soudain mieux. Il y avait toujours une chimiothérapie légère à domicile, remplacée au bout de six mois par la prise de médicaments, il y avait, bien sûr, la crainte d'une rechute en cas de poussée de fièvre, mais grippe, angine ou virus étaient vite réglés par des antibiotiques prescrits systématiquement dès que ma température dépassait 38, et il y avait le problème épineux des transports qui m'étaient interdits car source de microbes.

Pour aller à la Sorbonne, mon père m'accompagnait en voiture. Il se garait à une bonne distance de façon à ce que personne ne nous voie. Je ne mettais plus de foulard sur la tête et mes cheveux recommençaient à pousser. On avait l'impression que je m'étais rasée et avec un maquillage très prononcé et des tenues sexy, personne ne soupçonnait la vérité.

La vérité d'ailleurs ne devait plus exister. Elle était cachée, enfouie au plus profond de moi. Il y avait bien sûr quelques ratés. Pour lutter contre mon mauvais sommeil on m'avait prescrit des séances de relaxation. J'aimais beaucoup cela, une image de calme à fixer, puis le corps détendu et tous les membres qui s'enfoncent dans le matelas.

Au début, je voguais sur la mer ou je disparaissais dans un lit de fleurs, mais à mesure que je me laissais aller, une autre impression survenait, celle de m'enfoncer dans la terre et de m'y décomposer.

On interrompit aussitôt la relaxation et on augmenta les somnifères. Peu importait, ce qui comptait, c'était d'avancer. J'entends souvent sur la maladie un discours larmoyant qui est, à mon avis, totalement erroné. La maladie ne vous change pas. Dès qu'on s'en éloigne, la condition de survie est de tout faire pour l'oublier, quitter le monde des malades et regagner celui des bien portants, redevenir pareils qu'eux, avec les mêmes ambitions et les mêmes désirs.

Par deux fois j'ai cru vaciller. C'était un soir, je venais de passer ma licence et me préparais à quitter les jours suivants le domicile familial quand le téléphone sonna. Je décrochai et entendis une voix blanche me dire : « C'est toi, Caroline ? Je suis la maman de Jeanne. Jeanne est morte la nuit dernière, elle s'est battue jusqu'au bout. » Je me retins pour ne pas vomir et, incapable de dire un mot, je passai le combiné à ma propre mère. Pourquoi elle et pas moi ? Jeanne était si douce, si bonne. Son regard me hantait, placide, résigné. Obscurément, j'avais toujours su qu'elle était condamnée. Mais à quoi cela tenait-il ? À la progression de la maladie ? À l'efficacité des traitements, qui marchaient sur les uns et se révélaient inefficaces sur les autres, ou bien était-ce une question de chance et d'état d'esprit ? Je n'avais aucune certitude, sauf celle de me sentir coupable de lui avoir survécu.

Le temps passa avant la seconde alerte. Après mes longs séjours à l'hôpital, et l'obtention de la licence, j'avais travaillé un temps sur Gérard de Nerval mais renoncé définitivement à passer l'agrégation. Une seule chose m'importait désormais : entrer dans « la vie active », celle où se retrouvent entre eux les bien portants. Par le biais d'une relation de mes parents, une possibilité s'offrit alors à moi, un poste d'assistante dans un grand groupe cinématographique. C'était un peu incongru compte tenu de mes études de lettres. Je n'avais aucune compétence en secrétariat, mais j'adorais le cinéma et vivais tous les événements de ma vie comme un scénario potentiel. Ma naïveté et mon ardeur durent jouer en ma faveur et je décrochai la place. Je triomphais. J'avais enfin obtenu le ticket gagnant pour pénétrer le nouveau monde.

J'avais simplement oublié que pour y être totalement admis, il fallait subir une visite médicale. Allais-je réussir à passer le contrôle sans rien révéler de mon passé ? En arrivant au secrétariat, on me remit un formulaire à remplir. Avais-je du diabète, des problèmes d'allergie, des antécédents médicaux ? Je cochai systématiquement non sur toutes les cases. C'était une déclaration sur l'honneur mais il n'y avait pas d'honneur quand on voulait changer de monde. En entrant dans le cabinet du médecin, j'eus toutefois peur qu'il remarque les cicatrices de mes biopsies et de poses de cathéters, mais tout passa inaperçu. Une nouvelle ère commençait faite de découvertes et de passions.

J'adorais mon travail et m'y épanouissais. Sur la route, j'avais laissé mon bel amour. C'était douloureux et injuste. Mathieu m'avait portée jusqu'à ce que je revienne à la vie. J'ai invoqué beaucoup de raisons pour justifier notre séparation mais au fond de moi, je savais que je mentais. Mathieu avait un seul tort : s'être sacrifié pour moi et avoir été le témoin de ma maladie. Or celle-ci gangrène tout, même un grand amour, et Mathieu avait disparu avec elle.

Après cinq années de traitements de plus en plus légers, les médecins avaient jugé mon état enfin « stabilisé ». Je n'ai jamais entendu de leur part le mot « guérison ». Mais peu importait. Le corps médical ne devait prendre aucun risque, surtout pas celui de se tromper. De toute façon j'étais jeune, la vie continuait, rapide, oublieuse. Je progressais dans mon travail et m'étais mariée avec un homme plus âgé, un Russe nomade et fou qui me faisait rire et donnait une autre couleur à mon existence. Toutefois, j'avais tout de suite compris que mon passé de « malade » l'effrayait. Il n'en disait rien bien sûr, mais quand un mot sur mon autre vie m'échappait, il se crispait et s'éloignait de moi.

Il y a une mythologie sur les ardeurs sexuelles des tuberculeux. C'est probablement vrai. Maman, qui avait été envoyée en sanatorium à l'âge de seize ans et y avait passé deux ans, avait des histoires amoureuses à revendre. Le cancer, lui, dans sa phase aiguë, ne laisse aucune place au désir. Il le nécrose et le tue. Et tous les récits qui disent le contraire sont purs mensonges. Je compris donc qu'il fallait doublement garder silence, à la fois pour ne pas réveiller en moi des souvenirs douloureux mais aussi pour retrouver mon pouvoir de séduction. N'ayant pas de séquelles, nous envisagions d'avoir des enfants. J'étais heureuse. C'est alors que le passé se rappela à moi une seconde fois.

Cela survint à nouveau par un coup de téléphone. C'était ce si gentil médecin qui suivait mon dossier et venait à l'époque me faire les cures de chimiothérapie à domicile qui m'appelait. L'équipe de Saint-Louis s'était concertée et l'avait mandaté pour me proposer une nouvelle possibilité thérapeutique qu'il me conseillait d'accepter. On pouvait désormais congeler la moelle épinière. En cas de rechute, ma moelle serait abîmée par une autre chimiothérapie et réagirait mal aux traitements. En la congelant aujourd'hui, je mettais toutes les chances de mon côté pour le futur.

Je restai sans voix. On me parlait de rechute alors que j'avais tout fait pour oublier ma maladie. À l'autre bout du téléphone, on attendait une réponse, je me sentais à nouveau démunie devant l'autorité médicale et, sans résistance, notai la date de ma convocation.

J'ai peu retenu de ce bref retour à l'hôpital. Tout avait changé. Les pavillons dans lesquels nous étions traités avaient été rasés et tous les services étaient maintenant réunis dans un bâtiment ultramoderne. L'opération se fit sous anesthésie et ne me prit que deux jours. J'étais logée en chirurgie, à des étages en dessous de l'hématologie. Avant de partir, j'hésitai à aller saluer mes anciennes infirmières mais, devant l'ascenseur, j'y renonçai.

Cet épisode fut encore vite enseveli dans un coin obscur de ma mémoire. Il fallait vivre intensément, sans perdre une minute. J'avais donné naissance à deux enfants, ma plus belle réussite, j'avais joué, aimé, trahi, été trompée, sans jamais rien regretter. J'étais si loin de l'autre monde, je l'avais même complètement oublié et, soudain, les mois passés à l'hôpital Saint-Louis, la mort de Jeanne, ma moelle congelée qui serait peut-être la dernière trace que je laisserais sur terre, tout cela remontait à la surface, me laissant anéantie.

Mon méningiome avait donc ce pouvoir, faire ressurgir le passé. Il était plus de minuit. J'avais fini par quitter ma chambre et tournais en rond dans l'appartement comme une folle. Après une incursion dans le frigidaire et une tentative vaine de suivre une mauvaise série à la télévision, je retournai me coucher. Il fallait tenter de dormir. Je me mis au lit, espérant que le sommeil vienne effacer ces images qui m'oppressaient. Mais à peine avais-je fermé les paupières qu'ils arrivèrent en armée, battant des ailes dans un rythme trépidant et, tels des guerriers, envahirent de leur bruissement toute ma tête.

5.

Je me réveillai avec un mauvais goût dans la bouche, mon chien sur le lit, collé contre moi. Il avait lui aussi mal dormi, subissant par ricochet l'assaut des papillons qui m'avait tenue éveillée jusqu'au milieu de la nuit.

En mode pilotage automatique, je me dirigeais vers la cafetière quand le téléphone sonna :

— Secrétariat du professeur T. Nous avons la date de votre convocation, l'opération aura lieu dans trois semaines, le 22 juin. Le 17, vous avez rendez-vous à Sainte-Anne pour un scanner et une IRM. Tout cela va vous être précisé par courrier. Le professeur vous conseille de vous reposer avant l'opération. Il contacte votre médecin référent pour que celui-ci vous fasse un arrêt maladie.

Mon sort était donc déjà réglé et l'arrêt maladie imposé. De toute façon, je ne me voyais pas aller à mon travail et subir les questions de mes collègues. Je devais simplement prévenir ma hiérarchie et m'engager à terminer le scénario sur lequel je travaillais depuis plusieurs semaines. Un avatar de *Plus belle la vie* mais à une sauce beaucoup plus relevée. J'y mêlais l'étude des différentes strates sociales et générationnelles de la société rennaise à un déferlement de violences et de crimes inexpliqués. Cela m'amusait beaucoup de jouer avec les ingrédients lénifiants des séries fédératrices et de les dynamiter avec le pire des films gore. Je ne savais pas trop quel serait le résultat mais l'intrigue avait le mérite de donner des sueurs froides et de tenir le spectateur en haleine.

D'une certaine façon, je me sentais soulagée d'avoir reçu la date de mon opération. J'ai toujours eu horreur du vide, j'allais pouvoir bâtir un calendrier, planifier mes derniers rendez-vous, élaborer des listes. Je cherchai de quoi noter et pris le petit cahier rouge qui m'avait jusque-là servi à noter des mots anglais inconnus.

C'est alors que les choses commencèrent à se compliquer. La priorité était de prévenir mes proches et en l'occurrence mes deux fils. Tous deux revenaient à la même date, dans quinze jours, et je ne savais toujours pas comment leur annoncer qu'ils allaient hériter d'une maman malade. C'était trop difficile pour moi par téléphone et surtout, pourquoi assombrir la fin de leur stage respectif ? Je décidai donc lâchement de remettre cela à plus tard.

Se posait alors la question de mon hospitalisation, et de Jacques, le plus jeune. Que faire de lui ? Fallait-il demander de l'aide à son père ou à une amie ? Mais qui s'occuperait alors du vieux Pedro ? Je ne pouvais le confier à personne. J'avais beau tourner le problème dans tous les sens, rien ne venait jusqu'à ce que, soudain, surgisse la solution, la plus simple bien sûr : demander à mon fils aîné, Martin, de délaisser quelques semaines la maison de sa bien-aimée et de venir s'installer ici avec son jeune frère. Nourhane, la gardienne marocaine de leur enfance, viendrait les aider. Je réglai de la même façon la question de leurs vacances. La maison de Bretagne les attendait. Ils partiraient ensemble en train jusqu'à Lamballe où mes amis rennais viendraient les chercher et leur prêter main-forte le temps que je sois sur pied.

Je me sentis soulagée. Un point important de réglé que je consignai en détail sur mon petit cahier. Venait maintenant la question épineuse de l'amant. Lucien animait actuellement à Vichy un séminaire sur les bienfaits de la méditation et ne revenait que dans quelques jours. Lui qui faisait commerce du bonheur et de la sérénité, comment allait-il réagir à l'annonce de ma maladie ? Notre histoire durait depuis trois ans. Elle était principalement physique et ne progressait guère, Lucien ayant peu de temps pour d'autres activités, du type théâtre ou voyage, car étant méchamment marié. De mon côté, je jouais la partition de l'indifférence, persuadée que les défauts dont mon bel l'amant faisait preuve dans la vie quotidienne rendraient une cohabitation plus poussée insupportable. Nous nous étions plusieurs fois quittés mais invariablement retrouvés. Notre étrange compagnonnage allait-il survivre à cette épreuve de la maladie ? Encore une fois, j'avais besoin de temps et, sur mon petit cahier, je notai d'attendre le retour de Lucien pour lui parler.

Je poursuivis avec ma famille. Elle était bien réduite. Mon père et ma mère étaient morts. Mes grands-parents bien sûr aussi. Je n'avais ni tante ni oncle, seulement une cousine, mais qui en valait des dizaines et qui, je le savais, serait fidèle au poste. Petite fille, j'enviais mes copines qui me racontaient leurs vacances en famille, avec des chambrées qui débordaient de cousins directs et indirects, les soupers à vingt, les sœurs, les frères et ceux par alliance. On se perdait dans les noms et le vacarme. Mais c'était joyeux. On ne devait jamais s'ennuyer. L'été, moi, après la vente de la maison de ma petite enfance à Grosrouvre, j'étais seule à l'hôtel avec mes parents. Un bel hôtel mais je trouvais les repas longs. Heureusement, je me liais facilement et j'avais surtout des parades, les livres essentiellement, et les histoires que je m'inventais et qui me permettaient de rester dans ma chambre sans protester les jours de pluie.

Sans frères ni sœurs. Il faut ici rectifier. Mon père, Jean, avait trois enfants de son premier mariage. Des enfants qui avaient l'âge de ma mère puisque Jean avait soixante-cinq ans à ma naissance, était déjà grand-père et bientôt arrière-grand-père, alors que je n'étais encore qu'une petite jeune fille. Un demi-frère et deux demi-sœurs. On me parlait très peu d'eux. Je ne savais même pas à quoi ils ressemblaient. Je savais seulement qu'ils n'avaient pas très envie de faire ma connaissance. Le destin nous a forcé la main. J'ai rencontré sur le tard mon demi-frère P., le plus merveilleux des hommes que la maladie a emporté trop vite. Je me suis peu à peu rapprochée de ma demi-sœur, A., une femme de grande valeur et que j'estime, mais que je ne voulais pas alerter dans l'immédiat. Quant à mon autre demi-sœur, elle vit en Suisse et je ne la connais pas.

Je comptai sur mon carnet. Cela faisait quatre : mes deux fils, l'amant, ma cousine. J'allais oublier le Russe fou. Nous étions divorcés, mais, c'était à parier, il serait le premier à courir à mon chevet. Son nom fut donc inscrit sur la première liste.

Venaient ensuite les amis. Pour compenser ma maigre famille, je les avais toujours cultivés. De toutes origines et de toutes provenances, nous nous étions croisés à différentes époques de notre vie sans jamais nous perdre de vue et je savais qu'au seul appel, ils seraient tous groupés autour de moi. Je n'avais toutefois pas envie que celle qu'ils connaissaient, rieuse et insouciante, devienne un fardeau pour eux. Je fis donc deux listes : la garde rapprochée qui viendrait me voir à l'hôpital, et les autres qui prendraient le relais dans un second temps.

Après avoir ainsi écrit les noms de mes « soutiens », je notai méticuleusement toutes les autres tâches : la visite au généraliste pour l'arrêt maladie, le coup de téléphone à mon directeur reporté par faiblesse au lendemain, les factures à régler, l'agenda de la femme de ménage pour décharger les enfants, les courses à faire avant l'hospitalisation car ils ne devaient manquer de rien, la liste des affaires à apporter à l'hôpital, la visite au gardien pour lui demander de garder le courrier…

Après avoir noirci plus de quatre pages de mon cahier, je ne savais plus quoi d'autre trouver à écrire. L'excitation qui avait suivi le coup de téléphone était retombée. Il était 10 heures du matin et la journée s'étendait devant moi sans autre contrainte que celle de sortir le chien. Je ne pouvais pas rester ainsi désœuvrée. L'angoisse me serrait le ventre. J'étais donc condamnée à tourner en rond jusqu'à ma rencontre avec le bistouri.

On entend souvent dire que les périodes de crises sont propices à faire des « bilans ». Cette idée renforça mon désarroi. Quel bilan faire d'une vie, quand tout est suspendu, et qu'aucun avenir ne peut se dessiner ? C'est alors que je me souvins que j'avais omis d'écrire sur mon cahier la tâche la plus importante : la lettre à remettre au chirurgien lui précisant ma volonté si l'opération se passait mal. Mal voulait dire très mal : cerveau touché, paralysie, incapacité de parler, en bref des lésions irréversibles. Si tel était le cas, nous étions convenus qu'on ne me maintiendrait pas en vie.

Il y avait bien sûr d'autres risques, cette fois mineurs, et qui n'apparaissaient pas de façon systématique : la difficulté à se concentrer, à lire ou à regarder la télévision ; les vertiges qui pouvaient survenir sans crier gare ; la vision qui parfois se brouillait, tout cela dans les trois mois qui suivraient l'opération. Car je l'avais oublié, cette intervention nécessitait trois mois de congé. J'avais devant moi des plages infinies de temps à remplir.

Il fallait reprendre pied, trouver un subterfuge pour combler le vide. Ce n'était pas la liste des tâches ménagères qui allait donner un sens à ce qui me restait de vie. Maman était morte il y a deux ans, le 2 décembre 2014, une mort qu'elle avait tant désirée. C'était la première fois qu'elle ne serait pas là pour me prêter main-forte. Je ressentais, toutefois, sa présence. Il n'y avait aucun mysticisme là-dedans. Je ne croyais pas en Dieu, ni, forcément, à une vie après la mort, mais pourtant, je me sentais entourée par ceux que j'avais aimés, une autre forme de famille qui me protégeait.

J'avais un tiroir où je conservais les photos de mes morts. Des photos que j'avais choisies car elles révélaient un détail de leur caractère qui, pour moi, les définissait. Mais de toute façon, il y avait des photos partout dans l'appartement. Je les changeais régulièrement de place pour que l'habitude ne fige pas les sentiments et que les images vivent.

Ma famille maternelle tenait une grande place dans l'appartement. Il y avait le « coin Lamaze » avec, au centre de la bibliothèque du salon, le livre que j'aimais tant feuilleter, *Le Grand Bal du Printemps,* signé Izis et Jacques Prévert. Ce dernier l'avait dédicacé à mon grand-père, médecin accoucheur : « Pour le docteur Lamaze, un des deux pères de ma fille, en amitié heureuse. » À côté, il y avait les poèmes de Prévert, *Paroles,* avec cette jolie dédicace : « Pour Fernand Lamaze, affectueusement, en souvenir heureux de la naissance de ma petite fille, fragile, petite, parfaite. » Et puis tout autour, des photos de maman me tenant par la main, de ma grand-mère Louise en train de jardiner ou bien encore de son époux, à la clinique des Bleuets, tenant un bébé dans les bras.

Au père de « l'accouchement sans douleur », j'avais payé mon tribut en lui consacrant un livre. Je l'avais écrit peu de temps avant la mort d'Anne-Marie, la mettant à contribution, interrogeant des heures durant ses souvenirs, sa mémoire. Avec elle, le dialogue ne s'était jamais interrompu. Avec mon père, au fond, il n'avait jamais commencé.

J'avais des photos de lui, bien sûr. J'y tenais. La plupart m'avaient été données par mon demi-frère après la disparition de notre père. Elles provenaient de temps lointains. Sur l'une, Jean pose dans un décor de carton-pâte, juché sur un chameau tenu par un homme déguisé en guide du désert avec son fils, encore enfant, assis devant lui qui s'agrippe aux rênes. Sur un autre cliché pris aux États-Unis, dans son bureau, il se tient debout au côté de sa secrétaire, une jeune femme un peu boulotte les bras chargés de dossiers qui le regarde éperdue d'admiration tandis que lui fixe l'objectif, un petit sourire au coin des lèvres.

Difficile de lui résister alors. Mon père ressemblait à un acteur de cinéma. Beau, avec sa bouche gourmande et ses yeux dont le bleu avait conservé la même pureté quand je l'ai connu vieux monsieur, beau sans le vouloir, sans le montrer, ce qui expliquait sans doute en partie son charme.

J'aurais aimé le connaître à cette époque. Je regardais ces photos, les scrutais pour retrouver un air familier, une attitude dont je me souviendrais, mais j'avais beau les interroger, elles ne me révélaient rien.

Il y a des filles à père, et, plus rares, des filles à mère. Je fais partie de cette seconde catégorie. J'ai aimé inconditionnellement, jusqu'à la fin, maman et je suis toujours restée à l'écart de mon père. Les raisons sont multiples, son grand âge mais aussi le fait qu'après avoir eu trois enfants d'un premier mariage, il ne souhaitait pas encombrer sa fin de vie avec une gamine turbulente.

Je regrette de ne pas avoir essayé de me rapprocher de lui. Mais il est mort trop vite, j'avais à peine vingt-deux ans. Sa vie et celle de sa famille me sont toujours restées mystérieuses. Je savais seulement qu'il avait adoré sa mère, Madeleine, qu'il s'était marié très jeune, puis que, pour fuir le nazisme, il avait embarqué sa femme et ses trois enfants aux États-Unis où ils étaient restés finalement dix ans. Après cela, il avait retrouvé maman et je connaissais la suite. Jean n'en disait pas plus. Il gardait secrète sa vie d'avant. Il est vrai aussi que nous ne nous parlions guère. Rétrospectivement, je dois l'admettre, entre nous deux, c'était une affaire ratée.

AFFAIRES DE FAMILLE

6.

Quand Jean Gutmann avait épousé Anne-Marie en secondes noces, il en avait déjà assez fait en matière de paternité mais, devant l'insistance de sa nouvelle femme, il m'avait donné la vie. Tout était donc parti sur de mauvaises bases.

Notre chronologie familiale était ainsi des plus farfelues : l'année de ma terminale, mon père était arrière-grand-père de plusieurs enfants en bas âge appartenant à une famille pour moi inconnue. Je savais simplement que mon demi-frère et mes deux demi-sœurs avaient l'âge de maman et que j'étais grand-tante à l'âge de seize ans. C'était le seul point amusant de cette histoire car sinon, tout chez mon père me hérissait. Et en premier lieu, son âge. Il était vieux, trop vieux.

Je n'osais plus démentir quand à l'école on me demandait si c'était mon grand-père qui venait me chercher. Indéniablement, il était encore beau. Grand, élégant, avec son regard bleu acier à la Gary

Cooper et un petit foulard au cou pour cacher ses rides. Avec maman, la différence d'âge ne choquait pas. Cela se voyait, Jean aimait les femmes.

C'est entre nous que cela ne collait pas. Nous avions beau faire, il me gênait et je le gênais. Quand j'écoutais de la musique rock, il s'emportait et mettait du Wagner à toute force car il ne pouvait pas supporter ma musique de « dégénéré ». Tout était ainsi prétexte à combat, la musique, les mauvaises notes en maths, les sorties, combats qui se terminaient en guerre car maman prenait toujours ma défense.

Mon père se repliait alors dans sa chambre et n'en sortait plus. Je le comprends maintenant, c'était au fond maman qui était au cœur de cette guerre. Mon père n'aspirait qu'à une seule chose, terminer sa vie avec la femme qu'il s'était choisie et même s'il m'aimait, j'étais en trop.

Mon entrée en hypokhâgne marqua la fin de nos affrontements. Mon père était pour la première fois fier de moi. Le temps passait, atténuait les conflits puis il y eut ma maladie, puis vint la sienne.

Jean était devenu un très vieux monsieur, sourd, avec un appareil, marchant très difficilement. Il avait mal mais il ne voulait rien nous montrer et sortait tous les jours acheter son sacro-saint *Monde*. Quand les douleurs devinrent insoutenables et invalidantes et que les anti-inflammatoires ne firent plus rien, mon père ne s'avoua pas vaincu et décida d'essayer l'acupuncture.

La jeune femme qui vint lui apposer les aiguilles était ravissante. Son traitement eut un effet immédiat. Après cette première séance, mon père se sentit beaucoup mieux. Il ne put malheureusement pas prendre un second rendez-vous, car, entre-temps, on lui avait diagnostiqué un cancer des os.

Jean termina sa vie le 26 décembre 1984, le lendemain de Noël. Même si cela n'avait pas de sens religieux pour nous, je trouvais cela d'autant plus triste de mourir quand tout le monde festoyait.

Je me souviens du soir de sa mort, de la garde de nuit qui succédait à la garde de jour, de maman qui ne pouvait plus tenir debout après toutes ces nuits sans sommeil et du film de Beineix, *Diva*, qui passait à la télévision et qu'on m'avait envoyée voir pour ne pas assister à de trop pénibles moments.

De toute façon, le voir souffrir ainsi était devenu insoutenable. Sa souffrance était telle qu'il restait prostré dans le silence. Les derniers mots qu'il me dit résonnent toujours en moi : « Prends soin de ta mère, elle est fragile et a besoin de toi. Les mères sont notre bien le plus précieux. J'ai veillé sur la mienne jusqu'à son dernier souffle. »

C'est après sa mort que je fis connaissance avec P., mon demi-frère et A., l'une de mes deux demi-sœurs. Nous partageâmes ainsi les affaires de mon père. Il y en avait peu car Jean était un homme du voyage et n'aimait pas s'encombrer. Maman garda toutefois ses disques, ses photos ainsi que tous les cahiers dont il se servait pour noter les idées qui lui passaient par la tête.

C'étaient de jolis cahiers reliés en cuir gris, d'une marque anglaise, je crois. Tout mon père. Je les avais feuilletés puis archivés avec d'autres dossiers, me promettant de les regarder de plus près quand j'en aurais le loisir. Il y était question de généalogies car mon père était obsédé par ses origines. Au cours de mes déménagements successifs, j'avais toujours conservé ce dossier resté en sommeil comme bien d'autres. Aujourd'hui, dans mon petit appartement, je savais précisément où il était rangé : au fond de ma penderie, derrière les chaussures avec toutes les photos des enfants que je n'avais jamais eu le temps de classer.

Cela faisait plus de trente ans que mon père était mort et je n'avais rien fait pour essayer de mieux le connaître. Pourquoi, brutalement, je ressentais aujourd'hui un grand vide ? Un peu comme un amputé qui, soudain, se souvient de son membre disparu.

À bien y réfléchir, ce n'était pas sa présence qui me manquait – nous nous entendions si mal – mais tout ce que nous ne nous étions pas dit. « Les lacunes laissées par les trépassés », avait écrit Maria Torok.

Avant de lire ses livres, j'ai côtoyé régulièrement cette célèbre psychanalyste dans l'immeuble de mon enfance, rue du Cherche-Midi. Et ce n'était pas sans une certaine appréhension. En effet, Maria Torok habitait l'appartement juste en dessous du nôtre et, par deux fois, notre machine à laver le linge avait inondé sa chambre.

Il y a de quoi devenir fou, je l'avoue, mais chaque fois que nous la croisions dans l'escalier, elle ne cessait de nous interroger maman et moi sur le bon état de notre matériel ménager, guettant sur son plafond la moindre tache d'humidité.

Le seul qui avait le don de calmer ses inquiétudes était mon père. Ils s'appréciaient beaucoup et pouvaient rester des heures à converser ensemble sur le palier. De quoi parlaient-ils ? De tout et de rien, répondait mon père, toujours évasif, mais, sous ce rien, je sais maintenant qu'il se cachait bien autre chose : les fantômes du passé qui les hantaient tous les deux.

L'histoire de ma famille paternelle m'attendait là, et en particulier celle de Madeleine, la mère de mon père. Les Einstein, au nom francisé d'Hinstin. Qui étaient-ils ? J'avais tout fait pour reculer le moment des retrouvailles. Or, pendant plusieurs semaines, le méningiome qui grossissait dans ma tête me coupait du monde actif et m'offrait du temps.

N'était-ce pas le moment d'en profiter et d'aller voir du côté de mon père ? Une façon comme une autre de rétablir l'équilibre et de, peut-être, combler les manques. Qu'avais-je à perdre ?

Je conçois que ma démarche puisse surprendre. Pourquoi se retrancher ainsi du monde et exhumer des vieux papiers de famille alors que je pouvais sortir prendre l'air avec mes amis ou accepter l'invitation de ma plus proche collègue de bureau qui avait réussi à avoir des places pour le concert de Sting ? La réponse est simple. J'étais trop fragile pour affronter le monde du dehors. J'allais m'y perdre et disséminer mes dernières forces alors que je devais me concentrer avant d'affronter l'opération. Le monde était mouvant autour de moi. Était-ce la tumeur dans ma tête, la fatigue, ou tous les somnifères que j'avais ingurgités au cours de mon existence, mais j'avais de plus en plus de problèmes de mémoire. Les noms m'échappaient, j'égarais les objets. Il me semblait que ma vie filait sans que je puisse la retenir. Je devais me remembrer, construire un cadre pour enrayer la perte, des dates et des noms pour fixer une histoire, m'ancrer quelque part. La famille de mon père serait mon soutien.

Je partis donc à la recherche du dossier, bien caché derrière des bottes fourrées de haute montagne, donc totalement inutiles car je n'aime que la mer. J'ouvris la chemise, les quatre cahiers étaient là, intacts.

Jean les avait numérotés. Je commençai à les feuilleter, émue de retrouver l'écriture élégante et soignée de mon père. L'encre bleue s'était un peu éclaircie au fil du temps mais tout était resté très lisible. Sur la première page était inscrit en grosses lettres, « Les Hinstin, une famille juive d'exception ». Suivaient un arbre généalogique et des chapitres consacrés aux différents membres de cette lignée étonnante de grands militaires, d'hommes d'affaires et d'aventuriers, comme j'allais bientôt l'apprendre.

J'ai toujours cru au pouvoir des morts et je compris dès l'instant où je tins ces cahiers en main que j'avais trouvé là ma chance de survie. Je ressentais la même excitation que celle éprouvée enfant, quand je m'apprêtais à dévorer d'interminables sagas sauf que, cette fois, cette histoire était la mienne. Jusque-là, mes seules pensées avaient été essentiellement tournées vers la date fatidique de mon intervention. Ces ancêtres surgis de l'ombre allaient me permettre de m'évader et, peut-être même d'éloigner les papillons de mon esprit. Ils allaient aussi me donner l'assise dont je manquais et un passé à offrir à mes enfants, si je venais à disparaître de la surface de la terre.

Mon père m'avait indiqué la voie avant de mourir et les dernières paroles qu'il m'avait adressées résonnaient en moi. *Les mères sont notre bien le plus précieux. J'ai veillé sur la mienne jusqu'à mon dernier souffle.* C'était pour l'instant mon seul point commun avec Jean : un amour fou pour nos mères. C'est donc par Madeleine, une grand-mère dont je ne connaissais quasiment rien, que mon enquête familiale commençait.

7.

L'annonce de ma maladie s'était vite propagée et me valait des soutiens nombreux auprès de personnes dont je ne soupçonnais pas le dévouement. Courses, cuisine à domicile, gardes des enfants dès leur retour à Paris, le monde était plus généreux que je ne le pensais. Je répondais aux mails et aux textos, mais me préservais de trop de visites, ne gardant auprès de moi que les amis les plus proches, en grande partie par besoin de repos avant l'opération, mais aussi parce que j'avais besoin de temps. D'une part pour avancer dans le scénario que j'avais promis de remettre à ma direction avant la fin de l'été, mais aussi pour me plonger dans la lecture des cahiers de mon père.

La journée avait plutôt bien commencé. Pas de vol de papillons dans la nuit, pas de boule d'angoisse dans la gorge au réveil et un esprit clair pour découvrir mes secrets de famille. Il était 8 heures, je suis plutôt lève-tôt, quand mon portable sonna.

À une heure si matinale, ce ne pouvait être qu'une urgence et je me précipitai pour prendre l'appel. La voix nasillarde que j'entendis venait des tréfonds de mon passé : cousine Sylviane se rappelait à moi.

Nous avions surnommé cette lointaine cousine de mon ex-mari « Calamity Jane ». Elle nous faisait rire, mais jaune. En effet, la pauvre cousine Sylviane vous tombait toujours dessus au pire moment, attirée par le malheur des autres comme par un aimant. Sa spécialité dans le domaine des catastrophes était les maladies. Tout lui faisait peur et, au moindre rhume, elle courait voir son médecin. Elle passait ainsi sa vie plongée dans des dictionnaires médicaux et, depuis que la toile existait, sur toutes les plateformes de discussion avec d'autres malades. À chacune de ses visites, nous avions le droit au récit détaillé de son accouchement, deux jours de souffrances, de déchirures et de cris, à sa lutte perpétuelle contre un fléau invalidant, les hémorroïdes, au désastre de ses ovaires gagnés par un kyste, et, comme j'allais bientôt l'apprendre, à un cancer des intestins non encore diagnostiqué. Elle vivait seule car même sa fille unique la fuyait, et se raccrochait au malheur des autres comme à une bouée de sauvetage.

Naturellement, j'étais une proie de choix. À l'annonce de mon cancer du sein, elle était accourue mais le Russe fou avait su faire diversion. Là, je n'avais aucune protection sauf celle de noter une bonne fois pour toutes son numéro de façon à ne plus jamais risquer de tomber sur elle.

D'où venait son obsession de la maladie ? Probablement du passé, de tous les deuils dont elle avait souffert. Parler de ses maux et s'appesantir sur ceux des autres est une manière de biaiser avec la mort. Mais je ne suis pas de cette école : *never explain, never complain*. Les mots sont dangereux. Ils révèlent ce qu'on tient à distance, ce qu'on enfouit en soi comme des déchets radioactifs. Au bout de dix minutes d'incessantes questions sur mon mal, de diagnostics abracadabrantesques, de noms de professeurs de renommée internationale chez qui je devais me rendre sans tarder, je coupai court à la conversation en prétextant l'arrivée du médecin de Sainte-Anne qui venait m'apporter en personne un médicament miracle, pionnier dans le traitement des tumeurs, supprimant la plupart des effets postopératoires. Ce médicament qui, bien sûr, n'existait pas, était mon dernier cadeau à cousine Sylviane. Il allait l'occuper pendant des mois et tromper l'ennui de sa tragique existence.

Je me fis un café noir pour me remettre de cet appel qui m'avait ébranlée. Les paroles de cette pauvre femme étaient toxiques tout comme l'étaient les commentaires de tous les fâcheux, curieux et compatissants qui voulaient me venir en aide en m'apportant leurs conseils et leur savoir erronés.

Je devais apprendre à me préserver. J'appelai mes deux fils et décidai de ne plus répondre au téléphone de la matinée. Mon camp de retranchement était là, posé sur le bureau : Les Hinstin. À moi d'interroger. Quelle était leur pathologie ? À première vue, un goût forcené du mérite, quand on voyait le nombre de diplômes et de médailles accumulés au cours des années. Et mon père, pourquoi s'était-il acharné à tenir le registre des faits et gestes de sa famille ?

Les cahiers n'étaient pas datés, mais je compris vite que Jean avait commencé à prendre la plume dans les années 1920, peu après la mort de sa mère. Un deuil insupportable pour un fils exclusif, c'était Madeleine qui, sans aucun doute, avait poussé mon père à mener cette recherche familiale, une façon pour lui de rester près de celle qui avait été la femme de sa vie. Je découvrais les pages qu'il lui avait consacrées. Mon père n'était pas un grand styliste mais il écrivait « juste » et ce que je lus me toucha profondément.

Jean qui aimait tant Proust était né sous d'étranges auspices. Son père, Maximilien Dreyfus, le premier mari de Madeleine, avait été retrouvé évanoui dans un hôtel de Londres et était mort quelques jours plus tard, le 9 février 1902, des suites d'un mal mystérieux, alors que Jean n'avait que deux ans.

Ce mariage fut donc un bref épisode de la vie de Madeleine Hinstin. Celle-ci vivait seule avec sa mère, Jeanne Grunsfelder, depuis la mort de son père Gustave Hinstin, le 3 juillet 1894, mon arrière grand-père donc, un bien étonnant personnage sur lequel j'aurai l'occasion de revenir.

Deux femmes pour élever un fils, toute la psychologie de mon père tient là. Après la mort de

Maximilien Dreyfus, Madeleine décide de quitter l'Angleterre, la patrie de cœur de Jean, et part s'installer à Paris avec sa mère et son fils dans un bel hôtel particulier à Denfert-Rochereau. Mon père ne donne pas d'adresse précise mais j'y vois un signe. Depuis peu, j'habite boulevard Saint-Jacques à deux pas de la place Denfert-Rochereau. Est-ce une façon inconsciente de me rapprocher d'une famille dont je ne sais rien ? J'ai eu beau chercher dans les écrits de mon père des détails pour identifier le lieu, je n'en trouvai pas, hormis la description d'un jardin féerique que Madeleine et sa mère avaient aménagé en terrain de jeu pour Jean. Pendant huit ans mon père fut donc élevé et choyé dans un univers exclusivement féminin.

Huit années de bonheur ! Mais les paradis sont créés pour être perdus car ma grand-mère, Madeleine, a soudain la très mauvaise idée de tomber amoureuse et de se remarier. Un intrus pénètre dans le nid d'amour. Le monde est petit, celui qui a volé le cœur de Madeleine, Émile Gutmann, banquier de son état, et aussi cousin germain de Maximilien Dreyfus, le mari défunt. Une terrible trahison pour Jean, le fils chéri, qui se solde par l'apparition d'un bégaiement irrépressible et des crises de colère de plus en plus violentes.

Les généalogies sont curieuses et j'ai moi-même parfois du mal à y croire. C'est en effet à ce moment-là, en 1913, que mon grand-père maternel, Fernand Lamaze, entre en scène. Jeune médecin en neurologie, avant de devenir obstétricien, il croise sur son chemin Émile Gutmann. La sympathie entre les deux hommes est immédiate et le banquier charge Fernand de rééduquer Jean, de neuf ans son cadet. Fernand y réussit en partie. Il en résulta une amitié indéfectible avec Émile Gutmann.

Si le bégaiement avait disparu, Jean continuait à détester en secret le mari de Madeleine. Tout réussissait à Émile Gutmann qui venait de devenir, à quarante-huit ans à peine, l'un des propriétaires de la banque Danon qu'il codirigeait avec André Wormser, le futur chef de cabinet de Clemenceau, et les frères Lazard. Financier réputé à travers le monde, mélomane averti, photographe à ses heures perdues, cet homme rond et bienveillant avait avant tout le don du bonheur. Voir sa mère heureuse avec un autre homme que lui était un spectacle insupportable pour Jean. Cela explique probablement le fait que mon père se soit marié si jeune. Malgré l'hostilité de son beau-fils, Émile Gutmann se montra toujours généreux à son égard. J'aurais dû m'appeler Caroline Dreyfus mais Émile Gutmann adopta Jean et lui donna son nom. Après la mort de Madeleine, en 1918, Émile voulut continuer à pourvoir aux besoins de Jean, de sa femme et de leurs trois enfants, mais mon père avait sa fierté et d'autres idées en tête.

L'histoire a encore produit d'autres rencontres incroyables. C'est dans le jardin d'Émile Gutmann, à Denfert-Rochereau, que Fernand Lamaze venait régulièrement en famille rendre visite à celui qui était devenu son meilleur ami. Là, tout le monde se retrouvait et Anne-Marie, ma mère, jouait avec les enfants de celui qui, bien des années plus tard, allait devenir son mari. C'est dans ce même jardin qu'Émile Gutmann se donna la mort. Il avait choisi de se faire exploser la tête le jour de son anniversaire, le 19 mai 1940, pour ne pas entendre les pas des Allemands fouler les rues de Paris. Mais tout cela est une autre histoire.

Les carnets de mon père n'étaient pas faciles à déchiffrer. Il affectionnait les schémas et les tableaux. Il y en avait partout avec des dates et de brèves notations dont je ne comprenais pas toujours le sens. Une phrase toutefois revenait à deux reprises : « Maman a eu une enfance sacrifiée », soulignée dans les deux cas. Suivaient des mentions sur le père de Madeleine, Gustave Hinstin : « mariage de convenance », « mariage forcé », « père indigne ». Puis les dates des différends qui avaient opposé mon arrière-grand-père avec l'Éducation nationale. Dans chaque cas, Jean avait recopié les rapports de l'Académie qui faisaient état, à mots couverts, d'affaires de mœurs jusqu'à ce que l'exclusion de Gustave soit décidée. Tout cela me semblait bien obscur. De quels maux Gustave était-il coupable ?

Un arbre généalogique avait été dessiné sur la première page du carnet dédié à Madeleine. On y trouvait l'identité des six frères et de la sœur de mon arrière-grand-père, Gustave : Caroline, épouse de M. Spire, négociant en instruments de mathématiques, Ernest et Jules, négociants en tissus, Napoléon, ingénieur des Arts et Manufactures, Joseph, lieutenant du génie et chevalier de la Légion d'honneur, Charles, commandant de vaisseau dans les

Messageries impériales et chevalier de la Légion d'honneur, et enfin, Adolphe, général, commandeur de la Légion d'honneur. Beaucoup de médailles pour une famille juive qui visait l'excellence. Cela me faisait tristement sourire. L'affaire Dreyfus n'était pas loin et les décorations ne protégeaient pas de la haine antisémite.

L'arbre généalogique se poursuivait avec de multiples flèches. Encore des lieutenants de vaisseau et des chevaliers de la Légion d'honneur. Je ne voulais pas me perdre et décidai d'aller à l'essentiel. J'irais voir du côté de ma grand-mère, Madeleine, et de Gustave, mon arrière-grand-père que Jean, je ne sais pourquoi, semblait détester.

Un nom toutefois me frappa : Charles Hinstin, un grand cousin. « Aventurier, ami de Kessel, parrain de ma fille. Ne jamais perdre sa trace. » Pourquoi mon père avait-il écrit cette curieuse phrase ? C'est alors qu'un souvenir me revint à la mémoire. J'avais dix ans et tout l'appartement avait été réquisitionné pour mon anniversaire. En maugréant, mon père était parti se réfugier dans un café du coin pour lire en paix ses journaux. Avant son retour, j'avais remis de l'ordre dans sa chambre qui avait également servi d'aire de jeux et j'en avais profité pour regarder les photos posées sur sa commode. On y voyait ma grand-mère, Madeleine, et Jean, en petit garçon sage, costume flanelle, les cheveux lissés avec la raie sur le côté. L'une des photos toutefois détonnait. Jean devait avoir seize ans et, adossé à une voiture, regardait l'objectif d'un air bravache en fumant une cigarette. Il avait le droit de fumer à cet âge ? Quand je l'avais interrogé, mon père avait semblé gêné et avait pris la photo.

« Ce n'est pas moi, je ne me tenais pas ainsi. C'est Charles. J'avais trois ans de plus que lui mais c'est vrai que nous nous ressemblions. On aurait même pu nous prendre l'un pour l'autre. »

Je ne revis jamais la photo. Mon père l'avait-il rangée ailleurs ? Et pourquoi ? Mille questions se bousculaient alors dans mon esprit : Qu'était devenu ce garçon ? Était-il rentré dans le moule familial ou parti sur d'autres territoires ? De quelle ressemblance mon père avait-il voulu parler ? Physique, seulement ? J'essayai de faire de l'ordre dans ma tête, de cesser de m'emballer ainsi : je devais commencer par le commencement, par la mère et le grand-père honni de mon père, mais au fond de moi, je le savais déjà, mon rendez-vous était avec Charles.

Avec une telle famille, je comprenais maintenant davantage d'où venait l'obsession de mon père pour l'excellence. Il fallait toujours être la première en classe or je me bornais à être une bonne élève, avec ce commentaire qui revenait sur tous mes bulletins : « Pleine d'ardeur mais manquant de rigueur, avec trop d'imagination. » Il est vrai que je préférais de beaucoup m'enfermer dans ma chambre pour lire mes romans que de faire les exercices de maths que m'imposait mon père pour remonter ma moyenne. Les cours particuliers qu'il me prodiguait tournaient systématiquement au pugilat. Je détestais la géométrie. J'avais beau m'appliquer, les traits que je tirais n'étaient pas droits, l'encre bavait, et mon père n'avait aucune patience. Il devenait rouge, s'emportait, criait, hurlait même de façon à ce que tout l'immeuble soit informé que sa fille le déshonorait. Les portes claquaient. Le descendant du général Hinstin prenait sa retraite dans sa chambre et, soulagée, je courais à la cuisine m'empiffrer de bonbons et rigoler avec maman en me demandant pourquoi j'avais hérité d'un tel père.

J'avais du travail devant moi pour le percer à jour ! Je continuais à défricher le carnet consacré à Madeleine. Mon père aimait dessiner et il avait fait plusieurs portraits de cette femme gracieuse, dont émanait une grande douceur. Sur une page, je trouvai cette image émouvante. Un petit garçon sur une route avançant en tenant la main d'un personnage féminin mais dont on ne devinait pas les traits car elle restait dans l'ombre. Sous ce dessin au crayon était inscrite la date du 26 novembre 1918, le jour où Madeleine était entrée dans la nuit. Plus loin, Jean avait consigné ce qu'il appelait leurs moments de bonheur : dîner à deux, anniversaires, vacances de Pâques à Honfleur ou promenade sur les quais chaque jeudi à 19 heures, mille petits rituels qui avaient jalonné la vie de ce fils jaloux et aimant et ainsi préparé sa carrière de séducteur et d'homme à femmes.

Je me sentais un peu comme une intruse en pénétrant dans cette relation si fusionnelle entre une mère et un fils. Mais c'était si beau. En lisant ces mots d'amour que mon père adressait à sa mère, il se métamorphosait et gagnait en humanité. N'était-ce pas ce que toutes, sans l'avouer, souhaitions nouer avec notre enfant, une relation parfaite, sans faille, aussi forte de la naissance jusqu'à la fin ? Il me semblait également qu'en aimant tant Madeleine, Jean essayait de réparer. Mais réparer quoi ? Par petites touches en forme de notes, il dessinait le portrait d'une femme fragile, meurtrie : « Maman ne veut pas sortir aujourd'hui, mal à la tête et mal au cœur. » « Nous n'irons pas nous promener aujourd'hui, maman est triste, encombrée par ses mauvais souvenirs. » Mais la solution vint vite, quelques pages plus loin : « Maman souffre. Elle n'est toujours pas guérie de son enfance. »

C'était écrit, si je voulais comprendre Madeleine, il fallait que j'abandonne la lecture de ces pages délicieuses pour aller me plonger dans le passé familial, du côté de son père, le fameux Gustave Hinstin.

J'avais bien entendu dire qu'un des parents de mon père avait été proche de Lautréamont, mais je ne savais rien de plus. J'aurais pu poser des questions, je ne l'avais pas fait. De toute façon, mon père n'aimait pas parler de son passé. C'est donc avec stupeur que je découvris, dans les écrits de Jean, que mon propre arrière-grand-père avait été le professeur de rhétorique du poète au lycée de Pau et que c'était donc par lui que le scandale était arrivé. Je n'en revenais pas. J'avais lu *Les Chants de Maldoror* très jeune, avec des yeux d'adolescente, à l'époque où tout ce qui avait trait au satanisme me passionnait. Une lecture bien sûr fautive mais, peu importe, j'avais reçu un tel choc que je n'y étais jamais retournée, de peur d'être déçue. Il fallait immédiatement que je remette la main sur ce livre. Je le cherchai partout mais, naturellement, il n'était pas là où il aurait dû être, dans la bibliothèque consacrée à la poésie, mais égaré par je ne sais quel mystère dans une pile de livres, entre l'ancienne traduction d'*Au-dessus du Volcan* et un livre de cuisine pour les nuls. À peine l'avais-je ouvert que toutes les images me revinrent en tête. La poésie de Lautréamont, forte et vénéneuse, exerçait toujours sur moi le même pouvoir de fascination.

J'avais besoin de plus. J'envoyai une de mes amies acheter à la librairie la plus proche la biographie de Lautréamont par son meilleur spécialiste, Jean-Jacques Lefrère, et armée du cahier de mon père, je commençai à établir un premier portrait de Gustave Hinstin.

Mon arrière-grand-père, connu pour avoir une très mauvaise ouïe, était donc bien celui dont Lautréamont parlait dans *Les Chants de Maldoror* : « On raconte que je suis né dans les bras de la surdité. » Il y avait une littérature abondante et une bataille des critiques littéraires autour de l'interprétation de cette phrase. Mais rien n'en ressortait. Quelles avaient été au juste les relations entre le jeune Isidore Ducasse, alias Lautréamont et Gustave Hinstin, son professeur de rhétorique au lycée de Pau ? Mon arrière-grand-père avait-il deviné tout le génie de son jeune élève et l'avait-il aidé à s'accomplir ? En tout cas, la rencontre entre le poète et son maître avait été pour ce dernier le début d'une longue chute.

Jean, avec hargne, ne cessait de le souligner. Il en voulait tant à Gustave Hinstin d'avoir rendu Madeleine malheureuse qu'il ne pouvait s'empêcher de le dénigrer systématiquement. Mais la question restait : qu'est-ce qui avait fait que mon arrière-grand-père, un jeune surdoué, brillant helléniste, élève de l'École normale supérieure, admis sur concours à l'École d'Athènes, agrégé, auteur d'essais et de traductions remarqués, finisse sa vie exclu du système, à demi fou, entre les mains d'un aliéniste, le docteur Lasègue ?

J'assemblais les pièces, vérifiais les dates, mettais bout à bout tous les rapports et témoignages que je trouvais pour m'approcher au plus près de la vérité de cet étrange personnage, sans me laisser influencer et surtout céder au parti pris de mon père qui ne voyait Gustave qu'à travers les yeux de Madeleine. Je touchais au but et allais commencer à rédiger une première synthèse quand un coup de tonnerre m'interrompit : mon amant débarquait à l'improviste, ayant eu la très mauvaise idée d'avancer son retour après avoir appris mes « malheurs ».

Lucien était arrivé de fort mauvaise humeur. J'étais coupable d'être malade, bien sûr, mais surtout de ne pas l'en avoir informé.

— C'est normal d'apprendre par une de tes amies qui passait par Aix que tu vas te faire opérer à Sainte-Anne où, de surcroît, je connais du monde ? J'aurais pu intervenir, t'obtenir une chambre seule, mais il faut du piston pour cela. Tu vas te retrouver dans une chambre double. Il ne faudra pas venir pleurer si tu es en mauvaise compagnie. J'ai l'air de quoi dans l'affaire, de la quatrième roue du carrosse ?

Le cher Lucien vociférait, tout en tartinant sur un énorme morceau de pain l'excellent vacherin que mon amie chargée de m'acheter la biographie de Lautréamont m'avait apporté en bonus pour le déjeuner. Je m'aperçus alors qu'il était déjà 16 heures et que je n'avais rien mangé. Mais je pouvais faire une croix sur mon repas. Le vacherin avait déjà aux trois quarts disparu, la colère amplifiant l'appétit de ma douce moitié, appétit, il faut ici le souligner, qui, déjà en temps normal, est considérable.

Lucien se remit à parler de ses relations à Sainte-Anne où il attendait une place de consultant dans l'équipe de Christophe André pour ainsi participer aux thérapies de groupe. C'est vrai que j'aurais pu le prévenir. Je savais qu'il aurait fait tout ce qui était en son pouvoir pour faciliter mon séjour mais ce n'était pas ce que j'attendais de lui. J'essayai de le calmer en lui disant la vérité, j'avais eu peur de sa réaction quand il apprendrait que j'étais malade.

Comment de telles idées pouvaient me traverser la tête ! Une fois la seconde tartine avalée avec la fin de mon vacherin et une partie de mon moelleux au chocolat (encore un présent de ma généreuse amie mandatée en librairie), Lucien commença à se détendre et adopta l'attitude de celui que j'appelais méchamment « Saint Lucien ».

— Pour vaincre la maladie, il faut que tu suives ce que je t'ai toujours dit. Tu vis dans la précipitation et tu ne respectes rien, surtout pas toi. Il faut te libérer de tous tes vieux démons, apprendre le laisser-aller, le lâcher-prise. Tu vas y être forcée à l'hôpital. Cette épreuve est au fond une chance pour toi : modifier ton rapport avec ton être profond, apprendre à regarder au fond de toi et réapprendre l'estime de soi et le rapport aux autres…

La litanie des conseils prodigués était sans fin. Je les connaissais par cœur car périodiquement, quand Lucien était embarrassé, il sortait le même chapelet. Dans le cas présent, il ne savait plus comment agir avec moi et c'était touchant car je le devinais inquiet et aimant, ne sachant comment nous allions traverser ensemble l'épreuve qui se profilait à l'horizon.

Pourquoi donc cet homme me plaisait ? Il avait l'air d'un grand enfant, mal attifé avec sa veste en velours côtelée trop chaude pour la saison et le chocolat qui était resté collé sur les coins de sa bouche. Il avait de très belles lèvres, c'est d'ailleurs la première chose que j'avais remarquée chez lui, mais elles n'étaient pas faites pour parler et dans le cas présent, je devais à tout prix le faire taire. Je connaissais la solution. Elle fut radicale.

Ce fut intense et puissant, comme chaque fois que nous faisions l'amour. Cela me surprenait toujours d'être ainsi en phase avec un homme pour lequel je n'avais aucune affinité élective. Mais Lucien avait une vertu, donner du plaisir et sa générosité était sans borne. Il m'en aurait même fait oublier mon méningiome et son armée de papillons. Mon amant me quitta ragaillardi et rassuré. Même malade, j'étais encore comestible.

En partant, je l'écoutai me faire ses mensonges d'usage. Il retournait chez lui pour assurer la garde de son fils et reviendrait me voir dans quelques jours. Il ne fallait pas être très malin pour deviner qu'il était toujours marié et qu'il profitait des absences de sa femme pour me rendre visite. Je lui répondis comme il le fallait. Il faut bien l'avouer, il m'avait manqué mais je le laissais partir à la fois heureuse de nos retrouvailles et soulagée de pouvoir retourner à mes affaires.

8.

Du poulpe vivant venant tout juste d'être cuisiné si bien que ses tentacules bougent encore dans la bouche, c'était une des dernières découvertes gustatives de mon fils Martin, la veille au soir dans un restaurant coréen branché de Londres. Comme chaque matin, j'avais ainsi reçu sur mon portable les photos de son dîner de la veille, avec des gros plans de la bête, ainsi que sur une autre délicieuse spécialité, des nouilles translucides qui me faisaient l'effet d'une méduse servie sur une assiette. Mon fils aîné, en effet, en plus d'être un excellent guitariste, compositeur, à la tête d'un groupe de rock, était devenu depuis peu un gastronome « nouvelle génération ». Une forme innovante de reportage alimentaire dans les lieux les plus perdus des capitales qu'il visitait avec photos à l'appui et commentaires sur un blog en cours d'élaboration.

Martin comptait sur moi à son retour pour que nous allions découvrir ensemble un nouveau

« japonais tendance », rue Sainte-Anne. De son côté, mon plus jeune fils, Jacques, qui vivait au rythme des vibrations de sa raquette de tennis et terminait sa tournée dans le pays basque avec quatre coupes, me demandait maintenant de l'inscrire au dernier tournoi de la saison en Île-de-France, celui du Country club, avec les meilleurs classés. Bien sûr, il pensait que je l'accompagnerais.

Qu'allais-je leur dire et comment allaient-ils réagir ? Tous deux revenaient dans quelques jours. Tout se précipitait, leur retour, les examens que je devais faire à Sainte-Anne puis, quatre jours plus tard, l'opération du méningiome.

Je fus saisie par la panique. Mais je me repris. Pour tenir, il ne fallait rien lâcher. Pendant le peu de temps qu'il me restait, j'allais mettre les bouchées doubles, m'enfermer dans le travail, avancer mon scénario et achever mes recherches sur Gustave Hinstin.

Je n'ai jamais supporté l'injustice et mon arrière-grand-père en avait été victime : un destin brisé par une famille bourgeoise, certes cultivée, mais aveugle et conformiste. L'histoire se répétait dans mon scénario où je mettais en scène dans un quartier de Rennes une série de meurtres particulièrement atroces, éventrations de femmes enceintes, et dont le coupable tout désigné était naturellement le migrant syrien qui squattait un garage désaffecté. Pas très original, il faut bien l'avouer, mais ma grande fierté résidait dans la construction de la série : le meurtrier était reconnaissable dès la première scène, visible par un détail que j'avais tout fait pour masquer. C'était la méthode Dario Argento, le maître du film d'horreur qui dans *L'Oiseau au plumage de cristal* puis dans *Profondo Rosso* montrait dès la première scène le visage de l'assassin dont, par son génie du subterfuge, il détournait l'attention du spectateur.

Avec Gustave Hinstin, c'était un peu la même chose. Rien n'était tranché et tout était encore une fois une question de perception, et celle de mon père était faussée. Il dressait le réquisitoire d'un homme qu'il n'avait pas connu en s'appuyant uniquement sur les souvenirs de Madeleine, une petite fille qui bien sûr n'avait pas été très heureuse, mais en oubliant que Gustave, sous les directives de la famille Hinstin, vivait dans la contrainte une vie d'emprunt, celle de mari et de père, alors que son goût le portait ailleurs.

Revenons-en aux faits : Gustave est le quatrième enfant de la fratrie Hinstin qui en compte huit. Il a intérêt à viser l'excellence car ses frères se distinguent tous dans l'armée ou dans la recherche scientifique. Lui choisit l'enseignement. École normale supérieure, École d'Athènes où Gustave part étudier au mont Lycabette, agrégation de lettres en septembre 1858, cet esprit brillant a tout pour réussir et pourtant, Gustave Hinstin va échouer sur toute la ligne.

Après l'agrégation, Gustave est nommé au lycée de Saint-Étienne. Il tombe malade. Une maladie réelle ou psychologique ? Le contact avec des garçons à peine plus âgés que lui se révèle-t-il insupportable ? Trop de tentations dans un même lieu qui le forcent à prendre la fuite ? Gustave est alors nommé à Bar-le-Duc puis à Lille, et ne cesse de harceler les recteurs de l'Académie pour demander une nouvelle mutation.

Il arrive à ses fins et, en octobre 1863, il est nommé à Pau comme professeur de rhétorique. Il a vingt-neuf ans et rencontre dans sa classe un jeune homme de dix-sept ans, Isidore Ducasse, futur comte de Lautréamont.

Une rencontre fatale. Qu'est-ce qui l'a attiré chez ce jeune élève ? Les fulgurances de sa pensée ? Sa beauté ? Pendant trois années, Gustave tente de quitter Pau mais n'y arrive pas. Le Montividéen a envahi l'esprit du professeur. Que s'est-il passé véritablement entre eux ? Peut-être rien mais suffisamment pour ruiner une réputation.

Les bruits vont vite. La famille est alertée et quand Gustave quitte Pau, il est rappelé à l'ordre et contraint de se marier. Tout est arrangé. La promise vit à Lausanne, elle s'appelle Mlle Jeanne Grunsfelder.

Pour Gustave, c'est le début d'une longue chute. La carrière de mon arrière-grand-père est marquée au fer rouge. Après l'affaire de Pau, Gustave Hinstin est muté à Lyon et rétrogradé. Il y reste dix ans, fait deux enfants et s'englue dans une vie familiale qu'il exècre.

Mon père ne comprend rien. Il note dans son cahier : « Gustave n'était doué que pour le malheur. Il n'était jamais content. Il se plaignait sans cesse. Personne ne venait voir maman car dès que son père rentrait à la maison, il chassait les visiteurs importuns. »

Heureusement, la famille fait bien les choses. Un pied-à-terre à Genève a été aménagé où Madeleine peut se réfugier avec sa mère et son frère. Car tout le monde le sait : Gustave est homosexuel et ce mariage arrangé n'existe que pour sauver les apparences. Une monstrueuse hypocrisie qui allait dévaster le destin des uns et des autres.

En novembre 1870, Isidore Ducasse décède à vingt-quatre ans. Un destin foudroyé mais, derrière lui, un livre culte, *Les Chants de Maldoror*, qui donne une vie éternelle au comte de Lautréamont. Qu'est-ce que ressent alors son ancien professeur, lui qui continue à végéter avec ses élèves de 3e à Lyon ? Probablement un écœurement jusqu'à la nausée. Il s'entête pourtant, soutient sa thèse, rêve aux plus grands honneurs universitaires, mais rien n'y change, personne ne perçoit son talent et ses lettres ne reçoivent aucune réponse.

La suite est d'une grande tristesse. Une chaire de littérature grecque a été créée à Lyon. Gustave y fonde tous ses espoirs. La place lui revient. Mais à nouveau, il obtient pour seule réponse un silence gêné. Il est à mille lieues d'imaginer que son dossier circule et qu'il va tomber entre les mains du ministre de l'Instruction. Pau et ses rumeurs. Une affaire de mœurs, rien de précis, mais on ne veut pas d'Hinstin et cela à aucun prix. Les affaires se corsent, le 4 décembre 1876, avec la plainte d'un jeune homme de dix-sept ans, élève de la classe du lycée de Lyon où exerce Hinstin.

À ce moment du récit, mon père avait alors agrafé dans son cahier la copie d'une lettre datée du 6 octobre 1877, écrite par le recteur de Lyon et adressée au ministre. Sa lecture est édifiante.

Accusé d'attouchements inconvenants sur le jeune pensionnaire Bocca, M. Hinstin, malgré ses dénégations formelles, sera changé de lycée. C'est un bon professeur. Il ne sera pas radié de l'université et, surtout, l'affaire ne doit pas être ébruitée car la responsabilité de l'Administration serait engagée. Chef-d'œuvre d'hypocrisie ! Hinstin est coupable mais a fait preuve de bons services. On étouffe l'affaire et on laisse le professeur végéter dans un autre lycée de Lyon. Toutefois, son sort est scellé. Le ministre connaît tout le dossier, deux affaires, une à Pau, une autre à Lyon, Gustave Hinstin n'a plus aucun avenir dans le système éducatif. Mon arrière-grand-père comprend enfin que toutes les rebuffades qu'il essuie depuis des années ne sont pas dues à son manque de compétence mais à sa nature profonde qui l'exclut de la société, le place aux rangs des malfrats, des damnés de la terre. Sa vie n'a plus aucun sens. Il prévient son ami, le poète Eugène Manuel, qu'il veut mettre fin à ses jours, part en mer et tente le 7 novembre 1877 à deux reprises de se noyer. Un bateau de pêcheurs le sauvera par chance. Un télégramme de Livourne l'atteste : « Repêché deux fois en mer l'égaré. »

Mais par « chance », est-ce le bon mot ? La suite est si douloureuse. Gustave est mis en disponibilité avec traitement, et cela, grâce à l'appui de la famille. Gustave Bloch (le père de Marc), professeur d'histoire romaine à la Sorbonne, lui obtient même la possibilité de donner des cours à Dijon. Il y enseigne dès le 1er avril 1878 et deux ans plus tard, le 1er mai 1880, toujours grâce à l'appui de Gustave Bloch, il réalise enfin son rêve et est nommé professeur. Cela ne durera que quinze jours car la même histoire se reproduit une troisième fois.

8 juin 1880, le recteur de Dijon écrit : « Le professeur Hinstin a dû donner sa démission à la suite d'un incident grave et très regrettable qui entachait sa moralité. » La sanction est exemplaire. Gustave Hinstin est mis au congé d'office et jeté hors de l'enseignement.

Sa santé mentale se dégrade. On l'éloigne des enfants et on le place dans un asile. Qu'a ressenti Madeleine quand elle a vu son père enfermé en clinique psychiatrique avec les aliénés ? On lui répète : Gustave Hinstin est malade mais n'est pas dangereux. Isolé du monde, il ne connaîtra pas l'affaire Dreyfus, ne sera pas touché par la flambée d'antisémitisme et la démission consécutive de son fils, Paul, capitaine, qui, comme beaucoup d'autres militaires juifs, fut contraint de quitter l'armée. Gustave Hinstin va doucement s'éteindre, seul, le 3 juillet 1894, vingt-quatre ans après Isidore Ducasse, en ayant vécu une vie qui n'était pas la sienne mais qu'on lui avait imposée par souci de respectabilité.

Peu de gens peuvent se targuer d'avoir comme moi dans leur généalogie deux personnages d'exception. L'opposition entre leurs deux destins est frappante. Mon arrière-grand-père, Gustave Hinstin, avait tous les atouts à la naissance pour réussir et il avait échoué, mon grand-père, le docteur Fernand Lamaze, était parti de rien mais avait réussi à bouleverser les règles de l'accouchement. Ils partageaient toutefois un point : tous deux avaient été brisés par le système. La morale de son époque et la rigueur de sa famille avaient envoyé Gustave chez les fous. Fernand avait été terrassé par une crise cardiaque, victime des querelles politiques qui s'étaient greffées autour de sa méthode et qu'il ne pouvait tolérer quand son seul souci était d'œuvrer pour le bien des femmes.

Je me couchai à minuit. J'étais épuisée mais je commençais à voir plus clairement d'où venait la colère de mon père. Je l'avais toujours connu ainsi, impatient, rageur, ne tenant pas en place, se balançant sur sa chaise jusqu'à finir souvent par la casser. Il ne digérait pas cette histoire.

Gustave Hinstin n'était pas le monstre qu'il croyait mais davantage un homme malade. Bien sûr, son attitude envers ses élèves était inexcusable mais tout chez lui avait été déréglé dès l'origine par le mensonge dans lequel on l'avait fait vivre. Mon arrière-grand-père ne méritait pas ce destin-là, tout comme sa femme et ses deux enfants n'auraient jamais dû l'avoir ni comme mari, ni comme père. Comment reprocher à un homme dont on avait falsifié la vie de faire des faux pas et de ne pas éprouver d'amour pour une famille qu'on lui avait imposée ? Si je me remettais de cette saleté de méningiome, je me promis de confier à des spécialistes les documents patiemment accumulés par mon père. La vie de Gustave Hinstin méritait une nouvelle lecture.

Je fermai les yeux. J'appréhendais toujours ce moment mais, ce soir-là, les papillons ne vinrent pas me rendre visite. Étrangement, ces recherches me rendaient plus confiante, comme si j'étais entourée d'une nouvelle famille.

Avant de m'endormir, deux souvenirs de mon père me revinrent à l'esprit, des moments que j'avais totalement oubliés et qui ne collaient pas du tout avec l'image qui me restait de lui. J'avais douze ans et je plaçais au-dessus de tout la musique des Pink Floyd mais aussi celle, proche dans son côté planant, du Mahavishnu Orchestra. On annonçait la venue du groupe à Paris. Je n'avais plus qu'une idée en tête : y aller. Mais avec qui ? Mes amis étaient trop jeunes et n'avaient pas le droit. De la façon la plus naturelle du monde, sans que je ne lui aie rien demandé, mon père avait pris les places et m'y avait accompagnée.

Comme à l'accoutumée, Jean était très élégant et le couple que nous formions semblait surréaliste dans cette assemblée de hippies carburant au hasch. On nous regardait pourtant sans animosité, respectueux même devant un vieux monsieur qui avait du goût et appréciait une musique révolutionnaire pour sa génération. Pendant tout le concert, il avait tenu parfaitement son rôle, la tête en arrière, les yeux fermés, apparemment dans un état d'extase. J'étais seule à savoir qu'il avait les oreilles bouchées par des boules Quies et qu'il naviguait dans d'autres mondes.

Je nous revis ensuite en Angleterre. J'avais alors quatorze ans et j'étais partie pour la première fois dans une famille anglaise dans le Kent. Mon père avait tenu à venir me chercher à Londres pour y passer deux jours dans un des plus beaux hôtels de la capitale. Plusieurs raisons expliquaient sa décision. D'une part, mon père adorait les hôtels, il avait vécu avec bonheur plus d'un an à l'hôtel Meurice pendant son divorce en attendant d'épouser maman. D'autre part, il vénérait l'Angleterre car, selon lui, les Anglais étaient des amis fidèles – à la différence des Américains –, on y trouvait les filles les plus érotiques du monde, et il y régnait l'aristocratie du monde juif. Ses propos nous faisaient sourire en cachette mais ne souffraient pas la contradiction.

Nous étions donc dans l'ascenseur du Bailey's Hotel pour monter dans nos chambres. Un homme d'une cinquantaine d'années était avec nous et, dans le miroir, à la dérobée, je le vis me lancer un regard appuyé. Cela m'amusa mais, quand nous arrivâmes à l'étage, mon père me regarda bizarrement.

— Dis-moi, te rends-tu compte que tu avais une attitude provocante ?

Je ne savais pas très bien ce qu'il voulait dire par là, mais il avait l'air à la fois surpris et admiratif. J'en conçus une sorte de fierté. Mon père s'y connaissait en matière de séduction et me fit comprendre ce jour-là que j'étais devenue une femme.

Tout tournait dans ma tête quand le sommeil me saisit. Gustave Hinstin, Fernand Lamaze ou Jean Gutmann, la légende, la rumeur ou la mémoire les avaient figés dans le temps, leur donnant parfois une image fautive mais ils continuaient leur parcours et, des années après leur mort, pouvaient révéler un autre visage d'eux-mêmes.

9.

Le moment était enfin venu de voir ce que j'avais dans la tête. On m'avait déjà exposée aux rayons des scanners et des IRM mais, cette fois, c'étaient ceux de Sainte-Anne, probablement plus fiables aux yeux de mon chirurgien et plus précis en ce qui concernait l'IRM T3 dont le seul nom me faisait frémir.

Les enfants étaient arrivés la veille, m'apportant leur réconfort. Ce que j'appréhendais tant s'était bien passé. Je leur avais expliqué avec des mots simples ma maladie et la façon dont on allait l'éradiquer. Ils avaient réagi avec amour et courage, sans effusion inutile, cachant leur émotion car ils avaient compris que je leur demandais d'être vaillants à mes côtés. Je savais que je pouvais compter sur eux mais je ne voulais pas devenir un poids. Malgré leur insistance, je refusai qu'ils m'accompagnent à mes deux examens. J'irais comme une grande à Sainte-Anne, seule.

Le premier rendez-vous était à 11 heures, le second à 12 h 30. Je pris un livre au hasard dans ma bibliothèque, *Mille et un fantômes* d'Alexandre Dumas, il y était question de revenants et de décapitation, cela tombait pile.

Je déteste être en retard, j'étais donc partie une heure à l'avance en sachant que de chez moi, boulevard Saint-Jacques, à l'entrée de Sainte-Anne, rue Cabanis, j'en avais pour dix minutes de marche au grand maximum. Mais il fallait compter le temps d'aller de la rue Cabanis au bâtiment Raymond Garcin, les procédures d'enregistrement à l'accueil toujours longues, et surtout la peur qui me tordait le ventre et me faisait avancer à reculons.

Je marchais à tout petits pas avenue Paul Verlaine en me disant que quatre jours plus tard je ne serais plus en visite à Sainte-Anne mais à demeure. Sur la droite, le long du terrain de tennis il y avait de grands panneaux qui retraçaient l'histoire de l'hôpital. J'étais trop fébrile pour prendre des notes mais le passé de ce haut lieu de la psychiatrie et de la neurochirurgie méritait qu'on s'y arrête. Avec la famille Hinstin, cela me donnait un autre sujet de recherches. Je le notai dans un coin de ma tête, tentant de me rassurer avec cette nouvelle promesse d'avenir.

Sur les écriteaux, on découvrait également les projets de rénovation et de reconstruction de Sainte-Anne. J'essayais de fixer mon attention sur les plans mais je n'arrivais pas à comprendre où je me trouvais dans ce qui ressemblait à une ville labyrinthique. Quand ma tête serait guérie, je me promis d'étudier la question.

Je m'approchai de la petite chapelle. Malgré mes efforts pour marcher lentement, j'avais près de trois quarts d'heure d'avance sur mon rendez-vous. À l'entrée du pavillon de l'horloge, je m'adossai à un mur, observant les médecins et les infirmiers se presser en passant devant moi. C'est alors que je remarquai sur un fronton une plaque avec le nom des membres de l'hôpital Sainte-Anne « déportés en Allemagne et disparus ». Le nom du professeur Joseph Lévy-Valensi, déporté à Auschwitz en 1943, figurait en tête, suivi du docteur René Bloch, du docteur Moïse Haller et de Jérôme Wanwets-Winkel. Lévy-Valensi était un des meilleurs amis de Fernand Lamaze. Ils s'étaient connus pendant la guerre de 14 et ne s'étaient plus quittés. Mon grand-père avait une immense admiration pour ce médecin de neuf ans son aîné. Il lui avait même dédié sa thèse de neurologie avant de devenir obstétricien par nécessité, les études de neurologie étant trop longues et trop chères. La déportation de son ami à Drancy puis à Auschwitz, peu de temps après le suicide de son autre ami, Émile Gutmann, avait été un drame dans la vie de Lamaze. Il avait tout fait pour essayer de convaincre ce grand neurologue de quitter la France, mais, Joseph Lévy-Valensi, médaillé de la croix de guerre et de la Légion d'honneur, croyait fermement à la protection de Pétain dont il conservait toujours sur lui une lettre célébrant ses faits de guerre. Bien entendu, aucune intervention ne le fit sortir de Drancy.

J'avais si souvent entendu parler de Lévy-Valensi à la maison et le voir ainsi resurgir avait quelque chose de troublant, comme si mon histoire familiale suivait les traces de mes pas. Je regardai l'heure, je n'avais plus le temps de m'attarder à ces coïncidences étranges, le scanner m'attendait.

À quelques mètres du bâtiment Raymond Garcin, je remarquai un drôle d'endroit : un « Relay Café » qui vendait des journaux et des boissons et abritait également un coiffeur. Sur le chemin du retour, la terrasse au soleil serait idéale pour me remettre de mes émotions. Arrivée à l'entrée du bâtiment, je passai devant un service de stomatologie, étrangement situé en neurochirurgie et, au bout d'un long couloir, trouvai l'accueil. Comme dans les boutiques de la SNCF, il fallait prendre un ticket d'attente. J'étais le numéro 3 après deux malades dont l'un était perfusé. L'inscription fut vite faite et on me dirigea vers l'allée B, où on viendrait me chercher pour le scanner.

On me demanda de m'asseoir sur une chaise bleue, les vertes étant destinées à d'autres examens. Nous étions deux patients sur la rangée, moi et un homme d'une cinquantaine d'années mais au bout d'une demi-heure nous attendions toujours. À midi, un jeune garçon sortit de la salle des radios et je compris que mon voisin était son père qui l'accompagnait. C'était donc mon tour mais personne ne venait me chercher. J'allais être en retard pour l'IRM. L'heure tournait, il fallait que je prévienne un responsable mais je ne trouvai que des bureaux vides et c'est à l'heure précise où j'aurais dû être à l'IRM que la porte du scanner s'ouvrit.

La technicienne eut vite fait de me calmer. Rien ne pressait, il y avait eu plusieurs urgences, l'équipe de l'IRM T3 était prévenue et viendrait me chercher dès que le scanner serait fini. En prenant son temps, avec douceur et précision, la jeune femme me plaça à l'entrée de l'appareil. Entre ses mains, j'avais un peu l'impression d'être chez une esthéticienne qui vous prépare à un soin de peau. De plus, la bonne nouvelle était qu'il n'y avait pas d'injection pour cet examen. En partant pour mon second rendez-vous, je regrettais déjà le premier. L'aide-soignant qui me guidait me fit passer par un petit escalier. Pourquoi n'allais-je pas à l'IRM normale qui était au rez-de-chaussée et pour quelle raison devais-je affronter un appareil qualifié de T3 ?

En arrivant à l'étage, le bruit de la machine était assourdissant. Une infirmière m'accueillit et me dirigea vers une salle où on allait me perfuser en attendant que l'examen en cours soit terminé. Je répétai ma phrase rituelle, mes veines étaient très difficiles à trouver, abîmées par la chimiothérapie. Garrot bras gauche, garrot bras droit, pas de veines visibles, une très fine et un premier essai avec le liquide qui passe à côté. Retour au bras gauche. J'avais l'habitude mais quand cela durait trop longtemps, j'avais la bouche qui se remplissait de salive et la sensation de défaillir alors, pour résister, je respirais lentement en détournant le regard de l'aiguille qui tâtonnait pour trouver une entrée. La troisième tentative fut concluante. On passait d'abord du sérum physiologique dans la perfusion, l'iode serait injecté pendant l'examen.

L'humour réussit à tout vous faire oublier. L'homme aux commandes de l'IRM T3 n'en manquait pas. Il s'appelait André, avait depuis deux ans la responsabilité de la Rolls de l'investigation radiologique et, avec huit examens par jour, s'était employé à dresser un panorama de l'espèce humaine.

— Vous n'avez pas pris d'anxiolytiques. Vous faites donc partie de la catégorie des voyageurs intrépides.

J'avais de la chance d'être classée ainsi dans la top liste. « Voyageurs intrépides », « voyageurs soumis », « voyageurs timorés », « voyageurs réfractaires ». Dans cette dernière catégorie, on trouvait, selon André, une majorité d'hommes. Ils étaient faciles à repérer. Ils venaient toujours accompagnés et, à peine arrivés, récitaient la liste exhaustive de leurs allergies. Malgré des doses massives de calmants et les discours les plus avisés, ils actionnaient invariablement l'alarme en suppliant qu'on les sorte sur-le-champ de la machine.

Si je voulais garder mon classement, j'avais intérêt à ne montrer aucune peur. Quand on me mit des bouchons dans les oreilles et un gros casque sur le crâne, je demandai timidement si cette machine faisait plus de bruit que les autres. Je me fis immédiatement retoquer. J'appris alors que tous les techniciens testaient plusieurs fois les appareils et que je devais être bien heureuse d'entendre du bruit car la pire expérience d'André avait été celle de rester vingt minutes dans le silence, prisonnier de la machine.

Le déroulé chronologique était simple. Pendant dix minutes, on faisait des clichés sans marquage. Juste avant l'injection de l'iode, je recevrais un signal. Il y avait alors une courte pause puis le matraquage photographique se poursuivait. Au passage de l'iode dans les veines, je sentirai une chaleur se propager dans tout mon corps. Rien d'inquiétant, la norme.

J'avais mon ticket pour la Foire du Trône. C'était plus excitant que le Grand Huit et, après m'avoir demandé de fermer les yeux, André me souhaita bon voyage et m'envoya avec ma perfusion dans les entrailles du monstre.

Tout tremblait autour de moi. Et puis, soudain, la machine se mit en route et ce furent des soubresauts d'enfer. Mais quand elle s'arrêta, André avait raison, c'était bien pire. Je respirais doucement faisant le vide en moi. L'amant, qui n'avait cessé de m'appeler ces derniers jours, m'avait donné des conseils qui, pour une fois, s'avéraient utiles. Je ne devais pas me concentrer sur moi, mais m'oublier, ne pas craindre la machine, mais épouser ses mouvements jusqu'à disparaître en elle. La chaleur qui circulait dans tous mes membres eut un effet bienfaisant. Il ne me restait plus que dix minutes ! La fin fut une apothéose, j'étais plongée en pleine guerre, bombardée par une armée de tirailleurs. Totalement hébétée, je restais allongée quand je revis la lumière du jour. André m'aida à me relever et à descendre de l'appareil. L'infirmière me débrancha. Tout s'était bien passé. Les clichés seraient transmis dans l'après-midi au professeur T. Il me fallait simplement maintenant boire toute la journée pour bien nettoyer les reins de l'iode. De toute façon, ce n'était qu'un au revoir. J'étais amenée à retrouver André après l'opération.

Le cycle de l'éternel retour… Le cauchemar ne faisait que commencer. Je repris mon pas de petite vieille pour aller acheter une grande bouteille d'eau au bar du Relay puis m'affalai sur une chaise à la terrasse. Il y avait une clientèle bigarrée autour de moi. Des hommes et des femmes en blouses blanches, des proches des malades dont on devinait l'anxiété, des « fracassés » de tous genres qui peinaient à se déplacer, et des avatars de ce que je serais quelques jours plus tard, la tête emmaillotée de bandages, le visage couvert de bleus comme un boxeur. Assis à la table à côté de la mienne, un homme dénotait dans ce paysage. Il avait l'air d'un aventurier avec son grand panama. Je ne sais pas quel trésor il cherchait mais il ne cessait d'annoter fébrilement des cartes et des plans qu'il rangeait ensuite dans un grand dossier posé devant lui. Il finit par s'arrêter, sirota avec une paille son Coca-Cola et sortit de sa sacoche *Voyage en Orient* de Gérard de Nerval.

Cet homme avait vraiment tout pour m'intriguer. Depuis le début de mon adolescence, j'avais lu et relu Gérard de Nerval. Les premières fois sans bien le comprendre, à la façon d'un traité de magie, puis en m'approchant de plus en plus près de cet esprit si clairvoyant et si fort dans le traitement et l'exploration de sa folie. Je devais manquer de discrétion car mon voisin me prit à partie.

— Vous vous intéressez à ce que je lis, jeune fille ?

À cinquante ans révolus, être traitée de jeune fille n'était pas pour me déplaire. L'homme me regardait fixement. Chauve, le sourcil broussailleux, les yeux noirs profondément enfoncés et une cicatrice marquée à la commissure des lèvres, il n'était pas beau à proprement parler mais avait un physique qui ne passait pas inaperçu.

— Je m'intéresse à ceux qui aiment Gérard de Nerval, répondis-je sans sourciller.

— Nous sommes donc faits pour nous entendre : Alexandre Le Kermachen, architecte. Je travaille pour le projet du nouveau Sainte-Anne et je viens faire une pause ici tous les jours à 14 heures. J'ai besoin de me remettre les idées en place. L'organisation spatiale d'un hôpital n'est pas une mince affaire et elle est déterminante pour le bien-être des patients. Aujourd'hui, j'avais envie de relire le passage où Nerval parle d'Adoniram, l'architecte par excellence : « Il semblait tout créer, tout deviner et tout faire. » J'aimerais avoir un peu de son génie pour réussir à mener à bien ma tâche. Et vous, qu'est-ce qui vous amène ici ?

Notre conversation prenait un tour surréaliste. Quelle raison pouvait me pousser à venir ici si ce n'est de m'y faire soigner ? Cet architecte vivait donc sur une autre planète ! Je répondis toutefois à sa question. La perspective de me retrouver sembla réjouir mon interlocuteur.

— J'en ai vu défiler des malades et votre professeur est un as. Quand vous serez en état de vous déplacer, je vous tiendrai compagnie au café et vous raconterai l'histoire de cet hôpital et nos nouveaux projets.

Alexandre Le Kermachen prit alors ses affaires et me salua. Un homme qui lisait le journal à une autre table le rejoignit. Probablement un collègue. Quelle drôle de rencontre ! Mon architecte n'était pas tout jeune mais avait une sacrée allure et un aplomb désarmant. Il avait piqué ma curiosité. Si Dieu me prêtait vie et dès que j'aurais l'autorisation de quitter ma chambre, je serais au café à 14 heures en sa compagnie.

10.

« Du balcon qui s'accroche à la muraille sombre,
Malgré le mur d'acier et le garde alerté,
Mon regard, libre lui, suit, lorsque le jour sombre,
Le chemin qui, là-bas, mène à la liberté. »

Joseph Lévy-Valensi avait écrit ces vers à Drancy, le 11 novembre 1943. L'ami de mon grand-père était également le seul médecin à avoir été nommé deux fois professeur de médecine. La première fois, en 1939, à la chaire d'histoire de la médecine ; la seconde fois, en 1942, lors de son élection à l'unanimité par la faculté de médecine à la chaire des maladies mentales et cela en dépit des lois anti-juives qui lui interdisaient d'exercer son enseignement.

Depuis mon retour de Sainte-Anne, je ne savais plus où donner de la tête. Je m'étais d'abord précipitée sur mes notes concernant Lévy-Valensi. Puis celles-ci m'avaient amenée à un autre personnage qui avait compté dans la vie de Lamaze et joué un rôle important à Sainte-Anne, le docteur Yves Porc'her. Lamaze et Porc'her s'étaient croisés dans la Résistance. À la Libération, le docteur Porc'her fut nommé médecin chef de l'hôpital Sainte-Anne, en charge du centre Henri Roussel dont il fit un grand laboratoire de « biologie sociale ». Logé dans le pavillon du directeur, entre le parc Charles Baudelaire et l'allée Vincent Van Gogh, le docteur Porc'her conviait régulièrement la famille Lamaze à dîner chez lui.

L'usage était d'arriver à 22 heures car Porc'her travaillait tard et ses convives, pour la plupart des médecins, s'accommodaient fort bien de cet horaire. La spécificité de ces dîners était la présence des patients du docteur Porc'her. En effet, pour réinsérer les malades dans la vie sociale, le docteur leur demandait de venir servir à dîner. Une pratique pas toujours confortable quand on savait que certains d'entre eux avaient été des assassins.

Ce pavillon existait-il toujours ? C'était un nouveau point que je me promettais de résoudre.

Une question en appelait une autre. Peut-être était-ce l'angoisse de l'approche de l'opération mais j'avais beaucoup de mal à me concentrer, passant d'un sujet à l'autre et perdant ainsi de vue le but que je m'étais fixé, pénétrer dans l'histoire de la famille Hinstin. Tout d'ailleurs contribuait à me détourner de mes recherches. Pour me changer les idées, les enfants voulaient m'emmener au cinéma, le Russe fou me faire découvrir une table exceptionnelle et l'amant m'offrir un cinq à sept inoubliable.

J'invoquais la fatigue et tentais de ne plus me disperser. Dans le désordre qui régnait dans ma tête, c'était pour moi vital de reprendre le fil de mon travail.

Comment mon père, s'il avait été encore vivant, aurait réagi à l'annonce de cette nouvelle attaque de la maladie qui me frappait aujourd'hui ? La réponse était évidente : avec calme, méthode et détermination, comme lorsque j'avais dix-neuf ans, et comme il l'avait toujours fait. Cet homme qui s'emportait pour un rien, nerveux et colérique, n'était jamais désarçonné par les pires catastrophes. Face à l'adversité, il prenait le temps d'analyser la situation, d'étudier les tenants et les aboutissants et trouvait toujours les moyens de contourner au mieux les difficultés.

Ce don venait de loin. La vie lui avait donné l'habitude de se battre. Contre son beau-père, qu'injustement, il détestait ; dans les affaires, en quittant le domicile familial pour ne rien devoir à personne et partir vendre des gants alors qu'il n'y connaissait rien ; contre la corruption qu'il rencontrait chez ses concurrents, lui qui prônait l'intégrité et avait fait un parcours sans faute jusqu'à obtenir un haut poste à la Radio Technique à la fin de sa carrière ; contre les nazis en prenant le risque de fuir la France avec tous les siens ; contre sa famille qui représentait tant pour lui mais qu'il avait osé quitter pour divorcer, par amour, à plus de soixante ans ; et puis, plus tard, encore, contre la dépression d'Anne-Marie, violente et souterraine, contre ma maladie puis contre la sienne, contre la vieillesse et contre le monde entier.

Je le réalisais seulement aujourd'hui : jusqu'à la fin de sa vie, même lorsque je l'avais connu vieux, irascible et éructant sans cesse, le seul souci de mon père avait été de veiller sur nous. Il y avait mis toute l'énergie qui lui restait, s'enfermant dans sa chambre pour régler les factures, les papiers, faire ses comptes, humilié d'être devenu un retraité forcé à économiser et obsédé par l'idée qu'après sa mort, nous ne manquions de rien. Dans son imaginaire masculin, cela avait été son dernier rôle : nous protéger. En travaillant sur sa famille, j'avais un peu l'impression qu'il continuait à garder un œil sur moi.

Il ne me restait plus que deux jours avant mon hospitalisation, deux jours et trois nuits et tant de questions qui restaient sans réponse. Le soir, je tombais de sommeil et m'endormais avec mon chien sur le lit collé contre moi. Bizarrement, les papillons ne venaient plus me rendre visite. Ne dit-on pas que la nature a horreur du vide ? Qu'allait-il se passer quand le chirurgien aurait débarrassé ma tête de ses corps étrangers ? Se préparaient-ils à renaître sous d'autres formes et à mener de nouveaux combats ? Au bout de deux ou trois heures, je me réveillai en sursaut avec l'impression d'étouffer. Il fallait à tout prix que je me lève et que je me réfugie ailleurs. Mon bureau m'attendait, couvert de feuilles. J'allais y mettre de l'ordre.

Ma vision de Gustave se précisait. J'avais trouvé dans les archives de mon père une photo de lui sur la terrasse de l'École d'Athènes. Son visage n'était pas très distinct mais il semblait assuré, encore heureux de vivre. Il y avait également la liste de toutes ses traductions dont celles de Térence, d'Euripide et de Virgile qui avaient longtemps fait référence.

En annexe du cahier était glissée une série de lettres échangées entre Jean et sa cousine. Il circulait beaucoup de rumeurs sur leur histoire. Jean et L. auraient été très épris et leur liaison très mal vue par la famille. Mais il n'y avait pas d'épanchements amoureux dans cet échange épistolaire dont le propos se bornait à la personnalité de Gustave Hinstin.

L. apparaissait comme une femme lettrée, très bonne lectrice de Lautréamont et soucieuse de donner à son cousin une image plus juste de son grand-père. Selon elle, Gustave avait joué un rôle majeur dans la création du poète. En effet, quatre ans après son départ de Pau, le professeur était toujours dans la tête de son élève comme l'attestait la dédicace de *Poésies I*. Il y avait douze dédicataires, Gustave Hinstin était le dernier, une place stratégique : « À Monsieur Hinstin, mon ancien professeur de rhétorique sont dédiés, une fois pour toutes les autres, les prosaïques morceaux que j'écrirai dans la suite des âges, et dont le premier commence à voir le jour d'hui, typographiquement parlant. »

Dans le texte même, elle voyait de multiples allusions à la relation entre Hinstin et Lautréamont.

Gustave Hinstin était le professeur qui, sous la plume de Lautréamont, donnait à sa classe des poèmes de Musset à traduire en « vers hébreux ». Gustave Hinstin aimait les traductions et connaissait fort bien l'hébreu. Il s'agissait évidemment de lui. Et un peu plus loin, la cousine de mon père le reconnaissait à nouveau sous les traits du professeur de seconde, tenant dans sa main son cœur. Et sa lecture ne s'arrêtait pas là, L. voyait Hinstin partout, dans le bestiaire des *Chants de Maldoror* et jusque dans la source de la colère et de la violence du poète.

Mon père lui avait alors envoyé une missive rageuse. Ces divagations littéraires importaient peu face à ce qu'avait enduré sa mère. L. pouvait bien s'amuser à reconnaître Gustave Hinstin sous les traits d'une baleine, d'un poulpe ou d'un requin, il n'en avait que faire. De toute façon, il ne restait plus rien pour étayer la thèse d'un amour entre le professeur et Lautréamont. À la mort de son père, Madeleine, il ne savait pas par quelle fidélité filiale, avait tenu à conserver les archives de son géniteur. Elle les avait ensuite confiées à son époux, Émile Gutmann. Mais après le suicide de ce dernier, les Allemands avaient saccagé la maison de Denfert-Rochereau et tous les papiers avaient été détruits.

L. ne rendait pas les armes. Dans une autre lettre, elle tentait de convaincre son cousin de faire la paix avec lui-même. Il pouvait être fier de son grand-père et elle revenait sur l'immense culture de Gustave Hinstin, sur ses deux thèses remarquables, l'une sur l'histoire du Pirée, l'autre sur les Romains à Athènes. Dans une pirouette finale, elle donnait rendez-vous à Jean au Louvre pour lui faire découvrir les deux statues prégrecques rapportées par Hinstin de son voyage en Grèce et offertes au musée. Cette visite était suivie d'un verre chez L. qui habitait à deux pas de là.

Mon père avait-il choisi les deux options ou simplement privilégié le verre chez sa savante cousine ? Je penchais plutôt pour la seconde hypothèse mais les morts ont le droit à leur secret. Je me promis toutefois d'aller vérifier au Louvre l'existence de ces deux statues si je sortais indemne de mon opération.

Le temps pressait et il fallait que j'abandonne là mon arrière-grand-père pour aller voir du côté de celui qui détenait le pouvoir dans la famille Hinstin, son frère, le Général.

C'est alors que mon amie Isabelle arriva, comme chaque soir, avec des nourritures terrestres et spirituelles plein les bras. La biographie de Lautréamont, le vacherin et le moelleux au chocolat, c'était elle. Elle venait toujours à vélo, après avoir donné ses cours de natation dans le XIIIe et passait un petit moment avec moi avant de repartir s'adonner à sa passion, la peinture.

Nous nous connaissions depuis l'enfance et j'aimais son élégance et sa discrétion. Elle aussi avait été blessée dans sa jeunesse, mais nous n'en parlions pas. Nous n'avions pas besoin de paroles, nous étions « sœurs de sang ».

Si je descends d'un général, j'ai moi aussi connu des faits de guerre : Hôpital Saint-Louis, il y a trente-cinq ans, pendant ma longue hospitalisation, on avait dû me poser un nouveau cathéter alors que je commençais ma descente de globules provoquée par la chimiothérapie et, manque de chance, l'anesthésiste, pourtant la meilleure du service, m'avait percé le poumon.

C'était une situation préoccupante et inédite : faire d'urgence un pneumothorax à un patient en aplasie. Le professeur Boiron s'était déplacé en personne avec une vingtaine de carabins qui, à travers la vitre, observaient et commentaient l'opération.

C'est un moment de gloire pour un malade d'être soudain sorti de l'anonymat pour devenir un cas rare qui figurera dans les annales de la médecine. Je sais que mon histoire a circulé entre les services d'hématologie anglais, américains et israéliens, et j'en tire une certaine fierté.

Une fois l'opération réussie, la question était ensuite de bien cicatriser. Il fallait que le pneumothorax tienne alors que mes numérations sanguines étaient au plus bas. La valse des transfusions a alors commencé : des blancs pour les défenses, des plaquettes pour la plaie, des denrées rares dans les banques de sang. Il me fallait trouver trois donneurs, ils répondirent présents sur-le-champ. Isabelle, Denis, mon ami d'enfance, et Mathieu, mon amoureux. Sur les trois, il m'en reste une : Denis n'est plus sur terre et Mathieu vogue sur d'autres mers.

Plus de trois décennies après, Isabelle s'apprêtait à partir en province et venait ce soir m'apporter des bonnes ondes avant l'opération. Avant son départ, je ne pus m'empêcher de lui révéler la raison de tous les papiers qui encombraient mon bureau et qu'elle me trouvait en train de gribouiller chaque fois qu'elle débarquait à la maison : une enquête sur la famille de mon père. Isabelle était une de mes rares amies que Jean appréciait. Et je savais que c'était réciproque. Mon père avait séduit Isabelle. Elle trouvait qu'il ressemblait à un acteur américain, qu'il avait de l'allure et qu'il était « racé ». Un drôle d'adjectif pour un homme qui était par essence nomade. Je lui racontai les malheurs de mon arrière-grand-père et quand j'arrivai au chapitre du Général, elle ne put s'empêcher d'éclater de rire.

Il n'y avait qu'elle pour s'en amuser car Isabelle m'avait connue quand j'étais chef d'armée. Je m'explique. Jusqu'à l'âge de dix ans, j'étais un vrai garçon manqué : je détestais les poupées, jouais aux billes, aux petites voitures mais surtout possédais une armée de petits soldats en plastique qu'on m'achetait au Jardin d'Acclimation et que je réclamais à chaque anniversaire. Je menais alors avec eux de grands combats que j'ai poursuivis ensuite autrement, avec ma part féminine.

Avant de partir, Isabelle me souhaita beaucoup de plaisir pour cette nouvelle partie avec un haut gradé et nous nous embrassâmes tendrement.

Les garçons étaient en vadrouille dans le quartier chinois à la recherche d'épices rares nécessaires à la recette que Martin préparait pour le dîner. Il me restait donc une heure avant leur retour, le temps de livrer une première bataille avec celui que je voyais d'un mauvais œil, le chef de la tribu Hinstin, garant de la morale et qui avait creusé la tombe de son propre frère, Gustave.

Comme il fallait s'y attendre, le cahier consacré à Adolphe Hinstin était particulièrement bien tenu. Rien ne débordait et l'écriture de Jean était celle d'un bon élève appliqué. J'y voyais là toute l'admiration que mon père éprouvait pour le mérite, les titres et les honneurs. Le Général faisait plus que l'impressionner, il l'intimidait. À plusieurs reprises, il revenait sur la grandeur et l'exemplarité de cette famille juive qui, fait très rare à l'époque, comptait en son sein trois militaires de haut vol avec, à son sommet, Adolphe, Général de division, grand officier de la Légion d'honneur.

Il n'y avait rien à redire, né à Paris le 5 juin 1831 et décédé à Cauterets le 27 juillet 1905, le Général avait effectué un parcours sans faute.

Élève de l'École Polytechnique, avec un physique avantageux, des cheveux blonds et de grands yeux bleus, Adolphe a tout pour réussir. Il se distingue partout, Tunisie, Martinique, Mexique. Prisonnier à Sedan avec Napoléon III, sa bravoure encore une fois est exceptionnelle. Mon père avait noté mot pour mot le discours prononcé par le général de division Gastay aux obsèques d'Adolphe Hinstin et qui se terminait ainsi : « Général Hinstin, votre mémoire sera précieusement conservée par le corps de génie et votre conduite donnée comme modèle aux officiers qui vous suivront dans la carrière. »

Comme un enfant, mon père avait souligné ces dernières lignes. On y devinait toute son amertume d'être le petit-fils de l'« autre », celui qu'il honnissait plus que tout.

Grand officier de la Légion d'honneur, Adolphe Hinstin avait passé sa vie à collectionner les décorations les plus invraisemblables : celle des « Ordres de Sainte-Anne de Russie » et même celle du « Soleil Levant du Japon ». Entre les batailles et les honneurs, le Général avait quand même trouvé un moment pour se marier avec une dénommée Adèle Edwige Simon. Ils n'avaient pas eu d'enfants et sa femme s'était éteinte une année après lui en novembre 1906. Pauvre Adèle, elle n'avait pas dû avoir une vie très amusante auprès de ce méritant mari.

La suite était à l'avenant. Aucune notation personnelle ou psychologique. Mon père s'était borné à noter des dates et des faits d'arme : « 49 ans de service, 10 campagnes, 2 blessures et quatre citations ». Tout cela était sinistre. Je n'apprenais rien et j'avais perdu le goût de jouer aux petits soldats.

Avant de clore le dossier d'Adolphe Hinstin, je cherchai sur Internet à en savoir plus sur le cimetière Montparnasse où il était inhumé. C'est alors que je découvris la seconde vie du Général.

Au début, j'eus du mal à réaliser qu'il s'agissait bien de mon Général. « Instin dans tous ses états », lisait-on. Le H avait disparu, mais apparemment, il s'agissait bien du même, celui du cimetière Montparnasse. À la tête du groupe qui avait transformé mon ancêtre en « spectre universel », il y avait Patrick Chatelier, membre du collectif Remue.net. Dans une interview, il racontait qu'un jour de l'année 1996, il se promenait au cimetière du Montparnasse et était tombé fortuitement sur la sépulture du Général Hinstin. Au fond du deuxième cimetière, il avait ainsi découvert un imposant monument au vitrail détérioré par le temps sur lequel figurait un portrait photographique d'Adolphe Hinstin. Dans un processus de décomposition, soumis aux jeux d'obscurité et de lumières, ce visage qui s'effaçait ne l'avait plus quitté. Des photos du vitrail avaient été mises en circulation. La légende du fantôme-soldat avait ainsi pris naissance. Un groupe de commentateurs s'était créé sur le net, s'appropriant le Général. Le GI, la communauté des « instiniens » allait ainsi faire passer le Général à la postérité. Sur sa nouvelle route, mon arrière-grand-oncle avait perdu son H, quittant son statut d'humain et devenant un personnage universel. Pris au mot, il s'était « Généralisé ».

Je n'en revenais pas. Il y avait des contributions d'universitaires, des manifestations dans le monde entier et deux livres qui venaient de sortir. Le Général contaminait, essaimait. Patrick Chatelier le disait joliment : « Cette image sur le vitrail parle à tout le monde, parce qu'elle touche à la mémoire, à la disparition, à l'effacement. Chacun y met un peu de soi en filigrane. »

Les êtres ne sont jamais faits d'une seule pièce. Il fallait que je me montre plus compréhensive envers le Général. Il avait perdu de sa raideur dans ce voyage collectif et j'avais besoin de tous les membres de ma famille pour me protéger de ce qui m'attendait. Il ne me restait plus qu'un jour avant de disparaître à Sainte-Anne, juste assez de temps pour aller lui rendre visite.

11.

Le Général ne quittait plus mon esprit et il fallait à tout prix que je trouve un moyen pour aller au cimetière Montparnasse sans éveiller la curiosité de mes fils. Ma convocation à Sainte-Anne était fixée à 14 heures le lendemain et l'opération prévue le mardi. Je pris une grande feuille de papier et notai tout ce qui me restait à faire avant l'hospitalisation : rédiger la lettre à remettre à mon chirurgien en cas de problème opératoire, envoyer par mail à ma direction les deux épisodes de la série que je venais d'achever en priant je ne sais quel Dieu que je pourrais leur remettre les deux derniers à mon retour, remplir le frigidaire et les placards, laver le linge sale, noter les consignes pour les enfants, leur donner les médicaments de Pedro en espérant que mon pauvre vieux chien m'attende pour rendre son dernier souffle.

Les deux premières tâches étaient prioritaires, en particulier, la rédaction de la lettre. Je ne savais pas très bien comment la tourner mais décidai d'opter pour la simplicité :

« Je soussignée, Caroline Gutmann, en pleine conscience, demande après en avoir parlé à mes proches, à mes deux fils et à mon ex-mari, de ne pas être maintenue en vie et que ne soit pas pratiqué sur moi un acharnement thérapeutique, si, après mon opération du méningiome à l'hôpital Sainte-Anne, je devais avoir des séquelles, être en état de dépendance (paralysie, incapacité de s'exprimer). »

J'étais contente de moi. C'était clair et net. Je préparai une copie pour mon fils aîné et le Russe fou, décidant au dernier moment de mettre l'amant dans les destinataires.

Les enfants s'affairaient. Ils voulaient me faire plaisir pour notre dernière journée avant l'hospitalisation. Le petit voulait nous emmener déjeuner dans le restaurant japonais du quartier qu'il affectionnait. Le grand, très gourmet, avait découvert une nouvelle adresse dans son livre de chevet, le *Fooding*, un thaï dans le IXe où le chef cuisinait devant ses convives. Je ne savais comment faire pour ne pas les blesser. J'invoquai le scénario à terminer et à envoyer chez Newbirth, mes dernières affaires à régler et mon manque d'appétit. J'allais déjeuner frugalement mais, promis le soir, nous irions au restaurant. S'ils voulaient me rendre service, ils pouvaient passer à la pharmacie Daguerre, de garde ce dimanche, acheter les bas de contention que je devrais mettre après l'opération et ensuite, pourquoi pas, faire une partie de bowling en passant par le Quick à deux pas de là. Mon fils aîné, oubliant toute fierté gastronomique, empocha l'argent et partit ravi avec son frère. J'avais trois bonnes heures devant moi.

En un clic, j'envoyai les deux nouvelles séquences de mon scénario. Le migrant syrien était sous les verrous, soupçonné d'être l'auteur du meurtre des trois femmes enceintes mais, toujours dans le quartier, une ravissante blonde de vingt-cinq ans, enceinte de six mois, allait bientôt être trucidée.

Avec le 68, j'étais dix minutes plus tard avenue Edgar Quinet, devant l'entrée principale du cimetière. Il y avait un banc, de l'autre côté de la rue, et je décidai d'aller m'y installer pour manger l'œuf dur et la tomate que j'avais emportés dans mon sac. Ce que j'avais sous les yeux était assez cocasse : une maison d'édition, Albin Michel, encadrée par deux marbreries funéraires, certainement en concurrence. Vendre des livres, vendre la mort, ce n'était pas si éloigné. Ces deux commerces, soumis l'un comme l'autre à la rentabilité financière, mettaient en avant l'idée du voyage, que ce soit dans l'imaginaire, ou sous terre, selon les cas. « Un livre qui vous emporte à des milliards d'années-lumière de votre vie quotidienne. » « Ne laissez pas vos proches s'en charger. Préparez votre dernier séjour dans la sérénité. »

Ces considérations oiseuses ne me mirent pas en appétit. J'avais beau me forcer, l'œuf dur ne passait pas. Le souvenir de ma visite à une grande entreprise funéraire boulevard Saint-Jacques m'était revenu à l'esprit. C'était deux ans auparavant. Quand maman avait décidé qu'il était temps pour elle de mourir, j'étais allée consulter cette entreprise qui s'était chargée de l'enterrement de mon père pour savoir s'il y avait encore assez de place dans le caveau familial, au cimetière de Grosrouvre. On avait ouvert les tombes et fait de savants calculs. Pour qu'Anne-Marie repose avec sa famille et son mari, il faudrait probablement réduire des corps. Mieux fallait prévoir et obtenir les autorisations nécessaires. Je m'étais bien sûr abstenue de parler de ces questions avec maman et j'avais écrit en cachette à mes deux demi-sœurs, mon demi-frère, P., étant mort. Elles me donnèrent immédiatement leur accord. Heureusement, nous n'en eûmes pas besoin. Sans toucher à aucun corps, Anne-Marie avait pu être enterrée dans ce petit cimetière qu'elle aimait tant, perdu dans la campagne, loin de tout. Mais elle serait la dernière occupante du caveau. Désormais, il n'y avait plus de place. Il me faudrait trouver un lopin de terre ailleurs pour « séjourner dans la sérénité » comme m'invitait à le faire la publicité sur la vitrine, en face de moi.

À l'entrée du cimetière, il y avait une guérite avec un gardien. J'y pris un plan avec le descriptif des sépultures connues. Il y avait du monde dans le cimetière. Des étudiants qui marchaient à pas vifs, des petites vieilles affairées transportant des fleurs et des couples lascivement enlacés en quête d'un abri discret. Je déambulais sans savoir où aller. Je pensais trouver le Général inscrit parmi les personnalités du cimetière mais entre Louis Hachette et Jean Antoine Houdon, il n'y avait personne. Je croisais ainsi Sartre, Gérard Oury, Marguerite Duras, Serge Reggiani et Soutine, mais aucune trace du Général.

Il faisait une chaleur étouffante et j'avais la tête qui tournait. Je m'adossai contre une statue, à l'ombre. Où se cachait donc le « soldat-spectre » ? Je n'allais pas revenir bredouille. Le gardien devait avoir un plan détaillé et je retournai sur mes pas pour le consulter.

J'avais frappé à la bonne porte mais il fallait savoir se montrer patient. Avec plus de quatre mille morts, on ne retrouvait pas une tombe en claquant des doigts. Le simple nom du défunt ne suffisait pas, il fallait la date de sa mort. Prise de court, je paniquai. Quand donc était mort Adolphe Hinstin ? J'avais l'habitude d'éparpiller mes notes sur une multitude de petits carnets, peut-être par chance avais-je inscrit cette fichue date sur mon agenda. Je le feuilletai fébrilement. Listes des courses, plan de Sainte-Anne, affaires à emporter demain à l'hôpital, comment pouvais-je me retrouver dans un tel désordre ? Et puis, soudain, la chance me sourit. J'avais sauté une semaine. Au lundi suivant, la date de la mort du Général et celle de son épouse Adèle étaient inscrites côte à côte, liées sur le papier comme dans la tombe.

Le gardien, qui ne devait pas être si souvent sollicité, prit sa mission à cœur. Après avoir consulté trois gros registres, il me livra triomphant l'emplacement du mausolée du Général. C'était dans le deuxième cimetière, plus petit. Il fallait aller à gauche, traverser la rue Émile Richard et entrer dans la division 28. Ayant deviné que je pouvais me perdre dans un mouchoir de poche, cet homme bienveillant me prêta un plan sur lequel il dessina mon itinéraire. Il en profita pour faire une croix sur la tombe de Gainsbourg, la plus visitée du cimetière. Je ne pouvais pas partir sans avoir été y faire un tour.

Je le remerciai. Voilà quelqu'un qui savait s'occuper de ses morts. Le cimetière Montparnasse était une adresse à retenir.

« Être Général n'est pas une ambition. C'est ma manière à moi d'être seul. » J'avais noté cette phrase tirée d'un des colloques du GI et elle résonnait particulièrement bien aujourd'hui. Toutes ces tombes se ressemblaient et il en ressortait un immense sentiment de solitude. Une succession de dorures, de plaques, d'hommages, et puis le silence. On triche toujours avec la solitude. On se croit « entouré » « choyé » « comblé » mais à l'épreuve de la maladie, l'antichambre de la mort, quel que soit l'amour des proches, on mesure le vide sidéral.

J'avançais dans les divisions. La mort était quadrillée comme à l'armée. Et puis soudain, je vis la tombe de la famille Citroën. Hinstin était tout près. Je m'approchai d'un monument avec une porte rouillée. Je l'avais trouvé. Sur le fronton était inscrit un texte en hébreu : הָוהְי דָחֶא « Notre Dieu est un. » Le soleil traversa alors le mausolée, éclairant la photo du Général collée sur le vitrail. C'était stupéfiant. Mangé par le temps, des groupes de taches s'étaient formés sur le visage de mon ancêtre qui se métamorphosait selon la lumière, donnant l'impression d'un être multiple.

Dans l'une des « performances Instin », j'avais lu cette phrase de Foucault mise en exergue : « L'homme n'est peut-être plus qu'un visage qui s'efface comme une figure sur le sable. » Celui du

Général était proche de la disparition et se prêtait ainsi à toutes les interprétations. Il était devenu un fantôme collectif, laissant chacun y mettre un peu de soi, retrouver une part de ses origines, et le transformer en ancêtre universel.

C'était un beau destin pour un mort de se transfigurer ainsi. Plutôt que de rester à croupir dans leur tombe, la mission des morts devrait être d'aider les vivants. Je me sentais bien avec le Général, à l'abri, dans son mausolée. J'y trouvais une sorte de quiétude, d'apaisement.

Sa vie n'avait pas dû être si drôle. Des batailles sans fin et une collection de médailles : cela ne rendait pas un homme heureux. Il y avait bien eu Adèle pour lui donner un peu d'amour, mais les guerres ne leur avaient même pas laissé le temps de faire des enfants. Et puis il avait dû jouer au gendarme avec son frère Gustave, prendre le visage du chef de famille sévère, décrétant où se trouvaient le bien et le mal. Tout cela au fond était très ennuyeux car Adolphe Hinstin avait d'autres aspirations et, d'une certaine façon, le vitrail détérioré les dessinait. J'avais besoin de son soutien pour toutes les batailles que je devais mener. Il avait besoin de moi pour s'incarner. Je décidai à ce jour de me mettre sous la tutelle du Général.

Cela faisait longtemps que je ne m'étais pas sentie si confiante. J'avais envie de bouger et décidai de découvrir les tombes aux alentours. Située à deux pas, j'avais déjà croisé celle de la famille Citroën. C'était une drôle de coïncidence, car Jacques Hinstin, l'un des neveux du Général, était un ami d'enfance et un associé d'André Citroën. Mais cela ne s'arrêtait pas là. À quelques tombes de distance, je découvris la sépulture de Joseph Kessel, le dernier ami à Kaboul de Charles Hinstin, le fils de Jacques, qui enfant ressemblait tant à mon père et dont j'avais tant hâte de découvrir la vie. Et pour clore le tout, je tombai sur le tombeau d'Alfred Dreyfus dont le combat illustrait si bien celui de la famille Hinstin.

Après être passée rendre le plan au gardien, je quittai le cimetière rassurée. J'avais abandonné mes angoisses au pied du mausolée Hinstin. Sur un tout petit territoire étaient réunis tous les destins qu'il me restait à explorer. C'était un signe que le Général m'envoyait. Il ne fallait jamais rendre les armes trop vite. J'étais plus forte que les papillons qui envahissaient ma tête et j'avais encore beaucoup d'histoires à raconter.

VOYAGE À SAINTE-ANNE

12.

IRM cérébrale

Indication :

Bilan préopératoire d'un méningiome sphéno-orbitaire droit.

Technique :

IRM 3T

Séquences axiales FLAIR, diffusion, T2, 3D gadolinium*

Résultats

Mise en évidence d'une masse extra-axiale connue, en hypersignal FLAIR, se rehaussant de manière homogène avec plage en hypersignal FLAIR péri-lésionnel.

Masse centrée sur la grande aile du sphénoïde droit, mesurant 26 × 35 mm dans le plan axial et 38 mm de hauteur, avec épaississement périosté en regard. Ce dernier s'étend en intra-orbitaire, refoulant le nerf optique droit. On observe un hyposignal

T2 à la partie postérieure de cette dernière, compatible à des calcifications.*

On observe d'autres lésions extra-axiales, compatibles avec des méningiomes, frontale droite plus inférieure mesurant 8 mm de grand diamètre. Frontale supérieure gauche mesurant 8 × 6 mm.

Conclusion

Plusieurs lésions extra-axiales, compatibles avec des méningiomes, dont le plus important est sphénoïdale droite, avec extension intra orbitaire de la lésion droite, responsable d'une exophtalmie grade II.

En langage courant, cela voulait dire que j'avais une très grosse boule dans la tête et qu'elle menaçait de faire sortir mon œil droit de son orbite. J'étais installée dans ma chambre à écouter les propos de mon chirurgien qui avait l'art de dédramatiser les pires situations. Je ne devais pas me soucier des deux autres petits méningiomes qui seraient mis sous surveillance et qui selon toutes probabilités n'évolueraient pas. L'urgence était la lésion droite. À quelques mois près, elle était fatale.

Quatre heures d'anesthésie, une opération complexe car touchant des zones sensibles, c'était la raison pour laquelle on m'avait installée dans une chambre provisoire, celle des urgences, en face du staff des infirmières, pour que je sois surveillée sans cesse à mon retour de la salle de réveil.

Le professeur me fit un sourire rassurant et partit après m'avoir serré la main. J'avais vérifié, ma lettre demandant à ne pas être maintenue en vie en cas de problème était bien dans son dossier.

Toute l'après-midi s'était déroulée en un jeu de chaises musicales. Mes deux meilleures amies m'avaient amenée jusqu'au pavillon Raymond Garcin, dans la chambre dite des urgences. Elle était dépourvue de placards pour qu'on puisse mieux y circuler. Mes affaires étaient donc consignées chez les infirmières, ce que je trouvais très peu pratique, et seraient ensuite transférées dans ma chambre définitive. Le seul détail qui me faisait plaisir c'était d'être logée dans l'aile Sud, et non dans l'aile Nord, une toute petite promesse d'un avenir ensoleillé.

J'avais bien orchestré les visites du Russe fou et de l'amant. Je ne voulais absolument pas qu'ils se croisent. Le premier était venu à 16 heures, le second après ses séances, à 19 h 30, me laissant ainsi avec mes enfants une bonne partie de l'après-midi.

Lucien avait un défaut : il tombait toujours au mauvais moment, et cette fois, en plein repas. C'était Aimé qui m'avait apporté quelques minutes auparavant mon plateau sur lequel étaient disposés avec serviettes et couverts un potage tiède, un poisson pané qui nageait dans une sauce huileuse et un riz au lait flasque et aqueux, avachi sous le caramel. Heureusement que le sourire de mon « aide au bonheur du soir », comme il se faisait surnommer, aidait à faire passer l'odeur nauséabonde de mon dernier festin avant l'opération.

« Cela a l'air délicieux », s'exclama mon amoureux en s'installant sur le fauteuil en face de moi. Il avait endossé son costume de « super sauveur » décidé à se montrer gai et positif envers et contre tout pour me sortir de l'état dépressif dans lequel, selon lui, je me complaisais. La force du mental était la clef de la guérison et surtout l'intitulé de son prochain colloque auquel j'avais droit en avant-première. Je devais à tout prix chasser les mauvaises pensées de mon esprit. L'état dans lequel j'allais m'endormir pendant l'anesthésie conditionnait mon réveil et la suite de ma convalescence. Je me plaignais de mon œil qui avait grossi, mon visage était déformé, j'étais défigurée, et en plus, j'allais me retrouver rasée, balafrée, avec des entailles au front ! Nous étions dans un pur délire. Il est vrai que mon œil avait grossi mais combien d'individus sur terre ont les yeux parfaitement symétriques ? Plutôt que de toujours voir le verre à moitié vide, je devais le voir à moitié plein (Lucien affectionnait cette expression) et me féliciter de l'acte chirurgical qui allait rétablir ce léger déséquilibre. Les cheveux, ils repousseraient et, de plus, ils ne seraient rasés que sur le tracé du bistouri. Quant aux cicatrices, elles seraient très peu visibles et si ce n'était pas le cas, un bon chirurgien esthétique les effacerait en un tour de main.

Lucien envisageait toujours chaque situation sous son meilleur jour et, armé de son bon sens, en faisait disparaître toutes les ombres menaçantes. Son optimisme systématique était agaçant mais, je dois l'avouer, contagieux. D'où venait donc sa force de persuasion ? Je l'avais écouté d'une oreille critique me réciter ses bonnes paroles, et, malgré mes réserves, la boule qui me nouait le ventre avait disparu. Au fond, il avait raison, cela ne servait à rien de noircir le tableau, il était déjà assez noir. La situation n'avait pas changé : j'étais toujours à la veille de me faire ouvrir le crâne, mais j'étais en quelque sorte détachée car j'avais compris que je n'avais plus rien à perdre. Cela devait être le fameux « lâcher-prise », la clef de voûte du système philosophique de mon cher et tendre.

En attendant, il avait faim. Lucien avait toujours faim et rien ne le rebutait. Il attaqua donc avec gourmandise le poisson luisant et le riz au lait flapi, ne touchant toutefois pas au potage froid. L'estomac rempli, il avait ainsi le sentiment d'avoir doublement accompli sa mission : il m'avait remonté le moral et avait empêché qu'on gâche de la nourriture.

Avant de partir, Lucien sortit de sa sacoche une boîte remplie de mes chocolats préférés. J'avais jusqu'à minuit pour en manger seulement quelques-uns pour ne pas risquer une indigestion. Il me restait ensuite à prendre ma douche au Dakin dans la salle d'eau, au bout de l'aile Sud, en n'oubliant pas de me laver le visage avec ce dégoûtant liquide rouge. Je pouvais encore me brosser les dents jusqu'à minuit et prendre le calmant que l'infirmière avait posé sur ma table de chevet, mais ensuite, plus une goutte d'eau. Le lendemain matin, on me réveillerait à 7 heures. Je prendrais une seconde douche au Dakin en me lavant cette fois également les cheveux. On me mettrait mes bas de contention, une blouse stérile et je partirais au bloc. L'opération était prévue à 8 heures. Une chance, car je n'aurais pas à attendre sans boire ni manger.

Le plus important était l'image que j'emporterais quand l'anesthésie commencerait à faire son effet. Libre à moi de choisir. Nous avions un catalogue de scènes amoureuses suffisamment pimentées pour que je m'endorme heureuse.

Lucien n'avait peur de rien, surtout pas du ridicule. Il prit sa sacoche et son manteau en m'embrassant, un peu ému, mais très fier de lui. Sa femme l'attendait, il devait déjà penser au mensonge qu'il allait lui offrir car sa générosité dans ce domaine-là était infinie. Menteur, vantard, joueur, il est vrai, mais avec un talent de magicien pour mettre de la lumière dans les recoins les plus sombres : somme toute, Lucien n'était pas une si mauvaise pioche.

13.

J'entendais du bruit, des gens qui parlaient autour de moi. Je crus même reconnaître la voix de mon chirurgien. J'ouvris les yeux. Je me trouvais sur un lit. Était-ce celui de ma chambre ou étais-je encore dans la salle de réveil ? Posé sur une petite table pivotante se trouvait un « haricot ». J'étais contente de me souvenir du terme exact de cet objet qui était là, je ne sais pourquoi. Cela prouvait que mon esprit fonctionnait.

— Tout va bien. L'opération s'est très bien passée. Vous êtes déjà dans votre chambre. Vous vous êtes réveillée très vite après l'intervention, en pleine conscience.

J'étais rassurée. Mon chirurgien était un chef et avait sauvé toutes mes fonctions vitales. J'allais lui exprimer mon soulagement et toute ma reconnaissance, quand, à la place des paroles que je lui destinais, s'échappa de ma bouche un liquide rougeâtre qui tomba au centre du « haricot » dont je compris alors la légitimité. Je ne pouvais plus parler. Comme dans les contes, mes mots s'étaient transformés en une autre forme de crapauds, des substances de différentes couleurs qui sortaient de moi sous l'effet de spasmes.

Pas d'inquiétude : c'était un des effets de l'anesthésie et des fortes doses de morphine qui étaient nécessaires pour juguler la douleur. Cela allait s'atténuer pendant la nuit. Entre deux crises, on me passa le téléphone. C'était le Russe fou qui avait devancé tous les autres. Il avait une très jolie voix, mélodieuse, la voix d'un homme de théâtre. J'aimais cela. La façon de faire chanter ses cordes vocales était pour moi une arme de séduction déterminante, capable de donner à un homme laid un atout supérieur à un play-boy à l'organe de fausset. Je répondis à deux trois autres coups de téléphone avec l'esprit totalement en place. L'infirmière était déjà venue me faire passer l'examen qui serait répété à chacun de ses passages durant tout mon séjour à Sainte-Anne : Comment vous appelez-vous ? Où êtes-vous ? Où habitez-vous ? Et la question piège : quel jour sommes-nous ? Il y avait ensuite un autre rituel : tendre les deux bras à la même hauteur et soulever chaque jambe.

Je ne savais plus très bien si c'était le jour ou la nuit. On m'avait donné un somnifère et je m'étais endormie facilement, réveillée périodiquement pour rendre ce que j'avais dans le ventre. J'avais le crâne entièrement emmailloté dans une énorme bande qui passait sous mon cou et me couvrait les sourcils. À quoi est-ce que je ressemblais en dessous ? La douleur était supportable mais ne ressemblait à rien de connu. Je n'avais pas mal à la tête, mais aux os. Mes tempes se serraient soudain, mon cuir chevelu devenait dur comme du carton et toute cette zone qui se comprimait envoyait sans prévenir une décharge dans tous mes muscles. C'était une réalité dont je n'avais pas eu jusque-là conscience. J'habitais un squelette et ce squelette qu'on avait manipulé faisait des siennes. J'allais devoir m'y habituer et savoir jongler entre le « mal des os » et les nausées provoquées par la morphine qui y mettait fin.

Le lendemain de l'opération, j'étais toujours dans la chambre des urgences. Mon sommeil avait été haché et sombre, sans visite des papillons. Le scalpel les avait-il fait fuir définitivement ? Dans ma chambre, il y avait une grande effervescence. Plateau du petit déjeuner : du thé mais pas encore de nourriture, prise de tension, température, changement de perfusion, formules rituelles : qui, où, d'où et quand. Avec maintenant un bonus : des questions sur le nom du Président en place et celui de l'élection précédente. N'ayant pas encore le droit de me lever, il y avait aussi l'épreuve du bassin et celle de la toilette. J'avais connu cela dans le passé à Saint-Louis. C'était un bon moyen de mesurer ce que signifiait le mot dépendance.

En effet, toute l'âme humaine se lit dans la façon dont ces tâches sont menées. La majorité des infirmières s'en acquitte avec naturel et tact ; un corps est un corps, elles sont là pour le soigner. Passer le bassin et faire une toilette font partie de leur travail et le malade ne se sent pas humilié. Mais, et je le vécus seulement une seule fois, l'aide-soignante qui officiait ce jour-là était revêche, indisposée par sa vie, son travail ou peut-être sa ménopause et, à sa façon de me passer le gant comme si j'étais un objet inerte, de me soulever et de me tourner en soupirant, je devinais toute la souffrance des vieilles personnes en maison de retraite, isolées, contraintes au silence, en butte aux humeurs du personnel soignant.

Heureusement, je n'en étais pas encore là et, surtout, je m'étais promis de faire tout ce qui serait en mon pouvoir pour ne jamais connaître cette antichambre de la mort. J'attendais avec impatience la venue du kinésithérapeute. Il devait me faire passer des tests et, selon les résultats, me donner l'autorisation de me lever le lendemain matin. Je quitterais alors la chambre des urgences pour m'installer dans celle qui m'était destinée.

L'après-midi se passa bien malgré mes nausées. Visites, télévision et même un peu de lecture. Mon cerveau s'était remis en marche. Les médecins étaient contents, la kinési m'avait autorisée à marcher et à aller le lendemain seule avec ma perfusion dans le petit cabinet de toilette de ma chambre et d'ainsi échapper à tout soin intrusif.

La soirée se termina sur le sourire d'Aimé qui m'apportait les somnifères et les calmants. Il m'en fallait une bonne dose pour faire taire l'inquiétude qui montait en moi à mesure que le soir venait. Le lit à côté du mien était toujours vide et je commençais à le regretter. La présence d'une autre malade aurait eu quelque chose de rassurant, surtout pour affronter les longues heures d'insomnie que me réservait ma seconde nuit à l'hôpital Sainte-Anne.

14.

L'hôpital est une ville avec sa propre société, ses codes, ses rituels. J'y ai passé assez de temps pour m'y être parfaitement adaptée. Pour traverser une hospitalisation, il est nécessaire d'avoir des alliés à des postes divers, du brancardier à l'infirmière, de la femme de ménage à la surveillante du service. À chaque instant, un malade a besoin d'aide : pour avoir un bassin, pour qu'on vienne surveiller ou changer sa perfusion, pour qu'on l'aide à se lever, pour qu'on change son drap mouillé, pour qu'on le ramène sans attendre trop longtemps sur le brancard après une séance de radio. La famille et l'entourage sont utiles, bien sûr. Mais cela ne suffit pas car c'est une lutte sans fin qui nécessite force et, paradoxalement, santé !

J'avais quitté la chambre des urgences avec soulagement d'autant plus que dans la nuit j'avais été réveillée par des geignements et une voix de petite fille qui criait sans cesse « du sang, du sang ». Il faisait noir et on avait installé une cloison mobile entre nos deux lits. Je ne voyais donc rien mais cette voix m'effrayait. Il n'y avait pourtant pas d'enfant dans le service. On avait essayé de sonder ma mystérieuse voisine car elle n'arrivait pas à uriner mais ses cris avaient redoublé, rendant la situation insupportable. L'équipe médicale tentait de la calmer, en vain. Hébétée par les somnifères, j'avais toutefois entendu que le médecin demandait que l'on suive les prescriptions du psychiatre : une injection de Dolosal et du Pentothal, si cela ne suffisait pas.

Les hurlements avaient alors cessé mais j'entendais ma voisine continuer à murmurer des phrases dont je ne comprenais pas le sens. Avait-on transféré une patiente de psychiatrie en neurochirurgie à la suite d'un accident ? Les bâtiments des deux disciplines étaient très proches à Sainte-Anne. Mon goût pour les films d'horreur m'égarait probablement mais je passai la fin de la nuit à imaginer qu'une dangereuse psychopathe reposait à côté de moi.

Dès le lendemain matin, l'infirmière vint me prévenir qu'on me transférait dans la chambre 44 au fond de l'allée sud. Au bras de la kinési qui m'aidait à me déplacer avec le pied de la perfusion, je fis donc mes premiers pas et passai devant le lit de la visiteuse de la nuit. Je découvris une toute jeune fille qui avait comme moi le crâne complètement emmailloté par un bandage blanc. Je ne pouvais détacher mes yeux de son visage à l'ovale parfait. C'était une beauté avec sa bouche ourlée et ses grands yeux de chat qui fixaient le vide. Elle me faisait penser à une actrice italienne, mais laquelle ? J'avançais doucement avec la nausée qui ne me quittait plus et me faisait perdre l'équilibre. C'est dans le couloir que j'eus la réponse. Ma voisine était la copie conforme d'Alida Valli, la sublime actrice de *Senso* de Visconti mais aussi la Louise des *Yeux sans visage* de Franju et, à la fin de sa carrière, la maléfique directrice de l'école de danse de *Suspiria,* l'antre des trois mères funestes, dépeinte par Thomas de Quincey et ressuscitée par le maître Argento.

Mon séjour dans la chambre 44 promettait d'être plus reposant. Ma nouvelle compagne était une dame d'une cinquantaine d'années qui venait d'Haïti pour se faire opérer d'une tumeur dans le lobe gauche du crâne. Elle avait été accueillie chez sa fille en banlieue parisienne mais, dès son arrivée, avait fait une grave chute dans la rue et avait dû être hospitalisée une semaine avant la date initiale de son opération. Elle prenait cela plutôt gaiement même si toutes les deux heures les infirmières venaient ausculter son état mental. Nom ? Sylvie Estimé. Où habitez-vous ? La capitale, Port-au-Prince, sur le bord de mer. Où êtes-vous ? À l'hôpital Port-Royal, ma fille va accoucher.

C'était bien à Port-Royal que sa fille domiciliée en France avait accouché, mais c'était il y avait dix ans. Pourquoi la machine s'enrayait-elle toujours à ce même endroit ? Pourtant, Sylvie était capable de me raconter des pans entiers de sa vie à Haïti, de regarder un feuilleton à la télévision et de le commenter avec moi, mais il fallait qu'elle bute chaque fois sur la même question : le lieu de son hospitalisation, comme si au fond elle le redoutait.

Chaque soir, elle commençait à s'agiter. Qu'avait-elle alors dans la tête ? J'avais du mal à m'endormir même si les papillons ne me visitaient plus mais je naviguais entre mon mal d'os et les prises de morphine qui me donnaient la nausée et me tenaient éveillée une bonne partie de la nuit. C'est ainsi qu'entre deux sommeils, je voyais Sylvie, tel un spectre, se dresser sur son lit et essayer de se lever. Elle était sondée, attachée à sa perfusion et, au risque de tomber, menaçait d'enjamber la barrière protectrice de son lit pour rentrer au pays. J'appuyais alors sur ma propre sonnette et, en attendant l'infirmière, essayais de la calmer. La scène se reproduisait toujours aux mêmes heures trois fois par nuit.

Quand le jeudi matin, après deux nuits d'insomnie, on vint chercher Sylvie pour l'opérer, j'en conçus à la fois de la tristesse mais aussi un lâche soulagement. J'étais enfin seule dans ma chambre.

Mais cela n'arrangea rien. Je m'irritais de tout. Il faisait chaud et je ne supportais plus l'énorme bandage qui me couvrait la tête et sous lequel j'étouffais. Combien de temps encore allais-je le garder ? Avec mes yeux gonflés que j'arrivais difficilement à ouvrir, j'avais été me contempler dans la glace de la salle de bains. J'y avais vu mon visage tuméfié, entièrement couvert de bleus qui viraient par endroit au violet. En peinture, on aurait parlé d'un camaïeu. Mais cette nouvelle gueule de boxeur ne me fit pas sursauter car j'avais été prévenue. J'étais beaucoup plus inquiète par ce qui était caché sous le bandage.

Quarante agrafes qui maintenaient la cicatrice et qu'on enlèverait le dixième jour après l'opération.

On m'avait mise sous cortisone. Donc au régime sans sel et dans un état de fébrilité permanent. Tout cela s'accompagnait de brusques crises de fatigue qui me terrassaient dans l'après-midi, me plongeant dans un sommeil court et profond dont je sortais encore plus épuisée. Mis à part la télévision et les visites de mes proches, mes journées se passaient à jongler entre la morphine et le mal d'os. « La gestion de la douleur » comme on disait. Mais encore une fois, il y avait une part de chance dans ce jeu car il fallait tomber sur la bonne équipe d'infirmiers. Certains soignants, par souci d'appliquer les règles, attendaient d'avoir essayé toute la gamme des antalgiques avant de donner de la morphine. Mais il y avait un laps de temps à ne pas dépasser car, alors, la douleur devenait intolérable et il fallait doubler les doses pour la calmer et, de fait, augmenter les risques de nausées.

Lors de sa visite le samedi matin, mon chirurgien arbitra avec son calme habituel : tant que la douleur était intense, la morphine serait prescrite en premier lieu mais c'était à moi de juger et de doser. De toute façon, les douleurs allaient peu à peu s'atténuer. Il fallait simplement être patiente. Un mot que je ne connaissais pas. Tout se passait au mieux. Le lundi, si tout continuait à aller bien, on m'autoriserait à faire mes premiers pas dehors, mais accompagnée, car je pouvais avoir des vertiges. On avait touché à des zones sensibles, proches du cerveau, et il fallait au moins trois mois pour récupérer. Il me l'avait répété.

Il n'y a pas pire expérience qu'un week-end à l'hôpital. Tout tourne au ralenti, moins de personnel, moins de médecins sauf ceux de garde, contraints à rester emprisonnés avec les malades entre les murs jaunâtres de leurs chambres. Le dimanche, Sylvie n'était toujours pas revenue de son opération. Elle qui espérait tant assister à l'office religieux donné à 11 heures dans la chapelle de Sainte-Anne. L'avait-on transférée ailleurs ou voguait-elle déjà au-dessus d'une des collines de Port-au-Prince ?

Tant d'idées sombres me traversaient alors la tête. Aurais-je encore de la mémoire ? La capacité de me concentrer ? De faire un travail au long cours ? De vivre une vie normale ? Mais au milieu de ce flux d'inquiétudes et d'indécisions, il y avait une certitude : j'étais en vie et je ne pouvais plus gaspiller cette chance en restant fixée sur ma douleur.

15.

Ma seconde semaine à Sainte-Anne s'annonçait sous de meilleurs auspices. Mon fils aîné m'avait apporté mon ordinateur et j'avais pu commander les deux livres que le collectif Instin avait publiés sur le Général : *Général Instin, anthologie* et *Climax, une fiction encore*. En comptant une semaine de livraison, je pouvais espérer être de retour à la maison pour me plonger dans leur lecture. J'avais posé sur la table à côté de mon lit les récits de Kessel, *Tous n'étaient pas des anges*. Je savais que le dernier texte, « Le Zombie », était consacré à « l'homme aux yeux d'or », Charles Hinstin, un zombie, comme moi. J'avais appris que le cousin de mon père s'était donné la mort l'année de ma naissance, en 1962, et j'y voyais un signe. Je me sentais encore trop faible pour découvrir son histoire mais la présence du livre près de moi avait quelque chose de rassurant, la promesse d'y lire mon avenir.

Après quatre jours de chaos, j'avais le sentiment de pouvoir à nouveau me projeter dans le temps. Il y avait chaque jour de nouvelles étapes à ma reconquête. Une fois le déjeuner servi, on m'avait autorisée à faire mes premiers pas dehors. Mardi, on m'enlevait mon bandage. Mercredi, j'avais le droit au scanner de contrôle. Jeudi, je retournais chez René pour l'IRM T3 et vendredi, c'était le grand jour, mes quarante agrafes disparaissaient. L'hypothèse d'une sortie se profilait doucement, vers où ? Je ne savais pas encore, mais je redevenais maîtresse du jeu.

Il y avait toutefois un élément qui n'était pas étranger à ce sursaut d'énergie et que je tiens à mentionner ici : l'arrivée, le lundi matin, de Monique dans la chambre. Je ne m'interrogeai pas longtemps sur la nature de ma nouvelle voisine : Monique était un concentré de force et de courage qui se transmettait à la seconde même où elle posait ses yeux sur vous. La soixantaine bien entamée, elle sortait d'un cancer des poumons et revenait à Sainte-Anne pour une tumeur récidivante dans la tête qui s'était logée dans le sens diamétralement opposé à la première.

En femme organisée et habituée aux longues errances hospitalières, elle avait apporté une trousse de soins, un programme télévisé et deux paires de très jolies pantoufles. On allait lui refaire la même opération que cinq ans auparavant, une technique révolutionnaire pour faire disparaître en un clin d'œil les petits éléments malins embarrassants : la radiothérapie stéréotaxique.

Son chirurgien était venu l'accueillir dès son arrivée. Visiblement, ils s'appréciaient. Il y avait même une sorte de complicité entre eux et, avec le calme d'une habituée de la maison, Monique l'avait écouté lui préciser, comme cinq ans plus tôt, les détails de la procédure.

Le mardi matin aurait lieu à Sainte-Anne l'étape du « repérage ». Quatre vis allaient lui être implantées dans le crâne pour fixer le cadre stéréotaxique. La masse tumorale serait alors ciblée au plus près. Cela pouvait se faire par une légère anesthésie générale, mais également, et c'était nouveau, par hypnose. Le mercredi, Monique partirait avec d'autres patients de Sainte-Anne pour l'hôpital Tenon où cette technique d'irradiation existait depuis 1986. On lui installerait alors une seconde fois le cadre stéréotaxique pour envoyer en fraction unique une forte dose sur la tumeur, épargnant ainsi les tissus sains. Au retour, son chirurgien lui enlèverait les vis.

Monique était une vieille routière et acquiesça sans poser de questions. Elle connaissait la musique mais était prête à de nouvelles expériences. Elle choisit donc l'hypnose. Jamais, à sa place, je ne me serais risquée à ce jeu-là. Son chirurgien parti, ma voisine consulta son programme télé comme si de rien n'était. Cette femme était désarmante de courage. Je ne pus m'empêcher de lui faire part de mes craintes. Avec cette technique, était-on sûr d'être parfaitement endormie et de ne rien sentir ? Monique me répondit alors que la peur était nocive et inutile. Elle avait assisté à trois reprises aux spectacles de Messmer à Bobino et s'était endormie sur son fauteuil comme un bébé. Elle coupa alors court à cette conversation et se plongea à nouveau dans son *Télé 2 semaines*. Il était temps de nous changer les idées et elle avait ce qu'il fallait en magasin.

Dans tous les domaines de la vie, ma voisine procédait avec pragmatisme et allait droit à l'essentiel. Elle m'en fit la démonstration dans son choix du feuilleton que nous allions regarder. Pas question de se polluer le cerveau avec des séries que, j'ose avouer, je trouvais plutôt amusantes : *NCIS*, *Les Experts*, *Castle* ou *Esprits criminels*, des navets selon elle, tous formatés de la même façon, avec l'inévitable *serial killer*, la bonne dose de sang, de sexe et de nouvelles technologies. Il n'y avait pas de style, pas de ton, seulement du marketing. Il fallait revenir aux bons vieux fondamentaux.

Allais-je devoir pendant toute la semaine ingurgiter du Navarro ou du Julie Lescaut ? C'était ne pas connaître Monique qui révéla tout au cours de notre cohabitation une érudition impressionnante sur les séries des années 1970 à aujourd'hui, en particulier les séries anglaises dont elle appréciait le mystère et la singularité. Mais sa prédilection allait vers ce qu'elle appelait « le trio des inadaptés », les trois détectives les plus bancals que la police ait engendrés : Columbo, Monk et Hercule Poirot. Le premier mal attifé avec son vieil imperméable élimé, son air demeuré et son cabriolet délabré, le second agité par ses troubles obsessionnels compulsifs, incapable de serrer une main ou de boire dans un verre qu'il n'avait pas lui-même lavé et le troisième, son préféré, au sexe indéterminé, se cachant derrière sa moustache teinte, embarrassé par son embonpoint et marchant à petits pas jusqu'au détail fatal qui illuminerait ses « petites cellules grises ».

Monique avait sa théorie là-dessus. C'est de leurs déficiences que ces trois personnages tiraient leur force. Ils ne fonctionnaient pas comme les autres et mettaient toute leur énergie à compenser leur handicap, ce qui leur donnait une autre façon de voir le monde et de découvrir des indices invisibles aux yeux du commun des mortels. C'était, au fond, un peu notre histoire que racontait là Monique, mais je me gardais bien de le lui dire.

Avec une voisine comme elle, j'avais de quoi peaufiner la fin de ma série pour Newbirth et décidai de consigner dans un petit carnet tous ses commentaires. Le début de mon apprentissage commençait à 15 heures. Monique avait en effet repéré que nous avions la chaîne TV Breizh dans le bouquet proposé par Sainte-Anne et que, chaque jour, à cet horaire, deux épisodes d'Hercule Poirot étaient diffusés. J'avais ainsi le temps de faire ma première promenade en plein air avec mon fils aîné et de revenir pour notre séance « cinéma ». J'aurais même droit au thé (froid) qu'on nous servirait à 16 heures.

Je n'en revenais pas. Nous étions à l'hôpital avec une majorité de moribonds, Monique allait le lendemain se faire enfoncer des clous dans le crâne et elle réussissait à transformer ce cauchemar en un *tea party* entre copines. J'avançais en tanguant au bras de mon fils. J'avais encore mal au cœur mais cela devenait supportable. En route, je croisai Aimé qui transportait un chariot de linge sale et avait fait une halte au bureau des infirmières. Il en pinçait pour Adèle, une jolie rousse qui travaillait comme lui en seconde partie de journée. Pendant qu'elle préparait les médicaments pour les patients de l'aile Sud, il lui récitait le chapelet de blagues auquel j'avais droit le soir au moment de mon dîner. Il est vrai que son répertoire était limité mais cela ne méritait pas le regard glacial que lui jeta sa prétendante en partant faire sa tournée. Pauvre Aimé. Mais cette rebuffade ne sembla pas l'affecter et il repartit avec son linge sale en chantonnant, confiant dans la force de ses rêves.

Il y avait du monde devant l'ascenseur. Des visiteurs qui repartaient après avoir aidé leurs proches à déjeuner. Je sentais leur regard gêné se fixer sur moi. Il n'y avait pas beaucoup de malades qui se baladaient ainsi avec leur bandage et leur gueule cassée. Le spectacle que j'offrais était embarrassant et certains n'étaient pas loin de penser que c'était une faute de goût d'infliger ainsi à la vue de tous ce que la politesse incitait à cacher.

Ces mines pincées nous firent beaucoup rire mon fils et moi. C'était bien la première fois que je trouvais des avantages à être tuméfiée de la sorte. J'avançais à petits pas jusqu'à la sortie. Le couloir me semblait interminable et je dus reprendre mon souffle avant de sentir soudain la chaleur du soleil me couvrir tout entière.

Le Relay Café était au bout d'une longue allée. Allais-je réussir à l'atteindre ? Pour cette première sortie nous décidâmes d'aller jusqu'à un banc, à mi-chemin. Nous allions retourner sur nos pas quand j'entendis un tonitruant « Attendez-moi ». Un homme d'un fort gabarit coiffé d'un panama se dirigeait vers moi suivi par un autre homme.

— Enfin ! Vous voilà ma chère nervalienne. J'ai pris chaque jour des nouvelles de vous et j'attendais avec impatience de vous savoir sur pied. Vous vous souvenez que je vous ai promis de vous tenir compagnie pendant votre convalescence. Je suis à votre service tous les jours au café à 14 heures.

Comment avais-je pu oublier Alexandre, cet étonnant personnage qui avait pimenté quelques semaines plus tôt ma séance d'IRM ? Mon allure de Belphégor ne changeait rien à son zèle, ce que je trouvais plutôt flatteur.

Le rendez-vous était fixé au lendemain. À 14 heures, il viendrait me chercher devant l'entrée Raymond Garcin et me prêterait son bras pour m'emmener jusqu'au café. Grâce à lui, j'allais être initiée à tous les secrets de la construction de Sainte-Anne et de ses futures métamorphoses. Je retournai dans ma chambre plutôt ragaillardie, soutenue par mon fils qui n'appréciait visiblement pas mon nouveau flirt. J'avais vraiment perdu la tête (c'était le cas de le dire) pour accepter de frayer, dans mon état, avec un parfait inconnu, un vieux beau arrogant qui se la « pétait ».

Que répondre à un fils en colère ? Je ne pouvais pas lui dire que le « parfait inconnu », malgré son âge avancé, avait un très beau regard et que c'était justement cette façon brutale et folle de me tomber dessus qui me surprenait et m'attirait. Je restai donc muette, affichant une mine contrite, laissant mon fils penser qu'il avait raison. De toute façon les fils ne peuvent concevoir que leur mère éprouve une autre forme d'amour que celle qui leur est exclusivement réservée.

16.

— Aujourd'hui nous nous projetons dans l'avenir, chère Caroline. Je vous emmène visiter le nouvel hôpital Sainte-Anne.

C'était ma troisième séance au café avec Alexandre Le Kermachen, mon professeur ès sciences de Sainte-Anne. Chaque fois, le rituel était le même. À 14 heures précises, il venait me chercher et me conduisait jusqu'à sa table déjà couverte de plans et de cartes. Son ami et confrère, Aurélien, qui, à l'opposé d'Alexandre, parlait très peu, était déjà installé à un autre endroit pour lire son journal. De là, il faisait de temps à autre de petits signes à Alexandre et, avec la régularité d'un métronome, venait une heure plus tard donner le signal du départ.

J'attendais avec impatience ce rendez-vous qui me sortait de la monotonie de l'hôpital. Quotidiennement, mes proches venaient me rendre visite mais je sentais qu'ils commençaient à se lasser. Il n'y a rien de plus ennuyeux que d'être au chevet d'un malade même si ce malade progresse de jour en jour. On m'avait retiré mon bandage et, à la place, je portais deux charlottes superposées pour cacher mes quarante agrafes qui me donnaient l'air d'une punk. J'étais repassée au scanner et à l'IRM T3 mais ce jour-là, René était en congé et les soubresauts de cette monstrueuse machine, avec de surcroît la nausée et, dans l'autre pièce, un technicien mutique, ne présentaient guère d'intérêt. Heureusement, il y avait Monique.

Ce jeudi, son chirurgien lui retirait les vis après son passage à Tenon la veille et, pour la première fois, je l'avais trouvée inquiète. Son départ était prévu pour le lendemain à 17 heures ce qui nous donnerait l'occasion de regarder une dernière fois ensemble un épisode d'Hercule Poirot, m'avait-elle annoncé avec une pointe de tristesse dans la voix. Les résultats de son intervention étaient-ils décevants ? Mais je savais déjà que Monique ne me dirait rien.

Tant de destins qui s'étaient achevés entre les murs de Sainte-Anne… Alexandre était intarissable sur les fantômes qui hantaient l'hôpital. À l'entendre, il donnait l'impression d'avoir toujours vécu là.

C'était un drôle d'homme, à la fois vantard et attaché aux honneurs – il m'avait déjà répété plusieurs fois qu'il était à la tête de la commission de l'Académie des architectes, un lieu prestigieux, ouvert aux plus grands, dont le siège était dans l'hôtel de Chaulnes, Place des Vosges –, mais aussi généreux et touchant dans sa façon d'envisager son métier d'architecte comme une mission sacrée au service des malades qui étaient au centre de son récit.

Lors de notre première séance, il me fit le récit de ses voyages à travers le monde avant sa dernière étape, la plus importante, à Sainte-Anne. Là encore, il en faisait un peu trop dans le récit de ses exploits. Jeune Breton épris de liberté, dévorant Conrad et Kessel, il avait décidé, après ses études d'architecture, de braver sa famille, de couper les ponts et de partir seul sur les routes de ses rêves : il avait tout connu, l'atmosphère grisante des embarquements et des aéroports, la beauté de la baie de San Francisco, les paradis d'alcool et de débauche en Extrême Orient, les neiges éternelles et les déserts brûlants et l'univers des « astres éteints », l'Afghanistan, pour rester fidèle à Kessel.

Je l'écoutais ainsi discourir tandis qu'il sirotait son Coca-Cola avec une paille, partagée par des pensées contradictoires. Qu'avait donc cet homme en tête ? Pourquoi voulait-il m'impressionner ainsi en jouant à l'aventurier ? Un aventurier ne buvait pas du Coca-Cola avec une paille. Puis, je me ravisais. À quoi bon mettre ses paroles en doute, il avait peut-être vécu tout cela et je me laissais porter par son récit. Il m'entraînait à mille lieues de la misère de ma chambre d'hôpital et son visage buriné, ses yeux noirs et brillants, qui semblaient maquillés au khôl, et la cicatrice qui partait de la commissure de la lèvre jusqu'au bas du visage rendaient l'illusion parfaite.

— Une partie de moi est restée prisonnière sur les sommets d'Hindou Kouch, la montagne couverte de cendres funèbres. Vous ne me croyez pas, chère Caroline. Vous me trouvez trop bavard, trop expansif. On me le reproche souvent, mais je suis comme cela, je m'emballe, je pars ailleurs, très loin ailleurs.

Comment avait-il pu lire ainsi dans mes pensées ? Je n'avais pourtant montré aucun signe d'impatience ou d'incrédulité. Mon intarissable architecte s'arrêta alors un long moment de parler. Je ne savais plus quelle attitude prendre. Je commençais à me sentir nauséeuse et fatiguée et le spectacle de cet homme dont je ne connaissais rien, assis devant moi, enfermé dans le silence, me troublait infiniment.

Je l'observais. Quand il ne prenait pas la pose, il y avait quelque chose en lui de cassé. Que cachait-il sous son côté hâbleur et sous son éternel panama ? Je l'avais cru chauve mais en fait on apercevait sous le chapeau des cheveux courts et drus, comme un début de repousse.

Quand Alexandre Le Kermachen reprit la parole, il avait abandonné son ton fiévreux. On rentrait dans le concret. Il me parla du dur retour à la réalité après ces années de voyage et de bonheur, de la nécessité de gagner sa vie et de son entrée dans la vie active. Il avait continué à voyager mais pour un important groupe immobilier qui avait des chantiers dans le monde entier. Il avait construit des cités entières en Asie, en Arabie saoudite et au Qatar. Même s'il restait au plus près des populations et qu'il portait toujours en lui ce rêve d'une harmonie parfaite entre l'habitat et l'homme, il avait vite compris que c'était l'argent qui faisait la loi. Il en avait beaucoup gagné et il en avait toujours voulu plus. La vie était facile alors car tout s'achetait. C'était une spirale grisante et étourdissante mais il en était sorti à temps, avant de s'y perdre. Prendre en charge le chantier du nouveau Sainte-Anne était une mission qu'on ne refuse pas. Quand il avait reçu cette proposition le 8 mai 2010, il avait compris que c'était le jour de sa libération et avait abandonné sur-le-champ tous ses contrats mirobolants pour rentrer en France.

Après cette longue narration, je pris timidement la parole. Je n'avais pas eu la chance de voyager comme lui, hormis à travers les livres, mais j'avais beaucoup sillonné la Bretagne. Je lui parlais ainsi de mes voyages en voilier dans les îles anglo-normandes, de mes endroits de prédilection et de mon point d'ancrage à Saint-Cast dans les Côtes d'Armor.

Quand je prononçai ce nom, Alexandre sursauta et changea brusquement de sujet. Il semblait gêné, manipulait ses feuilles, comme s'il voulait y mettre de l'ordre. Nous avions encore beaucoup à voir ensemble sur l'histoire de Sainte-Anne. Il allait préparer les éléments. De toute façon il était malheureusement temps pour lui de partir, le travail l'attendait.

À 15 heures précises, son collègue Aurélien vint nous chercher. À l'issue de toutes nos séances au café, il prononçait toujours les mêmes paroles : « Il est temps de rentrer, Alexandre » et Alexandre obtempérait aussitôt, se hâtant de ranger tous les documents éparpillés sur la table dans sa sacoche. Ils formaient un drôle de couple tous les deux et même si Aurélien parlait peu, il donnait l'impression d'avoir les commandes en main. Ils me laissèrent à l'entrée de l'hôpital. Je me sentais lasse et sans ressort. Il fallait pourtant que j'arrive à avancer pour retourner dans ma chambre. Alexandre le comprit et me fit un petit signe d'encouragement. Demain, il aurait beaucoup de choses à me raconter. Cela me donna un sursaut d'énergie. Nous nous livrions à un jeu inédit, une version hospitalière des *Contes des mille et une nuits* et j'allais devoir attendre encore une journée entière pour connaître la suite de son récit.

17.

— Comment vous appelez-vous ? Où êtes-vous ? Où habitez-vous ? Quel jour sommes-nous ?

À chaque réveil, toujours les mêmes questions. Cela devenait insupportable. J'avais pourtant prouvé au corps médical que j'avais recouvré mes esprits. Est-ce que cela signifiait que je pouvais dérailler du jour au lendemain, perdre la tête puisqu'il n'était question que de cela ?

Ce vendredi avait mal commencé. D'abord avec la ravissante petite Adèle chargée de me faire un bilan sanguin. Tout était parfait chez elle, le chignon bien serré qui maintenait sa chevelure rousse, son rouge à lèvres et le vernis à ongles assorti, ses sourcils bien épilés et l'eye-liner dessiné d'un trait impeccable au-dessus de ses beaux yeux verts. Adèle se faisait toujours attendre et parlait peu. C'était une des preuves de sa singularité qui faisait bisquer toutes les autres infirmières mais séduisait la plupart des mâles du service dont mon cher et malheureux Aimé.

Après avoir enfilé ses gants, elle s'était attaquée à mon bras droit malgré mes avertissements. Au bout de trois tentatives infructueuses, elle se décida, la bouche pincée, à viser la seule petite veine encore utilisable qui me restait à gauche. Un gros bleu commençait à apparaître sur mon bras droit. Le signe que la prise de sang avait été ratée. Or Adèle ne ratait rien. C'était ma faute à moi avec mes veines impossibles. Toujours sans un mot ni un sourire, Adèle jeta ses gants dans la poubelle, dénudant ses jolies petites mains si bien manucurées, rangea avec soin ses affaires et partit promener sa beauté à l'étage.

La scène avait beaucoup amusé Monique qui commençait à ranger ses affaires. Elle partirait juste après notre dernière séance ensemble devant un épisode d'Hercule Poirot, son neveu viendrait la chercher. Pour ma part, on avait prévu de me retirer les agrafes en fin de journée et, si tout allait bien, je pourrais prendre le large le lendemain, après une dernière visite de mon chirurgien.

Cette promesse d'un départ prochain aurait dû me rendre joyeuse et pourtant ce n'était pas le cas. Je me sentais vide, sans envie, et surtout pas celle de penser au lendemain.

Nous étions fin juin, les vacances se profilaient. Mes garçons avaient décidé de rester auprès de moi le temps qu'il faudrait pour que je sois sur pied. Ils étaient si vaillants depuis l'annonce de ma maladie, prenant tout en main comme de vrais petits hommes. J'allais profiter de chaque minute de leur présence et en garder la mémoire quand je me retrouverai seule.

On m'avait en effet demandé de rester à Paris jusqu'au début août. La liste de toutes les conséquences possibles de l'opération était longue : maux de tête, étourdissements, vertiges, difficultés à se concentrer et, dans certains cas, absences et trous de mémoire. De quelle mère mes fils allaient-ils hériter ! Je n'allais pas les transformer en garde-malade, ils m'avaient déjà tant donné. J'avais donc décidé que dès que j'arriverais à sortir mon chien toute seule, même à petits pas, ils seraient expédiés en Bretagne.

Je savais bien que, malgré tout l'amour qu'on me portait, il était inévitable que je reste un moment seule dans un Paris désert. Mes amis faisaient bloc mais s'apprêtaient à partir peu à peu ; le Russe fou, plus attentionné que jamais, avait prévu de visiter la terre de ses ancêtres et l'amant, même s'il faisait tout pour le dissimuler sous le prétexte de fallacieuses conférences, irait bientôt rejoindre sa femme dans leur maison en Provence. Qu'allait-il advenir de notre relation ? Elle était peut-être bancale mais, au moins, furieusement physique et, malgré tous nos désaccords, nous nous étions attachés l'un à l'autre. Avec la cicatrice qui allait me marquer le front, les os de mon crâne qui me donnaient l'impression de bouger et la fatigue qui brutalement me saisissait, comment pouvais-je imaginer redevenir la femme qu'il désirait tant ?

L'avenir était sombre mais, pour l'instant, j'allais rejoindre Alexandre au Relay Café. C'était notre dernière séance. Nous avions nos habitudes, toujours la table de droite à l'extérieur, un Coca pour lui et un thé pour moi, tandis qu'Aurélien feuilletait son journal à l'autre bout du bar. Avec ma double charlotte qui masquait mal mes agrafes et son éternel panama, nous avions une drôle d'allure mais, et c'est l'avantage de l'hôpital, nous passions inaperçus, chacun dans ce lieu étant déjà occupé par ses propres problèmes.

J'avais pris goût à nos rencontres, au regard d'Alexandre, noir et pénétrant, qui m'enveloppait comme s'il voulait me protéger, à ses histoires passionnées sur la construction de Sainte-Anne, les tentatives d'y contenir et d'y apaiser la folie, et j'étais triste à l'idée que cela s'arrête. Finalement, il est plus facile de se confier à un inconnu qu'à ses proches et, de fil en aiguille, Alexandre et moi nous nous étions trouvé beaucoup de points de convergence.

D'abord le récit de ses séjours en Afghanistan m'avait donné l'occasion de lui parler de Charles Hinstin qui s'était donné la mort à Kaboul. Mon projet d'enquête sur cette branche de ma famille l'intéressait et il m'avait promis de faire des recherches sur Kessel et son ami Charles. Ensuite, il nous était apparu que le travail d'architecte et celui d'écrivain offraient beaucoup de similitudes. Alexandre fixait les fondations, délimitait des espaces, construisait des abris, tout comme je bâtissais, en écrivant sur la famille Hinstin, une nouvelle maison avec des étages et des passages secrets où je pouvais me réfugier quand je le voulais.

Alexandre était captivant quand il parlait de son métier. Il connaissait l'histoire de chaque pierre de l'hôpital Sainte-Anne et m'avait apporté un cahier et un stylo pour que je prenne des notes. Devant ma surprise, il m'avait annoncé sur un ton qui ne supportait pas la contestation : « Notez tout, s'il vous plaît, cela vous sera certainement utile un jour. »

J'obtempérais donc. J'avais un peu de mal à le suivre d'autant plus que nous étions partis des origines mais je gribouillais tant bien que mal sur ma feuille.

— 1645 : rachat par la ville de la maison de santé d'Anne d'Autriche. Sainte-Anne ressemble alors à une grosse ferme. Puis l'architecte Poyet transforme complètement les bâtiments et crée un modèle pavillonnaire. L'organisation spatiale d'un asile fait elle-même fonction de remède. On isole les aliénés nuisibles et on laisse les autres en liberté.

— En 1833, on pense que les activités manuelles peuvent être bénéfiques aux aliénés, et on utilise les cinq hectares de la ferme Sainte-Anne pour faire travailler les convalescents et incurables valides. Mais c'est en 1863 que Napoléon III décide de faire construire par l'architecte Charles Auguste Questel, sur l'emplacement de la ferme Sainte-Anne, ce qui deviendra le grand asile intra-muros actuel. L'asile est inauguré le 1er mai 1867. Il est constitué de douze pavillons de deux étages seulement avec des quartiers distincts pour accueillir des malades classés selon différentes catégories : gâteux, paralytiques, agités, semi-paisibles, paisibles.

Encore une fois, Alexandre n'avait pas pu s'empêcher de glorifier le rôle de l'architecte. J'avais dû prendre en note deux citations :

Esquirol : « Une maison d'aliénés est un instrument de guérison. Entre les mains d'un médecin habile, c'est l'agent thérapeutique le plus puissant. »

Calmeil : « Les murs de l'asile sont déjà à eux seuls le remède contre la folie. »

Tout cela me faisait sourire intérieurement. Il y avait une part de naïveté à vouloir ainsi surestimer le pouvoir de l'architecte. Qu'on soit dans un palace ou entre les quatre murs d'une chambre d'hôpital, la souffrance restait la même. Il fallait bien sûr un lieu propre, bien conçu et bien équipé mais le plus important restait l'équipe médicale dévouée et performante qui suive au plus près les patients.

J'avais cessé de prendre des notes. Alexandre était maintenant lancé sur un nouveau sujet : l'agencement des salles de bains et les techniques de l'hydrothérapie utilisées à la fin du XIXe siècle. Sa connaissance était encyclopédique et j'eus droit à la description détaillée des bains de vapeur, des bains thermaux résineux et de la salle réservée aux bains de pieds. Même les baignoires utilisées à l'époque n'avaient pas de secret pour lui. Il fallait empêcher que le malade enfonce sa tête dans l'eau. On avait alors revêtu les baignoires d'un appareil nommé bouclier, adhérant aux rebords et percé d'une échancrure pour emboîter sa tête.

Tout cela me semblait si triste. Les divisions et les sous-divisions, les malades tranquilles qui se reposaient dans le beau jardin et les agités qui marchaient sans arrêt, l'idée étant que le délire de l'un neutralise le délire de l'autre. Alexandre m'avait fait le plan des cellules d'isolement où on confinait les surexcités emprisonnés dans leurs camisoles de force. Elles étaient en toile flexible, épaisse et douce, immobilisant les mains et entravant les jambes pour empêcher les coups de pied.

Les cris avaient-ils fini de résonner dans les jardins de Sainte-Anne ? La souffrance était peut-être moins spectaculaire, mais elle était toujours présente, insaisissable, cachée dans chaque pierre de l'hôpital. Alexandre en était maintenant à la description du nouveau Sainte-Anne et du département de psychiatrie qui serait désormais regroupé près de la chapelle.

« Tout sera conçu pour soulager les malades. » Alexandre répéta cette phrase plusieurs fois. Les malades lui tenaient plus que tout à cœur. Il m'avait ainsi expliqué qu'avant de se lancer dans les plans de reconstruction de l'hôpital, il avait consulté les équipes soignantes et avait eu l'autorisation de dialoguer avec certains malades.

Il avait ainsi rencontré l'une d'entre eux dont l'histoire l'avait bouleversé. C'était une des plus anciennes patientes du service car elle s'y trouvait depuis près de quatorze mois, hospitalisée à la suite d'une violente dépression et d'une tentative de suicide. Mauve, c'était son prénom, était une petite femme d'une cinquantaine d'années qui résistait à tous les traitements et à toutes les questions. Elle ne parlait plus à personne. Son mari avait disparu, elle n'avait pas d'enfants. Seul son frère venait régulièrement la voir mais il respectait son silence et tenait des propos lacunaires sur sa sœur. Depuis l'enfance, Mauve avait toujours été secrète. Elle aimait peindre et avait beaucoup de talent. Mais le destin avait été cruel avec elle et avait éteint en elle toute flamme.

Il n'en disait pas plus. Qu'avait fait souffrir sa sœur ? Un mari volage, ingrat, oublieux ? Il ne répondait pas. Mauve avait quitté la vie parisienne, s'était retranchée dans un lieu isolé en Bretagne et s'était peu à peu éloignée du monde. Elle s'en était lassée. On l'avait sauvée. Peut-être qu'il aurait fallu la laisser partir. Aujourd'hui, elle était toujours seule, emmurée dans son silence, si fine, si fragile qu'on avait l'impression qu'un geste brusque pouvait la briser. Alexandre avait pris l'habitude de venir la voir. Il s'asseyait au bord de son lit et lui tenait la main. Chaque jour, il lui inventait de nouvelles histoires. Les joues de Mauve prenaient alors un peu de couleurs et il s'ingéniait à lui en trouver d'autres encore plus belles pour la ramener à la vie.

Il lui semblait que cette petite femme, ridée comme un parchemin, flottait entre deux mondes, déracinée, perdue. Alexandre avait alors imaginé un moyen de lui redonner un ancrage. Un beau jour, il avait apporté des pots, de la terre et des graines. Il allait se mettre se mettre au jardinage et montrer à Mauve que la vie autour d'elle continuait à se développer. Cette initiative n'avait, d'abord, pas plu aux médecins mais, finalement, ils ne s'y étaient pas opposés. Alexandre avait alors garni la chambre de sa protégée de toutes sortes de fleurs. Sa plus grande fierté, après les pivoines aux vertus curatives, était les rosiers. Il les avait choisis au départ avec des fleurs rouge sombre pour leur parfum puissant, puis il avait cherché des nuances plus claires, des roses pâles et des blancs teintés de rose. Quand il avait planté la « rose céleste », Mauve avait commencé à s'animer et à sortir doucement de son état de stupeur. Alexandre avait alors fait un vœu : le jour où toutes les fleurs du rosier céleste seraient sorties, sa patiente serait guérie.

« Sa patiente », Alexandre avait les larmes aux yeux en parlant de Mauve. C'était vraiment un drôle d'homme, inclassable, insaisissable. Pourquoi m'avait-il raconté toutes ces histoires ? J'avais parfois l'impression qu'il les avait rêvées. Derrière nous, Aurélien s'affairait. Il allait bientôt donner le signal du départ. Alexandre sortit alors de sa sacoche un livre et une grande feuille pliée. J'avais deux cadeaux pour mon départ, deux cadeaux à étudier car ils feraient l'objet de notre prochaine discussion dans quatre semaines, quand je reviendrais à Sainte-Anne faire mon IRM de contrôle et voir mon chirurgien. Il s'agissait d'un exemplaire abîmé d'un livre de Gaston Leroux, *La Double Vie de Théophraste Longuet*, et du plan des sous-sols de Sainte-Anne. Une nervalienne éclairée comme moi, qui avait cheminé avec son auteur dans les anciennes carrières, ne pouvait pas ignorer ce qui se passait sous nos pieds.

J'avais au moins une consolation quand je retournerais à Sainte-Anne, la promesse d'une séance avec Alexandre.

Je le regardai partir au côté d'Aurélien. C'était le couple le plus mal assorti du monde. Aurélien était raide, empesé, perpétuellement sous contrôle et sombre comme s'il portait le poids du monde sur ses épaules. Alexandre était tout le contraire, insouciant, bavard, négligent, entrant dans l'intime de l'autre sans frein aucun. Il s'abandonnait et dans le même temps vous perçait à jour. Était-ce cela la séduction ? En tout cas, Alexandre marquait son territoire et laissait une trace de son passage.

Qu'est-ce que j'avais donc dans la tête ? Je n'allais pas m'amouracher d'un vieux monsieur, certes charmeur, qui devait avoir brisé les cœurs d'une ribambelle d'idiotes comme moi. J'avais déjà Lucien dans ma vie mais au moins je savais où j'allais avec lui et ce qu'il m'offrait : des mensonges, certes, mais aussi beaucoup de bonheur. Je n'allais pas tout gâcher aujourd'hui avec un parfait inconnu.

Alexandre avait été habile. Il avait avancé en se cachant car au fond je ne connaissais rien de lui si ce n'est sa profession. Avait-il une femme, des enfants ? Où habitait-il ? Sans que je m'en rende compte, il m'avait amenée à des confidences que je regrettais maintenant. La partie n'était pas équilibrée.

Il est vrai que je n'avais pas tous mes moyens en main. J'étais sous anesthésie au propre comme au figuré et ce retors d'Alexandre s'en était servi pour éteindre en moi toute méfiance. J'aurais dû écouter les mises en garde de mon fils. Mais je ne m'avouais par perdante. Dans quatre semaines, j'aurais repris des forces, mes capacités intellectuelles et ce serait mon tour de mener la partie.

18.

Il y a des signes qui ne trompent pas. Monique et moi n'eûmes même pas besoin d'en parler. Ce vendredi, à la télévision, le dernier Hercule Poirot que nous allions voir ensemble était bel et bien le dernier épisode de la série : « Hercule Poirot quitte la scène. » On y voyait un David Suchet amaigri, le teint hâve, prisonnier de son fauteuil roulant. « Une épave, une ruine, mais le noyau dur est encore solide. » Le Belge aux phénoménales « petites cellules grises » faisait revenir son comparse, le capitaine Hastings, sur les lieux de leur première enquête, dans la demeure de Styles Court transformée désormais en luxueuse maison de repos.

Tout était complexe dans cet épisode crépusculaire. Poirot avait l'intuition d'un meurtre à venir, sans aucun indice sur la victime ni sur le meurtrier. Agressif et épuisé, il malmenait avec sadisme le pauvre Hastings, le seul ami que la vie lui avait offert, veuf désormais et si seul lui aussi, et le perdait dans ses étranges considérations : pour une fois, lui, le grand Poirot, ne souhaitait pas trouver le coupable. Poussés à bout, dans cette grande bâtisse sinistre, les deux amis erraient, se cherchaient, effleurés à leur tour par l'envie du crime comme le seul retournement possible. Agatha Christie avait du génie. Le cycle de Poirot se terminait dans le mystère non plus d'une affaire mais dans celui de son personnage clef. Fin de partie, trouble total.

L'avenir ne s'annonçait pas radieux. Monique rangeait toutes ses affaires avec soin, sans parler. Je savais qu'elle n'aimait pas les épanchements mais je voyais dans la façon presque maniaque qu'elle mettait à plier ses vêtements la marque de son inquiétude. Dans quelques instants, son neveu serait là et nous nous dirions adieu. Nous avions échangé nos téléphones mais nous savions que nous ne nous appellerions pas. La maladie ne favorisait pas les échanges.

La fin de mon séjour à Sainte-Anne peut se raconter rapidement. À 18 heures, mes quarante agrafes étaient ôtées et la cicatrice monstrueuse que j'escomptais se réduisait à un fin trait rouge et à une bande de cheveux rasés. L'artiste du bistouri vint me voir le lendemain, me donna mon visa de sortie de l'enceinte de l'hôpital et me rappela les risques les plus fréquents à la suite de mon intervention et cela sur une période d'à peu près trois mois. Mais je les connaissais par cœur. Par mesure de prudence, je me récitais intérieurement mon *vade me cum* : quel est mon nom, où suis-je, quelle est mon adresse, quel jour sommes-nous ? La machine semblait fonctionner. Je décidai donc de jouer la carte de l'insouciance et de me pencher plus tard sur les possibles troubles secondaires.

Impatiente, j'embarquai avec mes deux fils dans le taxi conventionné que la responsable du secrétariat m'avait commandé. Je n'aurais rien à payer. Un vent de liberté soufflait, j'étais si heureuse de me retrouver entourée par mes garçons en route vers la maison. Quand nous arrivâmes devant chez moi, le conducteur me demanda mon attestation de carte Vitale. J'avais bien la carte Vitale avec moi mais l'attestation se trouvait dans un des tas de papiers que j'avais cachés dans un tiroir en me promettant de les ranger quand je trouverais le temps. Je savais précisément où elle était car j'étais ordonnée dans mon désordre. Je fis cependant semblant de la chercher dans mon sac mais rien n'y fit : l'équation était simple, sans attestation, il fallait payer sur-le-champ.

Mes enfants affichaient une mine soucieuse. J'aurais dû vérifier mes papiers avant de quitter l'hôpital. Sans nul doute, ils voyaient dans cet oubli une des conséquences de mon méningiome. Moi, au contraire, je me sentais rassurée. Je n'avais pas changé, toujours aussi inconséquente avec les devoirs administratifs. Avant de partir avec son neveu, je me souvins que Monique avait rangé soigneusement tous ses documents dans une chemise adéquate et sorti du dossier son attestation pour l'avoir en main. Avant même d'aller à Sainte-Anne, elle avait tout prévu, jusqu'à la pièce qui était nécessaire pour son taxi de retour. Pour ma part, j'étais incapable de me projeter si loin et d'organiser ainsi mon avenir. Nos deux attitudes opposées étaient bien la preuve que tout ne tenait pas à la présence de méningiomes ou de tumeurs dans la tête. C'était une question de structure mentale et la maladie n'y changeait rien.

LE FANTÔME DE KABOUL

19.

Ce n'est pas toujours facile de donner le change, de ne pas montrer les forces qui vous abandonnent quand on fait les quelques pas qui séparent la chambre de la cuisine ou de taire l'épuisement qui vous terrasse en plein après-midi, vous laissant inerte sur le canapé, à demi assoupi devant une mauvaise série télé.

Passée la joie de l'arrivée à la maison, j'ai vite déchanté. La circulation à travers les 45 mètres carrés de mon appartement me semblait une épreuve avec des embûches partout. Trop de meubles, de livres, d'objets inutiles qu'il fallait contourner, déplacer, enjamber. À l'hôpital, les repas sont servis sur un plateau, le lit et le ménage sont faits chaque matin, les draps et les serviettes sont tous les jours changés, les vêtements et les affaires remis en ordre jusqu'aux volets que venait fermer chaque soir l'infirmière :

une organisation quotidienne dont on ne se rend pas compte alors, trop absorbé par la maladie.

Or, au retour, on réalise que chaque geste nécessite un effort et que faire son lit ou préparer du thé peuvent relever de l'exploit.

J'avais pourtant mes deux garçons à domicile, Nourhane, une adorable jeune femme qui passait tous les jours sortir le chien et nous prêter main-forte et l'aide de quelques amis encore à Paris. Pourtant, je me raidissais. Il n'était pas question que je reste dépendante. Mes fils devaient vivre leur vie et n'avaient pas à m'assister. Une fois qu'ils m'avaient préparé le petit déjeuner, je les renvoyais chacun à leurs occupations. Jacques partait à Vincennes s'entraîner pour sa prochaine tournée de tennis en Bretagne, Martin travaillait avec son groupe de rock dont il était le guitariste et le compositeur et retrouvait ensuite son amoureuse. Ils me donnaient tous les deux l'amour et l'énergie dont j'avais besoin mais j'étais heureuse de me retrouver seule.

En prenant mon café, je regardais l'appartement qui ressemblait à un champ de bataille : des chaussettes et des culottes qui traînaient partout, le canapé sur lequel dormait mon fils aîné toujours recouvert de la couette avec les coussins et les oreillers par terre. Il fallait se faire une raison : le désordre est intrinsèque à l'adolescence. J'avais été comme eux à leur âge et je ne pouvais rien leur reprocher. La seule chose que je ne voulais pas leur transmettre, c'était les saletés que j'avais eues dans la tête et qui, j'espérais, n'étaient pas héréditaires. C'était d'ailleurs un point à soumettre à notre médecin traitant : ne serait-il pas judicieux de leur faire passer un scanner ?

Mais cette question n'était pas encore à l'ordre du jour car j'avais assez à faire avec ce que j'avais appelé « mes révolutions intérieures ». Outre le fait que mes cheveux tombaient par poignées, je sentais mes os bouger. Ce n'était pas une impression, c'était bel et bien réel. Ma tempe se creusait de plus en plus et la surface de mon front n'était plus lisse. Le professeur T. m'avait prévenue, il fallait attendre neuf mois pour que le mouvement s'arrête. Le temps d'une grossesse. Ce n'était pas préoccupant ; si le creux de la tempe devenait trop marqué, il suffirait de me faire une auto-injection de graisse qui comblerait le vide.

Un autre problème était apparu. Je ne pouvais plus ouvrir grand la bouche. L'infirmière chargée de venir me faire les soins pour ma cicatrice sur le front et le crâne m'avait calmement expliqué que les muscles qui commandaient l'ouverture de la bouche avaient été touchés lors de l'opération et étaient désormais atrophiés. Il fallait un peu de temps pour les remuscler. La solution préconisée était de faire des exercices en mâchant plusieurs fois par jour des chewing-gums. Je pensais alors à tout ce dont j'étais pour l'instant privée : croquer dans une pomme, avaler un cheeseburger, ou prodiguer l'attention dont Lucien était friand, tout comme moi, mais cela, de toute façon, n'était pas de mise actuellement.

Dans mon malheur, il y avait au moins deux bonnes nouvelles : je cicatrisais bien, comme me le répétait à chaque séance l'infirmière, et j'étais condamnée, le temps de ma rééducation, à ne pas recevoir de soins dentaires.

Cette jeune femme qui venait chaque matin s'occuper de moi était remplie de tonus. Elle avait toujours un mot gentil, me félicitant quand je l'accueillais bien maquillée, alors que beaucoup de malades abandonnaient toute coquetterie. Il fallait « faire attention à soi », « s'accrocher », sinon « on ne remontait pas la pente ». Et puis, me répétait-elle, j'avais beaucoup de chance d'avoir été prise à temps. Elle avait soigné dernièrement à domicile une malade d'une petite quarantaine d'années dont le méningiome avait été détecté à son stade ultime. Elle était morte en étouffant car la tumeur avait pénétré dans les sinus.

Je souriais poliment en écoutant ces horreurs, me rappelant les paroles d'un ami médecin qui m'avait mise en garde : les méningiomes n'ont rien de grave. Le seul problème c'est qu'ils ont tendance à repousser. Il faut bien surveiller.

J'avais peut-être sans le savoir des chrysalides plein la tête en train d'hiberner. Pour m'en débarrasser une bonne fois pour toutes, je n'avais qu'à aller chez Truffaut près des quais faire le plein d'insecticides et me les faire injecter par le professeur T. !

Quand les enfants étaient partis et que l'infirmière avait terminé les soins, je pouvais enfin me laisser aller et c'est alors que la fatigue et l'angoisse ressortaient. C'était un drôle de sentiment, celui d'être minée de l'intérieur. J'avais arrêté la morphine et pourtant mes nausées continuaient, légères mais permanentes, provoquant un sentiment de dégoût pour tout. Moi pourtant si gourmande, je n'avais envie de rien et les dix kilos que j'avais perdus à l'hôpital menaçaient de s'accroître si je continuais de ne rien manger.

Je passais mes après-midi seule, allongée sur le canapé. Trop fatiguée pour recevoir des visites, je somnolais et remuais les mêmes mauvaises pensées. Pourquoi la maladie s'acharnait-elle ainsi sur moi ? Avais-je eu un vice de fabrication à la naissance ?

La période qui avait suivi mon hospitalisation à Saint-Louis me revenait à la mémoire. Aujourd'hui, j'avais le sentiment d'être retournée trente-cinq ans en arrière. Je me sentais fragile, vulnérable, sensible à chaque détail, poreuse au monde et incapable de me projeter dans l'avenir tant le présent me pesait. Comment allais-je « remonter la pente » ?

Lucien ne cessait de me le répéter : il fallait que je cesse de vouloir m'agiter dans tous les sens et que j'apprenne à me reposer. Mais chez moi, les siestes n'étaient en aucun cas réparatrices car le repos suscitait un véritable chaos dans ma tête ! J'étais bien obligée de m'allonger quand je ne pouvais plus tenir debout mais dès que la fatigue physique commençait à s'estomper, je quittais ce maudit canapé et tentais d'occuper mon esprit. Je ne pouvais pas continuer ainsi, il y avait mes enfants, la maison à faire tourner et mon travail sur la famille Hinstin à reprendre. J'en avais l'intuition, c'était du côté du passé que je pouvais puiser des forces et me relever.

Les cahiers de mon père étaient toujours posés sur mon bureau. Je n'avais pas encore la force de reprendre leur lecture, mais c'était une promesse d'avenir. Ma famille se reconstruisait peu à peu et je savais que j'y trouverais une assise. En attendant, je regardais des photos : ma grand-mère Louise devant ses rosiers à Grosrouvre, la maison de mon enfance et de l'absolue liberté, Anne-Marie sur la plage de Saint-Cast, encore valide, entourée de ses deux petits-fils, mon père allongé sur une chaise longue, les yeux fermés, jouisseur, s'abandonnant au soleil et la photo que je ne cessais de regarder, celle de Denis, mon meilleur ami, trinquant avec moi. C'était lors d'une des dernières grandes fêtes qu'il avait données chez lui et qu'il aimait tant organiser. Je l'avais eu au téléphone la veille de sa mort. Il se sentait très essoufflé mais ne voulait pas voir de médecin. Denis aimait trop la vie pour cela. Il en était boulimique. Boulimique d'amitiés, d'amours en tous genres et de délicieux petits plats qu'il offrait à tous ceux qu'il aimait. Cela lui procurait beaucoup de plaisir mais aussi un sérieux embonpoint, très sérieux aurait dit un médecin.

Cela ne l'empêchait pas de plaire. Du berceau jusqu'à ses cinquante-cinq ans, nous ne nous sommes pas quittés et avons tout partagé, les manèges et les barbes à papa du Luxembourg, les découvertes amoureuses, les déceptions et les nouveaux départs. En effet, nous n'étions pas de ceux qui renoncent car à deux nous nous savions forts. Denis était mon frère, un frère à la fois sage et organisé, généreux et aimant, réaliste et fantasque, offrant aux autres l'immensité de ses rêves. Il avait eu la mauvaise idée de partir un mois avant mon opération quand j'avais si besoin de lui. Difficile d'imaginer la vie sans Denis. On aurait pu vieillir ensemble, devenir un vieux couple qui avait conservé la vertu de l'enfance, partageant les mêmes souvenirs mais capable de se réinventer et d'en fabriquer de nouveaux.

Sur la photo, il est heureux, entouré de ses amis, d'Odile, sa sœur, la vraie et de Kedi, son trésor venu de Chine, qui le regarde avec amour. Moi, je porte ma robe « Ava Gardner » qui plaisait tant à Denis. Je suis joyeuse et détendue, à mille lieues d'imaginer les menaces qui pèsent sur nous. Pourtant, si on y prête attention, j'ai un œil plus gros que l'autre. Le mal est déjà là, tapi derrière l'orbite. C'est frappant, maintenant. Denis ne l'a probablement pas vu tout comme il ne sait pas que huit mois plus tard il s'écroulera sans vie sur le parquet de l'appartement où nous avions dansé toute la nuit.

20.

Chaque soir, j'avais peur avant d'aller me coucher. Que dissimulait la masse qu'on m'avait enlevée dans la tête ? Mes papillons allaient-ils revêtir une autre forme ? Je retardais le moment de céder au sommeil et essayais de me raisonner et d'appliquer la théorie si chère à Lucien du verre à demi plein et jamais à demi vide : mon méningiome me masquait la vue et encombrait mon cerveau, son ablation allait peut-être me délivrer d'un poids et me permettre de voir plus loin et plus juste.

Comme pour me conforter, mon vieux chien Pedro se blottissait alors contre moi. Il n'arrivait plus à monter sur le lit et je devais l'y aider. Chaque mouvement était devenu difficile pour lui. Il se cognait contre les meubles et voyait de plus en plus mal. Combien de jours encore lui restait-il à vivre ?

À la différence de leurs maîtres qui peuvent agoniser dans d'atroces souffrances car la bonne conscience de notre pays leur interdit d'être aidés quand ils donnent le signal du départ, les animaux sur la terre de France ont le droit à l'euthanasie. Mais il n'était pas question que je fasse piquer Pedro. Il tenait trop à la vie, aux tout petits plaisirs qu'elle lui accordait encore : le moment de sa soupe, des câlins et sa mission intemporelle de veiller sur moi.

Il l'avait accomplie jusqu'au bout avec sa maîtresse, Anne-Marie. Cette dernière et terrible nuit quand j'étais venue les retrouver, il était assis sur son lit et il m'attendait. Anne-Marie semblait dormir. J'avais l'impression de l'entendre encore respirer. Un bruit insupportable qui résonne encore dans mes oreilles mais Pedro lui savait que c'était fini.

Connaissait-il mes cauchemars ? Arrivait-il à percevoir le monde parallèle dans lequel, depuis mon retour de l'hôpital, chaque nuit je pénétrais ? Mes papillons n'avaient pas disparu. Ils s'étaient transformés en ce que j'appellerais des nœuds de rêves, des rêves récurrents qui me faisaient revivre des histoires à travers le temps. Je retrouvais ainsi un appartement rue Lecourbe, dans un coin sombre, désaffecté. Deux appartements qui communiquaient. La famille les possédait depuis toujours mais leur trace n'était inscrite nulle part. Je les avais visités à plusieurs années d'intervalle quand le sommeil m'y avait guidée et maintenant je m'y retrouvais. Ces expériences étranges, je les avais vécues dans l'enfance puis elles avaient disparu revenant sporadiquement. Des rêves de feux, de sang, d'immenses bouleversements cosmiques et toujours cette impression de déjà-vu. Il y avait une explication simple. J'étais née anémiée, j'avais perdu une partie de mon sang dans le ventre de ma mère et j'avais été transfusée à deux mois. Une histoire pour psychanalyste… En tout cas, j'étais un bébé insomniaque et un enfant à cauchemars retardant le moment du sommeil par peur de retrouver mes autres existences.

La masse de somnifères après mon long séjour à l'hôpital Saint-Louis avait eu raison de mes rêves. Je n'en avais plus ou plutôt je n'en gardais pas le souvenir. Cela avait duré ainsi de longues années et maintenant, sans crier gare, mon monde parallèle ressurgissait.

« L'épanchement du songe dans la vie réelle. » Gérard de Nerval avait raison. Le songe pouvait envahir la vie. Il suffisait d'être fragile, sans défense, pour que toutes les barrières tombent et que les vies rêvées antérieures, futures et réelles se mêlent.

C'était un jeu de vases communicants car tout concourait à me faire cauchemarder : les attentats terroristes aux quatre coins du monde dont le bruit des explosions me déchirait les tympans pendant mon sommeil, les corps déchiquetés qui jonchaient le sol, et les cendres des cités détruites qui volaient dans l'air et remontaient jusqu'au fond de ma gorge.

Au bout de plusieurs nuits d'insomnie, l'imparable bon sens de Lucien vint heureusement me sauver. Un léger somnifère que je pouvais coupler dans la journée avec un calmant ne me ferait aucun mal. Le soir même, les médicaments étaient posés sur ma table de nuit et, dès le lendemain matin, Lucien me prêtait le bras pour mes premières sorties. La marche était selon lui le meilleur des anxiolytiques. J'étais encore titubante mais d'autant plus vaillante que je ne rencontrais aucun des vertiges annoncés. Notre parcours ne dépassait pas le périmètre de Denfert-Rochereau mais avec des haltes variées dont une sur le banc du square de l'Abbé Migne, à l'emplacement où se trouvait la barrière d'Enfer.

Nous aimions beaucoup séjourner là pour observer les passants. En effet la zone était envahie par des rats qui devaient sortir des catacombes voisines et traversaient brusquement le chemin. Le jeu était de guetter les réactions sur les visages des amoureux ou des mères de famille encombrées de leurs marmots qui se prélassaient au soleil.

Pendant ces quelques jours qui précédèrent son départ, j'eus le sentiment de me rapprocher de plus en plus de Lucien. Il était pourtant toujours aussi agaçant, sans gêne, souvent vulgaire, arriviste, résolument inculte (sa seule référence littéraire restant Frédéric Dard et ses choix cinématographiques se limitant aux films de karaté), et malgré tout c'était le seul homme capable de me faire hurler de rire avec ses blagues potaches et ses jeux de mots ineptes, de transformer la plus banale des journées en aventure périlleuse et d'inventer les corps à corps les plus troublants qui aient pu être portés à ma connaissance. Quand le 14 juillet il vint me faire un baiser d'adieu avant de rejoindre sa petite famille, je surpris dans son regard une lueur que je n'avais jamais vue. Sans doute la tristesse de me quitter et la lassitude peut-être aussi de me prodiguer toujours les mêmes mensonges.

Je n'avais plus que deux jours pour profiter de mes enfants mais j'avais repris des forces et je me sentais maintenant prête à rester sans eux à Paris. Isabelle n'étant plus là pour m'apporter des mets de choix que de toute façon je n'aurais pas goûtés car j'avais perdu l'appétit, j'allais chaque matin promener seule le chien et faire les courses au Franprix voisin. J'y avais pris mes repères, l'emplacement des Doowap et des pizzas surgelées Buitoni quatre fromages que mes garçons affectionnaient tant, des boîtes pour Pedro, de la salade sous vide et de la mauvaise mozzarella qui était une des rares choses que j'avais plaisir à avaler. J'entretenais également mes relations sociales avec la caissière, Josette, qui était la star du magasin, généreuse, toujours à l'écoute, possédant parfaitement l'historique de ses clients fidèles qui venaient déverser sur elle l'étendue de leurs malheurs. Je lui avais ainsi raconté l'épopée de mon opération, elle m'en savait gré. Les rapports sont plus faciles quand on est transparent.

Ce jour-là, j'avais amené Pedro avec moi. Il avait difficilement arpenté les 100 mètres qui séparaient l'appartement du magasin et je l'avais laissé à l'entrée tout essoufflé, attaché à la barre destinée à la gent canine. Il y avait peu de monde et je pus facilement trouver les produits dont j'avais dressé la liste. J'avais hâte de rentrer à la maison car cette petite escapade hors de chez moi avait mobilisé une grande partie de mes forces mais une dame devant moi focalisait toute l'attention de Josette.

Il s'agissait visiblement d'une cliente régulière. Elle avait entrepris une grande conversation avec cette dernière sur la moralité douteuse des élèves du collège voisin. Je sentais ma pauvre amie caissière gênée mais obligée de hocher la tête à chaque remarque sentencieuse de son intarissable cliente.

Que faisait cette bonne dame dans notre quartier ? Elle ressemblait à une grenouille de bénitier tout droit sortie des offices de Saint Sulpice. Tout était déplaisant chez elle, sa voix mielleuse, son air péremptoire et satisfait. Elle arborait une robe large aux fleurs défraîchies qui cachait mal les bourrelets de son corps flasque et portait des sandales sur des bas blancs. C'était sans doute des bas de contention censés soigner ses varices car personne, avec les 30 degrés que le thermomètre affichait, ne pouvait songer à se couvrir les jambes. L'attente s'éternisait. Il me semblait qu'elle prenait un malin plaisir à faire durer la conversation et à sortir pièce par pièce les 9 euros 55 que lui avaient coûtés son potage Knorr, ses saucisses et son jambon Herta. En soupirant, elle mit un à un chaque produit dans son grand caddie. Elle suait sous l'effort et il me semblait que parvenait jusqu'à moi son odeur âcre et rance.

Quand mon tour arriva, Josette sembla soulagée. Bon débarras ! Mais les ennuis n'étaient pas encore terminés. Mon chien gênait le parcours de l'envahissante cliente et il reçut un méchant coup de pied qui lui arracha un cri. Mon regard courroucé ne fit que renforcer la sainte femme dans sa bonne conscience : ce sale chien n'avait pas à se mettre dans ses jambes, il aurait pu la faire tomber et lui faire casser le col du fémur. À son âge, elle n'avait vraiment pas besoin de cela. D'ailleurs, ce chien n'avait pas à être là. C'était contraire à l'hygiène et méritait une plainte aux services idoines ce qui serait fait dans l'heure.

Nous nous regardâmes sans parler avec Josette, solidaires et impuissantes. C'est sur le retour, alors que je marchais à petits pas avec Pedro, que j'eus le déclic. Cette femme avait exactement le physique que je cherchais pour incarner la meurtrière de ma série : une mère de famille méritante qui avait pondu six beaux enfants et qui offrait sa charité aux déshérités du quartier. Elle était devenue vieille, sèche, le corps avachi, incapable de procréer et cocufiée sans relâche par son respectable mari. Que pouvait-elle faire d'autre pour calmer ses humeurs que d'éventrer de jeunes et belles rivales qui allaient donner la vie ? C'était un dénouement un peu tiré par les cheveux mais qui, bien construit, avec les trompe-l'œil et les indices nécessaires, pouvait donner une fin surprenante.

J'arrivai enfin à la maison, épuisée mais triomphante. La machine était repartie. Les papillons et leurs métamorphoses n'avaient pas eu raison de mon cerveau. J'avais repris le contrôle et je pouvais à nouveau avancer.

21.

Le Russe fou et l'amant avaient déjà pris le large et je cachais mon émotion quand mes deux garçons s'en allèrent, à leur tour, vers la gare Montparnasse. Il fallait se montrer forte, ne rien laisser paraître pour ne pas leur faire de peine mais le masque se lézarda dès que la porte se referma derrière eux. J'étais triste mais aussi inquiète. Qu'est-ce que je ferais sans eux si soudain la tête me tournait et que je me trouvais allongée sur le sol dans une maison vide ?

Mais je me raisonnais : il fallait en finir avec le spectre des vertiges. Risque d'étourdissements et de chutes dans les trois mois qui suivent l'opération, m'avait-on prévenue à l'hôpital, mais, en dix-huit jours, rien de tout cela n'était survenu. De plus, le téléphone existait et jusqu'à la fin juillet, j'avais encore deux trois connaissances à Paris sur qui je pouvais compter.

Dernièrement, Luc, un ami de Denis qui l'avait accompagné un été à Saint-Cast il y a des années de cela, m'avait fait signe et se proposait de passer me voir. Après la mort de notre ami, il avait aidé Kedi, le dernier compagnon de Denis, à classer ses affaires et tous deux avaient retrouvé un objet qui me rappellerait de « très bons souvenirs ».

Je lui donnais une réponse dilatoire. Pour l'instant, je n'avais plus de « très bons souvenirs ». Les papillons avaient tout effacé sur leur passage. Il fallait que je m'en invente de nouveaux et que je plonge dans d'autres vies que la mienne.

Je tournais en rond. Il était temps de reprendre la route avec la famille Hinstin. C'était ma façon à moi de combler un manque, de me donner une assise.

Après Madeleine, Gustave et le Général, mon père avait ouvert un quatrième cahier. L'encre avait changé. On était passé du bleu au noir, un signe de l'état d'esprit de Jean, de plus en plus morose ? En tout cas, certains détails indiquaient que ce cahier avait été rédigé à une époque plus récente.

Le cœur battant, je parcourus les premières pages mais mon père repartait encore une fois sur l'éloge de la famille Hinstin. Il avait répertorié les innombrables médailles et distinctions des différents membres de la famille et noté tous les noms des descendants du Général.

D'où lui venait donc cette obsession ? Je me souviens qu'il me faisait honte quand, enfant, il interrogeait tous mes camarades qui venaient à la maison sur l'origine de leur nom. La plupart restaient interloqués mais certains se prêtaient à son jeu, ce qui leur donnait une cote supérieure.

Je crois y voir maintenant un peu plus clair dans cette habitude si agaçante, y deviner simplement la peur de l'effacement, celle des descendants de familles décimées par la barbarie et dont seuls les noms marquaient le passage sur terre.

Je sautai toutefois ces interminables passages sur les ramifications familiales du Général et me dirigeai droit vers les deux personnages qui m'intéressaient : d'abord, Jacques Hinstin, le cousin germain de Madeleine, l'ami d'André Citroën et l'artisan des grandes croisières, et surtout son fils, Charles, le parrain de ma demi-sœur A., celui que Kessel avait appelé « le Zombie » et qui, selon mon père, lui ressemblait tant.

Les destins du père et du fils étaient aux antipodes : une ascension fulgurante pour Jacques Hinstin, l'homme de la réussite, de la fantaisie et du succès, un parcours chaotique pour Charles, misant sa vie à chaque coin de rue, toujours au bord du gouffre mais, arrivant de justesse à retrouver l'équilibre et à s'élancer ailleurs jusqu'à ce que l'attrait du vide soit trop fort et qu'il mette fin à sa vie à Kaboul.

En amour comme en amitié, nos choix sont souvent irrationnels. Depuis le début je savais que tout me menait vers Charles. Une multitude de signes, son suicide en 1962, l'année de ma naissance, sa capacité à renaître de ses cendres, et son immense talent à faire disparaître toutes ses cicatrices.

Mon lointain cousin avait fait tout ce que je n'ai pas osé faire, désobéir, sortir des voies tracées, et arpenter le monde. Or, je suis une voyageuse immobile et mes désobéissances sont restées dans ma tête.

« Il aurait pu, il aurait dû être un grand bourgeois. Tout l'y destinait : sa famille, la fortune de son père, ingénieur et inventeur remarquable, associé dès les tout premiers commencements au génie d'André Citroën. Mais Charles Hinstin était mal fait pour les destins arrangés dès la naissance », avait écrit Kessel dans « Le Zombie ».

Qu'est-ce qui vous pousse ainsi à tout bazarder et à larguer les amarres comme l'avait fait Charles à vingt ans ?

Il avait pourtant tout pour être heureux, une mère aimante, deux sœurs qui le chérissaient et un père exceptionnel dont la vie est un vrai roman. Combien de fois avait-il dû entendre le récit des exploits de l'ami et collaborateur d'André Citroën ? C'est peut-être là que se cache le secret de Charles : le besoin de surenchérir et d'aller plus loin que son père dans la recherche de l'aventure.

Il est vrai que Jacques Hinstin était doué pour tout : polytechnicien, aviateur, créateur dans l'industrie automobile mais aussi sculpteur, peintre et collectionneur de renom. Mon père lui voue une admiration immense. Jacques le protège, l'épaule et le soutient à la mort de Madeleine. « Jacques a un bonheur contagieux. Il m'a sorti la tête hors de l'eau et m'a permis de mettre en silence mon chagrin. »

À quels hasards tient un destin ? Jacques s'était lié d'amitié avec les frères Citroën au lycée, partageant avec eux la même foi dans la révolution technologique. Jeune marié, il démarre sa vie professionnelle en ouvrant une fabrique de pièces de locomotive près de Corbeil. André Citroen a besoin d'un petit atelier, Jacques lui prête celui qu'il possède à Essonne. C'est par ce geste d'amitié que commence leur collaboration. Ils ouvrent alors tous les deux en 1905 une société en commandite : « Citroën, Hinstin et Cie » qui deviendra en 1913 la « société anonyme des engrenages Citroën » au capital de trois millions de francs. Entre-temps, Jacques a pris la direction à Poissy des automobiles Grégoire qui deviennent les automobiles Hinstin.

Moi qui n'y connais rien en voiture, je les trouve plutôt jolies. Dans son dossier sur les inventions technologiques de Jacques Hinstin, mon père avait glissé une photo représentant Jacques et sa famille auprès de sa fameuse voiture Grégoire.

On y voit, à l'avant, Jacques Hinstin, un gros homme débonnaire avec une belle moustache entourée de sa femme, Lina, et de ses deux filles, Jacqueline et Adi. Charles, son fils aîné, se tient à l'arrière, à l'écart. Alors que tous les autres regardent l'objectif, il est de côté, en train d'observer la vitre de la voiture. Prépare-t-il déjà sa fuite ?

La légende de son père est écrasante. Jacques est un héros. Toute la famille le claironne. Il brille pendant la guerre de 14. Il est sergent aviateur et monte une école d'aviation. Son courage et ses inépuisables ressources lui vaudront le grade de chevalier de la Légion d'honneur.

Sa rencontre avec le célèbre Adolphe Kégresse est-elle due à ses performances dans l'aviation ? C'est par l'intermédiaire d'un ami commun, Jacques Schwob d'Héricourt, que le premier rendez-vous se fait. Les deux hommes partagent le même goût de l'aventure et se lient d'amitié.

Leurs intérêts sont communs et ils vont vite le comprendre. Adolphe Kégresse vient de revenir de Russie où il a conçu des autochenilles souples, qu'il avait adaptées pour l'armée russe. Jacques Hinstin saisit immédiatement tous les atouts que représente une telle découverte et introduit son nouvel ami dans l'empire Citroën. Ils déposent tous deux un brevet : Kégresse-Hinstin. Puis, en 1920, l'accord devient tripartite Citroën, Kégresse, Hinstin.

C'est le début de la gloire : les commandes affluent de partout. On dit certaines autochenilles capables de porter une maison entière de trois tonnes et demie et de vaincre les dunes de sable des plus dangereux déserts. Elles seront le fleuron de la communication Citroën et de ses fameuses expéditions à travers le monde.

Je me mets à la place de Charles. Il a dû en bouffer du Citroën à en avoir la nausée. En 1922, le nom de Citroën est inscrit en lettres de feu sur la tour Eiffel et se déploie dans le ciel au-dessus de l'Arc de triomphe. Et son père Jacques ne s'arrête jamais. Cela donne le tournis. Il échafaude les projets les plus fous, la première traversée du Sahara avec ses autochenilles puis, la Croisière noire, 20 000 kilomètres dans les brousses, les savanes et les marécages pour ensuite s'attaquer à la route de la soie avec la Croisière jaune. Rien ne semble pouvoir altérer son appétit de vivre, sa curiosité sans borne, et son ébullition mentale permanente. Une ombre seulement voile son horizon : un fils indomptable à qui il avait tout offert, parti sans le bac et sans un sou traîner ses guêtres aux États-Unis.

22.

C'est un coup de téléphone de Martin qui m'arracha à la lecture des cahiers de Jean. Il faisait chaud et beau, car il fait très souvent beau et chaud en Bretagne quoi qu'on en dise, et la mer m'attendait. Martin me conta par le menu la vie et les micro-métamorphoses de notre station de vacances. Il y mettait une application et un enthousiasme un peu forcés sous lesquels je sentais poindre son inquiétude.

Je le rassurai en lui disant que tout allait bien, et que ce n'était plus qu'une question de quelques semaines avant de se retrouver. La visite et les examens à Sainte-Anne fin juillet et probablement une dizaine de jours par sécurité encore à Paris et ensuite je pourrais enfin prendre le départ, un nouveau départ.

Est-ce que je ne m'ennuyais pas trop ? Avais-je commencé à visionner les DVD que mes garçons m'avaient laissés, avec des recommandations bien précises ? Là encore, je bottai en touche car je ne voulais surtout pas les vexer. Bien sûr, j'étais plongée dans la série *Kh4,* le méga succès de la société Transet, rivale de la mienne, une série labyrinthique, avec des espions au double et au triple visage, des gentils androïdes affrontant d'autres très méchants et une bande d'allumés voyageant dans un simulateur d'espace, le tout en édition collector bourrée de bonus et de goodies. Mes enfants en raffolaient, et moi je trouvais cela suprêmement ennuyeux. Mais comment le leur dire ? J'étais ringarde dans mes goûts, je détestais définitivement les anticipations politiques, les invasions d'extraterrestres et tous les mirages de la science-fiction mais ni mes enfants ni mes employeurs ne devaient le savoir.

J'embrassais mon petit dernier en jouant la partition de l'insouciance mais je sentis comme une morsure en raccrochant. C'était si cruel d'être privée d'eux. Heureusement que dans l'attente de les retrouver, je m'étais trouvé une autre forme d'addiction qui détrônait les meilleures séries : mon enquête sur la famille Hinstin.

Mon père était un amoureux des voitures, les belles, celles de luxe. Combien de fois ne nous avait-il pas décrit avec fierté les monstres qu'il conduisait aux États-Unis où il s'était exilé dix ans avec sa première femme et ses trois enfants à l'arrivée en France des nazis. Des immenses Ford de plus de six mètres, cabriolet ou limousine, avec des tableaux de bord en noyer et en argent dont le souvenir mettait des étoiles dans ses yeux bleus.

En vieillissant, la taille de ses voitures s'était réduite. La dernière était une 4L Renault. Il l'avait conduite jusqu'à sa mort mais avec honte et déplaisir.

Cette fascination pour les engins à moteur se ressentait à la lecture des pages consacrées à la vie de Jacques Hinstin. Mon père n'avait pu se retenir de recopier des dizaines de dessins représentant les voitures Grégoire et les fameuses autochenilles avec des descriptions détaillées, de leur châssis, poulies, freins à main, freins au pied reliés à des boîtes de vitesses toujours plus performantes. Il y en avait des pages et des pages que je sautais allègrement, pressée de m'approcher du centre de mes recherches, la figure de Charles.

Il apparut soudain lorsque Jean évoqua un dîner donné par Jacques et son épouse. « Belle soirée. Jacques est un homme de goût et il sait donner du plaisir à ses convives. Mais, ce soir-là, il était soucieux. Il nous a confié que, pour éponger les dettes de son fils, il avait encore dû vendre un tableau de sa collection, un Marie Laurencin auquel il était très attaché. Charles a du poison dans le sang. Quand donc arrêtera-t-il de jouer et de ruiner sa famille ? »

Il n'y avait pas d'autres références à Charles et on repartait dans de longs passages sur les succès de Jacques, ses voyages à travers le monde avec les Citroën et leurs rencontres avec une multitude de gens dont les noms ne me disaient rien. L'écriture était petite et serrée et j'avais hâte d'en finir. Nous en étions à la description de la dernière croisière dans le Nord-Ouest canadien et là, brutalement, mon père interrompait sa narration laissant plusieurs pages blanches avant de redémarrer sans transition, aux trois quarts de son cahier, avec la biographie détaillée de Charles.

Pourquoi mon père avait-il ainsi abandonné Jacques en route lui qui, scrupuleusement, dans tous ses cahiers précédents, avait suivi jusqu'au bout la chronologie des membres de sa famille ?

Jacques Hinstin était mort en 1937. La Croisière blanche avait eu lieu en 1934. À la différence des trois croisières précédentes, la traversée de l'Alaska marquée par des pluies diluviennes et des glissements de terrains s'était soldée par un échec. Rien n'allait plus dans l'empire Citroën : endettement, redressement judiciaire, reprise de la marque par Michelin et disparition d'André Citroën en 1935. Tout cela avait dû beaucoup affecter Jacques Hinstin qui s'était probablement mis en retrait. Mon père n'avait peut-être pas eu envie de commenter le déclin d'une vie si mouvementée au moment où la lèpre nazie commençait à envahir le monde. Il fallait poursuivre ma lecture. Peut-être que Jacques allait réapparaître soudain dans les pages consacrées à son fils Charles ?

C'était le moment d'entrer dans la vie de celui dont j'attendais tant. Pourquoi m'étais-je ainsi focalisée sur Charles Hinstin alors que, sortant de l'épreuve que je venais de vivre, d'autres que moi auraient fait le bilan de leur vie ou auraient sombré dans une crise mystique ? Je préférais de beaucoup me laisser emporter par la légende de cet autre lointain dont je me sentais bizarrement si proche.

J'ai toujours aimé les destins brisés, les histoires qui font pleurer car la vie des héros se termine souvent mal. Charles me rattachait à tous les personnages des livres de mon enfance que je dévorais, perchée sur mon arbre, dans le jardin de Grosrouvre. Il y avait des centaines d'ouvrages dans la bibliothèque de la maison. Des livres précieux avec des tranches dorées, des couvertures cartonnées et des illustrations magnifiques. Tout a disparu à la mort de ma grand-mère mais j'en conserve encore la magie.

Cette magie, je savais que j'allais la retrouver dans la nouvelle que Kessel avait consacrée à Charles. « Le Zombie » était le dernier texte de *Tous n'étaient pas des anges*. J'avais toujours ce recueil près de moi mais j'en retardais la lecture. Avec la maladie, j'ai appris à comprendre qu'il y a un ordre dans le temps, un ordre à respecter. Cet ordre est arbitraire et instinctif et se devine par une concordance de signes. Il ne faut pas brûler les étapes. Je serais avertie quand le moment viendrait pour moi de parcourir les pages du « Zombie », pour l'instant je devais poursuivre la lecture des cahiers de Jean.

Moi qui m'étais toujours sentie si éloignée de mon père, nous avions enfin un point commun : la fascination pour Charles. Mon père adorait ce mauvais garçon. Était-ce l'âge qui les rapprochait ? Né en 1900, Jean n'avait que trois ans de plus que son cousin. Ou bien était-ce le goût de l'aventure, l'envie d'abandonner toutes les convenances pour vivre pleinement l'instant présent qui les réunissaient, une vie rêvée par Jean, homme de devoir, mais portée à son paroxysme par Charles ?

Connu pour sa dépendance au poker et ses frasques aux quatre coins du monde, Charles n'avait rien d'un exemple et pourtant c'était lui que Jean avait choisi pour être le parrain de sa fille adorée, A. Le « zombie aux yeux d'or » avait en effet tout pour plaire à mon père : l'audace et l'insouciance, la générosité et la gentillesse, le goût du risque et ce besoin insatiable de séduire sans cesse. Impossible donc de condamner ce cousin terrible à qui Jean, dans ses notes, offrait toujours la grâce.

À vingt ans, Charles hantait les salles de jeux, accumulait les dettes que ses parents fidèlement remboursaient. Il avait créé dans la famille un tel traumatisme que tous les jeux de société étaient interdits aux enfants de peur que le virus ne se propage.

Un soir, Charles traîne à l'El Garron, le grand cabaret argentin des années folles, et rencontre un Américain sympathique qui lui propose de l'emmener aux États-Unis. Qu'a-t-il à perdre ? Sans un sou en poche, sans aucun diplôme dans une famille qui collectionnait les plus hautes distinctions, son avenir en France semble compromis. Il y a ses parents bien sûr, si aimants, qui lui proposent une place dans une des sociétés familiales, mais Charles n'aime pas les héritages et les terres inconnues sont plus attirantes que celles de son patrimoine, un mot qu'il exècre. Il décide donc de faire le grand saut et se retrouve à New York ouvrier tanneur puis mécanicien chez Ford.

L'Amérique est en crise. Le chômage sévit. Des familles entières sont à la rue mais rien n'effraie Charles. Quelle que soit la situation, sa meilleure ressource reste lui-même, sa capacité à s'affranchir des règles, à se sentir libre partout et à toujours croire en son destin. Il dort dehors dans des abris de fortune, voyage clandestinement, s'adapte, séduit. Il joue aussi, toujours beaucoup, perd souvent mais il a la baraka et quand il gagne, il gagne gros.

C'est à Chicago qu'il va faire des miracles. Il commence par vendre des voitures. Il connaît son métier, sait être persuasif sans jamais être insistant, il a l'intelligence, le charme, la grâce et devient très vite une des références du monde automobile de Chicago. Mon père est épaté. Il ne peut s'empêcher de multiplier les points d'exclamation et les apostrophes. « Charles est le digne fils de son père. » « Charles fait fortune aux USA. » « Un nouveau génie de la finance dans la famille ! »

Mais l'enthousiasme retombe comme un soufflé. Charles n'a pas d'ambition, surtout pas celle d'épargner. L'argent est fait pour être dépensé ou joué et il se retrouve à nouveau sans rien pour vivre.

Par quel tour de passe-passe débarque-t-il au Maroc puis en Afrique ? Mon père n'est pas très explicite sur cette question. Il laisse toutefois entendre que son cher cousin a dû être recadré par la famille et que Jacques l'a expédié en Afrique pour lui apprendre à se frotter à la réalité et à gérer des affaires.

Charles arrive dans les années 1930 au Cameroun. Comment se sent-il dans cette nouvelle peau de colon blanc exilé en Afrique ? Apparemment bien, car il n'a rien d'un colon. Charles a fait du monde son territoire. En 1931, il s'installe à Mayo Darlé. Il est gérant de bars, puis d'hôtels, mais aussi chercheur d'or à ses heures perdues. En 1932 il s'installe à Foumban, démarre une carrière dans le commerce de liqueurs, se transforme en ingénieur prospecteur et en planteur. Il devient l'ami du Glaoui, vit en concubinage avec une Camerounaise dont la légende dit qu'il aurait eu un fils. « On ne prête qu'aux riches » écrit alors mon père qui, lui aussi, avait laissé derrière lui de belles histoires sur son séjour aux États-Unis. Puis il continue ainsi : « Avec ses yeux d'or, si rieurs, personne ne peut résister à Charles. Je garderai le souvenir de leur lumière jusqu'à ma mort. »

23.

Charles avait-il consulté des guérisseurs en Afrique ? En tout cas, leur science ne pouvait qu'être supérieure à celle de l'homme blanc qui était venu me rendre visite quelques semaines avant mon hospitalisation à Saint-Louis quand j'avais dix-neuf ans.

C'est en tombant par hasard sur une correspondance entre mon père et nos voisins d'alors, égarée dans un de ses cahiers, que l'histoire me revint à la mémoire. Je vivais alors dans la valse des rendez-vous médicaux et des examens, sans qu'aucun diagnostic n'ait été encore posé. Voyant le désarroi de mes parents, nos voisins, très croyants, leur avaient proposé de prendre rendez-vous avec un homme de foi, dont les pouvoirs médicinaux étaient reconnus. Il n'était pas nécessaire d'être catholique pour que le courant opère, nous avait-on précisé. C'était une question de « transfert ». Mon père, je me souviens, était très réticent mais, pris de court, avait fini par céder.

La scène est restée gravée dans mon esprit. Mon visiteur avait une cinquantaine d'années, en jeans et baskets, l'allure boy-scout décontractée. Il avait adopté immédiatement le tutoiement, jouant à plein la carte de la camaraderie. J'étais allongée, déjà très fatiguée, mais il m'avait demandé de m'asseoir face à lui, les yeux dans les yeux, pour parler « vrai. » Une heure d'interrogatoire et de mise à nu s'était ensuivie. Après ce « sondage de l'âme », il avait énoncé, d'un air grave, que mes désordres actuels reflétaient mes désordres intérieurs. Il fallait que je fasse de l'ordre en moi, que je clarifie mes choix, cela m'aiderait à guérir.

Je sortis de ce tête-à-tête démolie. Le discours n'a pas changé. On est toujours coupable de sa maladie. On « fabrique » son cancer parce qu'on est fatigué, dépressif, plus sensible que les autres ou parce qu'on mange trop de graisse. C'est facile d'affirmer. Cela arrange tout le monde et puis cela masque la peur. Pourquoi ne pas dire simplement qu'on ne sait pas d'où vient le mal ? Que les astres, l'environnement, le passé génétique, les turbulences de l'esprit et que sais-je encore s'emballent soudain et créent le chaos. Vous êtes peut-être le prochain sur la liste, mais cela ne sert à rien de s'affoler. Il faut laisser la roue tourner.

Pour Charles, c'est le cas. Après l'Afrique, c'est la fin de l'insouciance. En 1937, il doit rentrer en France. Son père vient de mourir. Il est le fils aîné et ne peut échapper à ses responsabilités.

Il n'a donc pas d'autre choix que de reprendre la direction de l'usine que la famille possède dans les Ardennes.

Le ton du récit de mon père change alors. Jacques, l'homme du bonheur, a mal terminé sa vie. Peu de temps avant sa mort, ses rapports avec les Citroën se sont ternis. Injustice ? L'entreprise va mal et on a tout mis sur son dos dans l'échec d'un des grands projets de la société, la création de voyages touristiques entre le Sahara et le Soudan, ce qui lui vaut d'être mis au rancart puis à la retraite. Cette triste fin de vie ramène mon père à la sienne, lui qui aimait par-dessus tout son travail et qui s'est senti considéré comme « une vieille bête inutile » quand sa vie professionnelle s'est arrêtée.

« Retrait du monde », « pesanteur de la vieillesse », grâce à toutes les petites phrases que mon père glissait entre les lignes, je pouvais enfin dater ses cahiers. Si le récit de la vie de Gustave et de son frère le Général avait été rédigé dans les années 1920, c'était après avoir arrêté sa longue carrière chez Philips que mon père avait repris la rédaction de l'histoire de la famille Hinstin.

Je me souviens : mon père avait toujours besoin de calme mais j'étais petite, je jouais et faisais trop de bruit. Était-ce son appareil auditif qui accentuait les sons et lui rendait le bruit insupportable mais il se mettait alors à crier, tempêter, se convulsant dans des rages inouïes. C'était ainsi : je le détestais, il était vieux et méchant et maman me protégeait. Nous faisions bloc toutes les deux. Jean s'enfermait alors dans sa chambre en claquant la porte pour avoir la paix.

Seul contre tous, hors de ce temps qu'il n'aimait plus, sa seule façon alors de repeupler sa solitude était de se tourner en arrière et de renouer avec le fil de son passé. Je suivais son chemin, à ma manière. Nous avions finalement plus d'un point commun.

Jacques avait été enterré au cimetière Montparnasse. Mon père avait dessiné une carte des deux parties du cimetière, indiquant les emplacements, à l'opposé, du mausolée du Général sur le « côté Raspail » et sur le « côté Froidevaux », la tombe de Jacques et de sa famille : division 9, deuxième section, troisième ligne sud. Compter dix-sept tombes à l'ouest. Pourquoi ces notations si précises ? Était-ce une façon de montrer le chemin au lecteur de ce cahier ? Je me promis de répondre à cette demande quand j'aurais l'énergie nécessaire.

Charles revenait alors sous la plume de mon père. Nous nous retrouvions avec lui au cœur de la guerre. L'heure était grave mais la force de vie de Charles balayait tout sur son passage.

Fait prisonnier à Dunkerque en mai 1940, il réussit à s'évader. Il entre alors dans l'Armée secrète et devient commandant de la zone R5 des FFI. En 1943, il est le chef régional de tous les départements entre Clermont-Ferrand et Toulouse et, en mai, chef national de la direction des maquis. La tête brûlée qui jouait sa chemise dans les tripots la nuit est aussi un héros.

La partie s'arrête pour lui à Limoges en mai, dans un café où dix hommes de la Gestapo viennent l'arrêter. Il est interrogé et torturé par un certain Mayer, ancien lieutenant du Renseignement qui exerce son talent sur les réseaux de la Résistance.

C'est alors que le destin s'emballe. Charles Hinstin doit être conduit à Lyon pour être fusillé mais, au dernier moment, sa destination change et on le conduit à Romainville. Là encore, la chance est avec lui. Charles fait partie des cinquante otages qui doivent être exécutés la nuit même, mais son dossier n'ayant pas encore rejoint Romainville, son nom ne figure pas sur la liste et il échappe par miracle à l'exécution.

Sa prochaine destination est alors Buchenwald. Elle devrait être la dernière. On n'échappe pas à la mort ainsi. Il arrive dans le camp en plein hiver. Il fait moins 20° et il a 40 de fièvre. On l'accepte à l'infirmerie avec un camarade dans le même état que lui. La partie est clairement annoncée par le Kapo de garde. Il ne gardera que le plus fiévreux des deux. Il les installe côte à côte avec un thermomètre sous le bras. Par hasard, Charles est installé à côté du poêle ce qui lui vaut de gagner un dixième de degré. Il aura ainsi la vie sauve. Son compagnon, dehors, dans la nuit glacée, sera retrouvé mort au matin.

La baraka, mon père y avait toujours cru. Les cycles de la chance et de la malchance, comme il disait. Cette croyance aveugle dans une force étrangère qui régulait nos destins m'avait toujours étonnée venant d'un homme épris, comme lui, de travail et de rationalité. J'en connaissais maintenant la provenance, son exceptionnel et fascinant cousin Charles.

L'après-guerre est le temps des honneurs pour l'enfant terrible de la famille Hinstin. Croix de guerre, médaillé de la Résistance, grand officier de la Légion d'honneur, il est même assimilé au grade de général, un beau pied de nez au vrai, celui qui hante les mémoires et le cimetière Montparnasse.

Le 6 octobre 1947, il se marie avec Jacqueline Fournet, une survivante du camp de Ravensbrück. Ils auront deux enfants. D'abord chargé dans la zone soviétique d'occupation en Allemagne de la récupération des œuvres d'art, il est nommé directeur de Frigeavia, une antenne de la SNCASO, la société de constructions aéronautiques du Sud-Ouest. Mais après l'horreur de la guerre, les privations, la déportation, Charles a besoin de rattraper le temps perdu et ne peut se contenter d'une existence bien rangée de bon mari et d'employé modèle. Il vit à cent à l'heure, ardent, dépensant sans compter, et se retrouve soudain comme à vingt ans, dépourvu de tout.

Il doit se refaire, encore une fois. Une solution s'offre alors à lui : partir travailler à Kaboul pour la SNCASO, ce qui doublerait son salaire. Mais Charles a maintenant plus de cinquante ans et souffre des séquelles de son « séjour » à Buchenwald. Bien sûr, les changements de vie ne lui font pas peur, ils font partie de ses gènes, mais cette fois la situation est différente. Il doit laisser une famille derrière lui et ce nouveau départ n'a plus le goût de l'aventure car il est dicté par le devoir et la nécessité.

Acculé par les dettes, il n'a d'autre choix que de partir à l'autre bout du monde, prisonnier à

Kaboul, d'où il s'échappe deux fois par an pour revenir en France et voir les siens.

Visiblement, mon père peine à écrire le dernier chapitre de la vie de cet homme qu'il a tant aimé. Il ne raconte plus, et se borne à énumérer les différentes fonctions de son cousin en Afghanistan : représentant de la compagnie Air France, puis Président du club français de Kaboul mais aussi Président de la section française du « Kouloubinternational », un nom qu'on dirait sorti d'une opérette. Il continue à vanter ses talents : « Charles est aux manettes de l'Exposition internationale. Sans lui, le pavillon français n'aurait pas vu le jour. »

Il y a des dates aussi. À chaque passage de Charles à Paris, les deux hommes se voient. La plupart du temps ils se retrouvent à Montparnasse mais dans des bars différents. De quoi peuvent-ils parler ? De leurs amours ? Mon père va bientôt divorcer pour épouser maman. S'en est-il confié à son turbulent cousin ? Et Charles a-t-il partagé avec lui ses doutes et la douleur de l'exil, là-bas, à l'autre bout du monde. Un détail frappant, toutefois, que consigne mon père : Charles a toujours avec lui une pierre qui lui aurait été rapportée par un ami lors d'une lointaine expédition dans les steppes. Un cadeau de Kessel ? Il ne cesse de la tripoter : un tic qui agace Jean. Il y voit sans doute le signe de la grande détresse de son ami.

« Un porte-bonheur ! Pauvre Charles. Il ressemble à un enfant qui vit dans le monde des songes. » Puis, sur des pages entières on ne trouve aucun commentaire. Seuls sont notés la date et le lieu de leur rencontre, comme pour l'inscrire dans un temps menacé et incertain où il n'y aura peut-être pas de prochaine fois. Vers la fin, je trouve cette phrase elliptique : « Vu Charles. Bien malheureux. Vie sentimentale trop compliquée. Lui qui a toujours su renaître de ses cendres, qui a vaincu l'Amérique, l'Afrique et l'Allemagne nazie, peut-il aujourd'hui échapper à Kaboul et trouver encore la force de rejaillir ? »

Qu'est-ce qui expliquait le lien si fort qui liait mon père à Charles ? La fascination, bien sûr, pour cet autre lui-même qui, lui, avait osé s'affranchir des règles et vivre pleinement ses rêves, mais aussi le constat amer que la réalité vous rattrapait et qu'on finissait toujours arrimé à soi-même.

Mon père ne mentionne pas le suicide de Charles. Trop douloureux. Il évoque simplement le monument érigé en son souvenir au *British Cemetery* de Kaboul et le souhait de s'y rendre un jour. Avec cette phrase en guise d'épitaphe : « Un astre s'est éteint mais il rayonne toujours en moi. Charles est une légende vivante et Kessel a su sauvegarder son mystère. Le mensonge est une question d'imagination. Il ne faut pas tout dire. Mais il y a un âge où les secrets deviennent trop lourds à porter car le périmètre se rétrécit, la machine s'enraye et le désir s'éteint. C'est alors qu'on rend les armes. »

24.

Mon père avait-il lui aussi songé au suicide ? Sa prose commençait à me peser. Pourquoi toujours vivre dans le regret ? Il était malheureux bien avant que ce sale cancer vienne gangrener ses derniers jours, précisément dès que la retraite avait fait de lui un vieux monsieur. Et, pourtant, jusqu'à la fin, il avait eu auprès de lui la femme qu'il adorait, de vingt-cinq ans sa cadette, celle pour laquelle il avait tout quitté et que nous ne cessions de nous disputer, maman.

En fait, le problème venait de bien plus loin. Toute sa vie, Jean avait été élevé et choyé par les femmes. Mère, femmes, nouvelles conquêtes, le sexe féminin était son moteur, sa perspective d'avenir, et un séducteur comme lui ne pouvait pas accepter de terminer ainsi la partie, échoué sur un lit.

Pour ma part, mon séducteur en titre m'envoyait de très jolies cartes postales, des missives tendres et amoureuses où il me disait, à sa façon, combien je lui manquais. C'était souvent maladroit mais je crois sincère et ses mots me touchaient, seulement ils restaient sans réponse. Lucien voyageait à travers la France et n'avait pas d'adresse fixe.

Mon champ de déplacement, quant à lui, était beaucoup plus réduit : entre mon appartement et le Franprix, au pas de Pedro qui avait de plus en plus de mal à avancer. Le rendez-vous avec le professeur T. à Sainte-Anne approchait et la distance à parcourir me semblait impressionnante. Il faudrait probablement aménager des pauses, une première au croisement du boulevard Saint-Jacques et de la rue de la Tombe-Issoire, une seconde devant l'hôtel Marriott, mais j'avais encore cinq jours pour y penser et améliorer ma condition physique et mentale. Pour cela, j'avais élaboré un programme de remise en condition.

Chaque matin, au réveil, je commençais à m'étirer après avoir fait plusieurs respirations profondes. Puis je me rendais dans la salle de bains dont j'avais réaménagé l'éclairage de façon à être dans une demi-pénombre et ne pas voir ma mine de décavée et surtout ma tempe droite qui inexorablement continuait à se creuser. Un bon maquillage et une mèche habilement disposée masquaient ce que j'appellerais les dégâts collatéraux à l'opération.

Le second point de mon programme était nutritionnel : pour assurer ma dose en fer, je m'efforçais de consommer des biftecks tous les jours, les hachés du Franprix, moins difficiles à avaler. La musculation était assurée par les promenades quotidiennes avec le chien et un parcours ciblé dans mon appartement.

Restait encore un problème à régler : le sommeil. J'avais expérimenté plusieurs jours les somnifères recommandés par mon cher et tendre, Stilnox et autres pilules du même acabit mais, outre le fait que je dormais toujours mal, je me réveillais la bouche pâteuse et le cerveau embrumé. Et c'était sans compter les risques ultérieurs que j'encourais, tous consignés sur la notice du médicament : « céphalées », « confusion », « hallucinations », « mouvements anormaux », « tremblements », « convulsions », « éruptions cutanées » « pustulose exanthématique aiguë généralisée ».

C'en était trop. Je décidai d'aller consulter le pharmacien voisin, un homme affable et conciliant. On allait commencer doucement, Donormyl et tisanes. Le résultat n'étant pas probant, l'étape suivante avait été un cocktail élaboré de plantes : passiflore, mélatonine, pavot de Californie, mélisse auxquelles on avait ajouté ensuite quatre gélules d'eschscholtzia. Les doses changeaient régulièrement et les petites pilules se multipliaient. J'avais bien gagné une ou deux heures de sommeil mais, inexorablement, je me réveillais à 4 heures du matin, oppressée et haletante, la gorge nouée comme si des mains l'avaient enserrée. Une amie devait m'envoyer de Londres un médicament miracle, trente gouttes de valériane associées à une extraction dont la recette était tenue secrète par le laboratoire anglais, et qui, disait-on, venait à bout des insomnies les plus sévères.

En attendant, je ne savais plus que faire, pénétrant avec peur dans des territoires que les papillons avaient désertés mais qui m'étaient encore hostiles, et dont j'avais le sentiment d'être toujours prisonnière quand je me réveillais brutalement, bien avant la venue de l'aube.

C'est alors que je reçus le signe que j'attendais tant : il m'arriva grâce à la visite inopinée de Luc. Cet ami que je n'avais pas vu depuis si longtemps passait par Paris une journée avant de repartir en voyage et tenait à me remettre un souvenir de Denis. Quand j'ouvris la porte, j'eus un choc. Luc avait beaucoup maigri, son visage ressemblait à un parchemin mais ses yeux avaient gardé la même lumière. Je savais qu'il était malade, Denis me l'avait confié avec tristesse. Luc dut avoir le même choc en me revoyant mais ne montra rien. Nous échangeâmes juste quelques informations : les traitements s'amélioraient et Luc tenait maintenant le bon bout, continuant à développer ses affaires entre l'Inde et la France. Je lui parlai de mon chirurgien et des contrôles réguliers que je devrais subir. Nous n'en dîmes pas plus. Lui et moi connaissions le danger des mots, des bouts de soi qu'on livre impunément et qui, à notre insu, sont repris, déformés, et, devenus toxiques, reviennent nous empoisonner.

J'avais hâte de découvrir ce que Denis m'envoyait de son paradis. C'était encombrant et fragile, me dit Luc en riant. J'arrachai le papier bulle et ce que je vis me fit retourner des années en arrière.

C'était un été en Bretagne, Luc et Denis vivaient alors ensemble et étaient venus me rendre visite. Nous étions partis chiner sur un des nombreux vide-greniers de la région et Denis était tombé amoureux de ces deux miroirs jumeaux que j'avais maintenant sous les yeux. Ils étaient toujours identiques, ébréchés l'un et l'autre exactement au même endroit, avec leur cadre en bois noir et leurs incrustations semblables jusqu'à l'absence, sur le bas à gauche, d'un même morceau de cuivre. Cette similitude nous avait à la fois troublés et plu. Il ne fallait pas les séparer et Denis avait acheté le lot.

Je souhaitai bonne route à Luc. Je savais maintenant comment tracer la mienne. J'enlevai les deux tableaux qui étaient pendus sur les murs opposés de mon bureau et installai les miroirs face à face. Regards croisés, jeux de reflets et de doubles, le décor était parfait. Il était temps pour moi de commencer la lecture du « Zombie » de Kessel.

J'en avais eu l'intuition dès le début et elle se confirmait au fil des pages : j'avais rendez-vous depuis bien longtemps avec Charles Hinstin. Il me semblait que j'avais toujours connu « l'homme aux yeux d'or », je ne le découvrais pas, je le retrouvais.

Kessel donnait enfin une silhouette et un visage à celui dont la vie me faisait rêver. Je le rencontrais à travers ses yeux. À peine arrivé en Afghanistan, l'écrivain était tombé immédiatement sous le charme de ce grand homme d'une cinquantaine d'années, « au visage ferme et sensible, avec des yeux couleur d'or qui souriaient tout le temps et qui, en même temps, étaient pleins de mélancolie ». Nous étions en 1956 ; leur amitié forte, indéfectible, avait duré jusqu'à la mort de Charles, le 3 juillet 1962.

Leur rencontre tenait quelque peu du miracle. Kessel, Pierre Schoendoerffer et Jacques Dupont avaient atterri un beau jour dans ce pays de l'extrême. Dès qu'ils posent les pieds sur le sol, les trois hommes, voyageurs pourtant aguerris, ressentent avec intensité l'éloignement, l'isolement. Je me demande d'ailleurs toujours avec quel talent de caméléon Charles a si bien réussi à se fondre dans cet ailleurs radical, ce monde où la lumière est si violente qu'elle blesse les yeux.

Ils viennent pour faire un film et leur première étape est Kaboul. Ils ont trois mois pour tourner avant que l'hiver bloque tout et ne connaissent rien du pays. Il fait chaud, étouffant même. Ils ont faim, rêvent à des mets exotiques, et, exaltés par la perspective de leur nouvelle aventure, se mettent à la recherche du « Grand Hôtel de Kaboul ». Or, celui-ci, petit et délabré, à côté d'une boutique de barbier, est complet. Cinquante personnes attendent déjà une place car nous sommes en pleine fête de l'Indépendance. Épuisés, ils trouvent par chance une voiture qui les conduit à l'Ambassade de France mais, encore une fois, la maison est pleine, une équipe de géographes français occupant déjà les lits. L'ambassadeur de France les invite toutefois à déjeuner et c'est là que Charles Hinstin, représentant de la compagnie Air France et récemment nommé Président du club français de Kaboul, croise le destin de Joseph Kessel.

Hinstin va venir trois fois au secours de Kessel. La première fois, en logeant les trois amis en déroute dans le vestiaire du club de Kaboul transformé en chambre pour l'occasion. La seconde fois, après avoir rencontré Kessel à nouveau par hasard dans la rue, en lui avançant sans ciller l'argent nécessaire à l'achat d'un camion dont l'équipe a désespérément besoin pour le tournage. La troisième fois, quand Kessel, tournant au fin fond des steppes, est victime d'une dysenterie et doit revenir d'urgence à Kaboul. Charles Hinstin vient alors chercher le romancier à l'aéroport, prend soin de lui et le conduit dans sa petite maison. Il lui donne son lit, appelle le meilleur médecin, surveille ses aliments et le soigne lui-même.

C'est le début d'une belle histoire entre les deux hommes comme Kessel l'écrit : « Dans cet échange entier, instinctif, je reconnus les vertus de l'amitié. »

Les relations entre Hinstin et Kessel tiennent de l'ordre de l'irrationnel et de la magie. Quand Charles offre spontanément à Kessel l'argent nécessaire à l'achat du camion, ce dernier lui demande : « Mais vous êtes sorcier ou mécène ? » et Hinstin lui répond qu'il n'est qu'un « zombie ».

Tout est écrit là. Hinstin a eu trois fois la vie sauve : après Limoges, en ayant été transféré à Paris au lieu de Lyon où il devait être exécuté ; à Romainville où, par chance, son nom ne figurait pas encore sur la liste des otages devant être fusillés ; à Buchenwald enfin, où il est le seul des deux déportés à pouvoir rester à l'infirmerie et à ne pas périr de froid.

« Un zombie… À qui les Noirs donnent-ils ce nom ? Aux gens qui, tout en étant morts, ne le sont pas exactement, et continuent à se promener sur la terre. Or je devrais être mort par trois fois.... Et me voilà tout de même avec vous ici. » C'est avec ces paroles que Charles offre son amitié au poète des steppes, une amitié née au bout du monde, qui tire sa force de son étrangeté.

C'est peut-être aussi ce chiffre trois qui me relie à mon fantomatique et lointain cousin. « Jamais deux sans trois. » Est-on quitte quand on a échappé trois fois à la mort ? Je me pose souvent la question. La maladie a frappé trois fois à ma porte. À dix-neuf ans, à quarante-cinq ans et aujourd'hui. Je suis moi aussi un zombie qui continue à avancer sur une route incertaine.

La vie n'a pas dû être drôle pour Charles, loin de sa femme et de ses enfants, condamné à gagner toujours plus d'argent pour payer les dettes de ses folies passées. Il est prisonnier à Kaboul, prisonnier dans cette petite colonie étrangère, close sur elle-même, ses vanités, ses privilèges, ses clans, tout ce qu'il exècre et, même s'il sait donner le change, Kessel sent la tristesse qui envahit son ami : « Il y avait toujours de la mélancolie dans l'audace, la gaieté, l'insouciance de ses yeux. »

Pendant six ans, deux fois par an, Charles revient à Paris et revoit Kessel presque chaque jour pendant son séjour. J'ai relu plusieurs fois ce passage où Kessel parle de ce que j'appellerais la « fixation » d'une amitié. C'est si rare, un sentiment qui échappe aux lieux et aux époques, et qui conserve son intensité :

« L'amitié avait pris Kaboul pour occasion, ou, mieux, pour raccourci. Mais le cirque de montagnes augustes, la difficulté de trouver de l'alcool, les caravanes de chameaux dans les rues, nos parties de cartes tandis que tintaient les clochettes des *gladis,* n'avaient été pour elle qu'un décor de circonstance. Elle eût jailli aussi forte, aussi vive, n'importe où ailleurs. »

En 1961, Kessel retourne en Afghanistan. Kaboul a beaucoup changé ainsi que le train de vie de Charles, chez qui il loge. Ce dernier habite désormais une grande maison ouverte sur un jardin doté d'une annexe pour loger les Français de passage ou en mission. Trois domestiques assurent son service et, dans ses bureaux situés dans un des buildings neufs de la capitale, il commerce désormais avec des grandes firmes de travaux publics, de machines agricoles, d'automobiles ou de pneumatiques. Comme son père Jacques, Charles fourmille d'idées et a le don de se réinventer sans cesse.

Une exposition internationale se tient alors aux portes de Kaboul. Hinstin, à force d'obstination, de démarches et d'imagination, réussit à installer, parmi les constructions massives de la Russie, de la Chine, des États-Unis, de l'Inde et de l'Iran, un pavillon français. Une simple tente, aménagée avec un goût parfait et tenue par deux jeunes filles qu'Hinstin avait fait venir de Paris.

C'est le stand qui eut le plus de succès. Le roi d'Afghanistan et ses ministres y firent une visite remarquée et dans tout Kaboul la rumeur se propagea : « Le véritable ambassadeur de France ici, c'est Hinstin. »

Plus que jamais cloué à Kaboul pour faire fructifier ses affaires, Charles est privé des trésors des terres afghanes. Kessel lui conte alors les caravanes des grandes routes, le souffle des vallées enchantées, les baignades aux torrents des montagnes ou les falaises qui servent de niches aux Bouddhas géants et Charles écoute « comme l'eût fait un enfant. Tout l'or du rêve illuminait ses yeux. »

Avant de repartir, Kessel confie toutefois à son ami une inquiétude, le conflit sourd et latent avec le Pakistan qui s'envenime. Si le conflit se durcissait, les routes seraient coupées et le commerce rendu impossible.

Mais cette menace glisse sur Charles qui a de nouveaux projets. Le principal, le recrutement d'un adjoint qui, une fois formé, lui permettrait de passer beaucoup plus de temps avec sa famille en France.

Quand Charles revient quelques mois plus tard à Paris, Kessel le trouve changé. Il est en apparence fidèle à lui-même, gai, chaleureux, insouciant, mais on devine son malaise à de petits détails, « un léger tassement dans les épaules et cette brume sur les yeux d'or ».

Il finit par lui avouer que les relations diplomatiques et commerciales avec le Pakistan sont rompues depuis deux mois, que les marchandises ne passent plus en Afghanistan et, qu'avec le succès, il a vu grand, trop grand…

Inquiet, Kessel interroge Charles sur son avenir. Sa réponse est fidèle à lui-même :

« N'y pense plus, car tu n'y peux rien. Et je m'en tirerai une fois encore. Pourquoi pas ? »

« Pourquoi pas ? » Charles croit-il encore au mythe du phénix ? Aura-t-il encore la force de renaître de ses cendres ? Un beau matin, il prend l'avion sans prévenir. Kessel devait le voir le soir même et a un mauvais pressentiment. Peu de temps après, Jacqueline Hinstin, l'épouse de Charles, l'appelle mais Kessel devine déjà ce qu'elle va lui annoncer : on a retrouvé le corps de son mari, dans sa chambre, sans vie.

Les dernières lignes de cette nouvelle que Kessel a consacrée à Charles sont bouleversantes. L'amitié devient rare quand l'âge vient, écrit-il. « Voilà pourquoi je tiens pour une chance insigne que, dans Kaboul la lointaine, se soit levé à nouveau pour moi ce don de la jeunesse, un ami. [...] Le temps qui passe ne fait qu'aggraver le sentiment du vide creusé par cette mort. Mais je n'ai jamais vu son masque. Ni touché à son froid. Alors il arrive que mon instinct n'y croie plus qu'à moitié.

» Et je rêve qu'un *zombie* erre sous le ciel de cet Afghanistan que nous avons tant aimé ensemble. Un *zombie* aux yeux d'or. »

Charles était devenu un fantôme, un fantôme magnifique. J'avais regardé attentivement toutes les biographies sur Kessel, mais la plupart ne mentionnaient même pas son existence. Leur rencontre à Kaboul avait été pourtant déterminante pour l'écrivain qui plaçait par-dessus tout l'amitié et la fraternité entre les hommes.

Condamné à l'errance et à l'invisibilité, je mesurais d'autant plus ma chance de m'être approchée de l'homme aux yeux d'or. Mais je ne voulais pas le laisser partir ainsi. Il me restait tant de questions sans réponse : qui était sa mère par exemple ? Mon père ne parlait que de Jacques Hinstin mais comment son épouse Jeanne avait-elle vécu l'éloignement de son fils ? Et qu'en était-il de ses deux sœurs qui avaient vu leur frère disparaître de leur vie pour partir errer d'un continent à l'autre ? Avait-on conservé des traces d'éventuelles correspondances ?

Tant d'énigmes entouraient Charles. Dans son journal, mon père parlait à demi-mot de sa vie sentimentale à Kaboul « trop compliquée », sans doute en écho à la sienne, puis se félicitait du « mystère » que Kessel avait su préserver. Que voulait-il dire par là ? Était-ce ce « mystère » qui avait poussé mon lointain cousin à choisir la mort ?

J'aurais pu tout arrêter là. J'étais en convalescence, à deux doigts de rejoindre enfin mes enfants en vacances. Les consignes étaient précises, je devais me soigner, me reposer, reprendre des forces pour « repartir », selon l'expression consacrée. Et pourtant, je ne pouvais pas me détacher ainsi de l'homme aux yeux d'or et l'abandonner dans le désert de Kaboul. Pour « repartir », il me fallait encore cheminer un bout de chemin à ses côtés.

Je ne savais pas trop vers où me diriger. J'avais peu de cartes en main mais une piste. Ma demi-sœur, A., qui pourrait peut-être me confier des souvenirs sur son parrain et me mettre en contact avec les deux fils qu'il avait laissés à sa mort.

Le lendemain matin, avant mon départ à Sainte-Anne, je lui enverrais un e-mail. Ma démarche lui semblerait peut-être incongrue mais elle était vitale pour moi. Mon père avait raison, Charles était un astre dont on ne pouvait laisser la lumière s'éteindre.

À CŒUR PERDU

25.

Au kiosque de la rue Saint-Jacques, je n'avais pas su me décider et j'avais acheté les trois journaux féminins qui affichaient sur leur couverture le même « marronnier » : « vivre pleinement son été ». Mon souci n'était pas la pertinence des crèmes solaires ou les mille façons de satiner son bronzage, car il y avait fort à parier que je serais condamnée par mon chirurgien au parasol et au chapeau pendant tout mon séjour breton. Ma quête était tout autre : elle concernait mon avenir que j'allais découvrir dans « l'horoscope de vos vacances », en feuillets détachables au centre des journaux.

Sur les trois horoscopes, j'aurais bien une chance de tomber sur des paroles encourageantes, des promesses de rencontres, de bonheur et surtout de santé. Je me défendais bien sûr de croire à ces balivernes mais, dans l'état qui était le mien quelques heures avant mon rendez-vous à Sainte-Anne, toute lanterne magique était la bienvenue.

J'ai toujours ainsi oscillé entre rationnel et irrationnel. Aux trois quarts de ma longue hospitalisation à Saint-Louis, après des mois de chimiothérapie qui avaient fini par faire reculer mon cancer, j'avais accepté de porter sur moi, dans une amulette, une photo que Mathieu, mon amoureux, avait prise et fait traiter par un guérisseur. Mes médecins s'étaient étranglés de rage mais je n'avais pas cédé. D'une part, je ne voulais pas froisser l'homme de ma vie, d'autre part j'avais fait mienne cette phrase de Gérard de Nerval : « Je suis trop sceptique pour rejeter aucune superstition. » Personne ne détenait la vérité et, sait-on jamais, ces bonnes ondes sur une photo, conjuguées bien sûr au traitement scientifique dont je bénéficiais, étaient peut-être un pas de plus vers la guérison.

Je devais me présenter à 11 h 30 précises au secrétariat du service des radiographies pour mon IRM T3 puis, ensuite, à 13 heures, chez le professeur T. Il fallait donc que je quitte la maison au plus tard à 10 h 30 si je voulais être à l'heure.

Moi qui vivais depuis plusieurs semaines sans aucune obligation, je me sentais affolée par cette soudaine contrainte horaire. Avant de partir, il me restait à rédiger un message bien tourné à ma demi-sœur qui rende légitime ma soudaine demande. Il fallait également que je me remémore les documents que m'avait donnés Alexandre pour pouvoir les commenter avec lui quand nous allions nous retrouver au Relay Café à 14 heures : d'abord le roman abracadabrantesque de Gaston Leroux, *La double vie de Théophraste Longuet*, qui nous entraînait à la découverte d'un peuple, les Talpas, qui vivait sous terre, près des catacombes, depuis le XIVe siècle. Une curiosité que je l'avais lue et annotée sans grande conviction. Et puis j'avais reçu également en cadeau un plan du sous-sol de Sainte-Anne : un réseau incroyable de galeries et de salles qui s'étendait de la rue Cabanis à la rue d'Alésia.

Je ne sais pas très bien à quoi tout cela rimait. Une proposition de voyage dans les entrailles de la terre ? Pourquoi pas. Cela me changerait les idées après l'IRM et la consultation sur l'état de mon cerveau. C'était d'ailleurs le seul bon côté de mon retour au pavillon Garcin, retrouver mon vieux charmeur fantasque et l'écouter me conter de nouvelles histoires. Et de plus, cette fois, elles pourraient m'être utiles. Alexandre ne m'avait-il pas dit qu'il avait visité à plusieurs reprises l'Afghanistan et qu'il allait faire des recherches sur la présence de Charles Hinstin à Kaboul ?

En attendant, l'aventurière, c'était moi. Mon parcours était déjà tracé : la remontée du boulevard Saint-Jacques, avec deux stations de repos, compter trente minutes. Une pause-café dans le bistrot à l'angle du boulevard Saint-Jacques et de la rue Ferrus, dix minutes. La marche de la rue Cabanis au pavillon Garcin, une vingtaine de minutes. Une heure pour une distance qui en temps normal se parcourait en un petit quart d'heure.

Mais je n'allais pas me laisser démonter pour si peu. J'avais déjà affronté les coups de téléphone matinaux des fils, amant, Russe fou et amis que j'avais dû rassurer en leur promettant de leur donner un compte rendu fidèle de la consultation avec mon chirurgien. La question s'était alors posée de la tenue à porter pour cette sortie hospitalière. Il faisait une chaleur caniculaire et j'avais une petite robe à fleurs bien sage qui aurait pu faire l'affaire mais la situation méritait plus d'audace et j'optai pour ma robe rose fuchsia décolletée infernale, des lunettes noires et un ravissant petit chapeau qui me donnait un look d'Américaine en vadrouille à Paris. Pour avancer, marchons masquée, telle serait désormais ma devise.

J'ai dû mourir écrasée par une voiture dans une vie antérieure car j'ai toujours eu une peur panique de traverser les grandes artères, même en bonne santé. Ce jour-là, les automobilistes s'étaient tous donné le mot pour transformer le boulevard Saint-Jacques en une immense piste de karting et c'est au bout de longues et douloureuses minutes à slalomer entre les bolides que j'arrivai enfin à rejoindre l'autre rive, à l'intersection du boulevard avec la rue de la Tombe-Issoire.

Au café du coin, il y avait des couples à la terrasse qui folâtraient, insouciants, prêts à se bécoter une fois qu'ils auraient fini de siroter leur verre. Cela me donnait des idées de meurtre. J'aurais tant aimé être à leur place plutôt que d'aller me faire triturer les méninges. Mais la rancœur est un sentiment vain et je l'écartai vite. La tenue faisait le moine. J'avais pris une décision et je m'y tenais : jusqu'à mon arrivée à Sainte-Anne, je n'étais plus une malade mais une touriste sexy en quête d'aventures à Paris.

Le cerveau masculin est ainsi fait, il reçoit des ondes qui commandent les hormones. J'avais envoyé un message : femme plutôt gracieuse arpentant d'un pas lent le boulevard, hésitante, offerte aux regards et au soleil, cherche beau chasseur. Je voulais au moins en ferrer un avant ma consultation à Sainte-Anne, une façon comme une autre de me réconforter. Le poisson ne se fit guère attendre, un garçon à lunettes d'une trentaine d'années qui portait une parka malgré la grande chaleur. Si son physique était décevant, son ardeur et son bagout étaient là pour compenser.

Il venait de province et travaillait depuis peu à Paris dans un restaurant des Champs-Élysées. C'était aujourd'hui son jour de congé et il se sentait bien seul dans la capitale, n'ayant aucune relation. Il était doux, romantique, prévenant, et rêvait de rencontrer l'âme sœur. Quand il m'avait vue marcher sur le boulevard, il avait tout de suite su que c'était moi. Je ressemblais à une actrice de cinéma. Et c'est ce qu'il aimait chez les femmes, qu'elles le fassent rêver.

Grâce à cet agréable bavardage, nous arrivâmes au niveau de l'hôtel Marriott sans que je m'en sente trop fatiguée. Son discours était bien rodé et plutôt flatteur. Je regardai des groupes de riches touristes des émirats s'engouffrer dans les limousines noires qui les attendaient. J'aurais pu me faire passer pour une cliente de l'hôtel et disparaître dans le hall de l'hôtel mais je préférai me faire accompagner jusqu'au

« Réveil Samaritain », le café à l'angle de la rue Ferrus où j'avais prévu de faire une halte. Là, c'était à mon tour de réciter mon texte : mon mari, très jaloux, m'attendait au café. Il ne fallait surtout pas qu'il me voie accompagnée. Et puis, j'ajoutai un petit mot gentil, car je déteste rendre les hommes tristes, la femme dont ce jeune homme rêvait allait arriver, elle était tout près de lui, mais il ne le savait pas encore.

J'avais quarante minutes d'avance avant mon premier rendez-vous à l'IRM, le temps de me poser et de boire un café. Il n'y avait personne dans la salle. Je me mis dans un petit coin près du bar, laissant le temps s'étirer avant de reprendre la route. J'étais un peu dans la situation de Cendrillon sortant du bal, j'avais beau porter encore ma robe fuchsia je me sentais misérable et défaite à l'idée de retourner à l'hôpital. Les illusions avaient la vie courte, pensai-je en enlevant tous mes bijoux dans la salle d'attente de l'IRM T3. On me perfusa et je me laissai avaler par la machine qui allait envoyer ses rayons dans ma tête. J'avais l'habitude maintenant : l'enfermement, les bruits de marteau-piqueur, jusqu'aux haut-le-cœur.

L'hôpital vous déshumanise. Est-ce le contact avec la machinerie médicale, la géographie quadrillée des lieux, la gestion du temps mais les gestes ont tendance à devenir mécaniques quand on s'y trouve ; et c'est comme un robot que je me dirigeai vers l'accueil du pavillon Garcin pour prendre mon second ticket, celui qui me donnait accès au bilan post-chirurgical. Une heure à attendre dans la petite salle A, avec d'autres patients, le regard aussi vide que le mien. Quand on m'appela, les clichés de l'IRM étaient arrivés sur l'ordinateur du professeur T. La consultation fut sans grand surprise. Mon professeur faisait toujours preuve d'un calme absolu. La totalité du méningiome avait été éradiquée. Opération concluante. Il restait toutefois trois petits méningiomes, un de plus que sur la première IRM. On allait surveiller régulièrement tout cela. Si la situation évoluait, la science disposait d'autres moyens pour les faire disparaître, une intervention beaucoup moins invalidante que celle que j'avais connue, mais je n'avais pas à m'en préoccuper aujourd'hui, rien ne le justifiait.

Était-ce ce qu'on appelle avoir une épée de Damoclès au-dessus de la tête ? Pourtant, il n'y avait pas de vraie menace, mon chirurgien était serein. Et puis, en y réfléchissant bien, un tas de gens vivaient heureux sans savoir que le lendemain ils allaient terminer en bouillie sous les roues d'une voiture.

Je m'assis au Relay Café, encore sous le coup de ce que je venais d'entendre. 13 h 45. Il me restait un quart d'heure pour me reprendre avant la venue d'Alexandre. Par jeu, je décidai de commander la boisson qu'il affectionnait, du Coca zéro avec une grande paille. Cela me calmait les nerfs de faire, comme un enfant, du bruit et des bulles en buvant.

Nous étions fin juillet et les patients autour des tables étaient clairsemés. Je les observais, la mine grise, silencieux. Certains d'entre eux étaient condamnés à passer tout l'été dans l'enceinte de Sainte-Anne avec comme seule distraction, si leur état le permettait, le voyage jusqu'à la terrasse de ce bar pour moribonds.

J'en avais le cœur serré. Était-ce la chaleur, l'influence des lieux, mais je me sentais à nouveau nauséeuse, le crâne enserré dans un cercle de béton. Et puis je commençais à m'inquiéter. Que faisaient donc Alexandre et son éternel accompagnateur, Aurélien ? Je les savais toujours ponctuels et il était déjà 14 h 15.

Ce n'était pas le moment de m'abandonner. J'avais besoin de parler à quelqu'un, à quelqu'un comme Alexandre précisément. Je me rendais maintenant compte de la force de sa présence et de ses bienfaits. Était-ce sa carrure, son regard ardent et enveloppant, la mélodie de sa voix, mais, tout au long de mon séjour à Sainte-Anne, grâce à lui, je m'étais sentie protégée, transportée loin de l'univers hospitalier.

Ses histoires m'avaient menée au bout du monde. Elles m'apaisaient et maintenant, j'allais pouvoir moi aussi le faire voyager en lui contant l'histoire, si étrange, du fantôme de Kaboul. Une mise en perspective de nos rêves en somme.

Mais le temps passait et il n'y avait toujours aucune trace d'Alexandre. Son absence était incompréhensible. Il m'avait promis d'être là le jour de ma consultation et je le croyais de parole. Un événement grave était-il survenu ? À qui pouvais-je demander de ses nouvelles ? Aux autres architectes ? Mais dans quel bâtiment se trouvaient-ils ?

Quand soudain Alexandre apparut devant moi, j'eus un choc. J'avais du mal à reconnaître l'homme qui se dressait en face de moi. Il portait pourtant toujours les mêmes vêtements, son éternel panama et sa veste d'aventurier, mais il était amaigri, comme tassé, et avait perdu de sa superbe.

— Pardonnez mon retard, Caroline, mais notre séance aujourd'hui est un peu spéciale. J'ai beaucoup hésité avant de venir et j'espère ne pas vous heurter. De toute façon, il fallait bien qu'un jour ou l'autre je vous parle.

Alexandre s'assit sur la chaise en face de moi. Il semblait épuisé et évitait mon regard. Je sirotais mon Coca sucraillé sans être capable d'émettre une parole. Qu'est-ce que tous ces mystères signifiaient ? Mon vieux compagnon toussota avant de commencer à parler d'une voix sourde :

— La vérité est difficile à dire car je ne suis pas sûr qu'elle existe. Dans mon cas elle est multiple. Jamais je ne vous ai menti, Caroline. Soyez-en assurée. Tout ce que je vous ai raconté sortait de mon cœur et était sincère. Il m'a fallu simplement d'innombrables métamorphoses pour comprendre enfin qui je suis, un pauvre hère sans illusions, dépouillé de ses oripeaux de lumière.

» Allons droit aux faits. Je suis entré à Sainte-Anne le 14 juillet 2015. Comme vous le savez, j'ai toujours eu le goût des honneurs et cette date tombait à pic. Simplement j'avais alors un autre nom, Samuel Pollack, et je ne venais pas pour la rénovation de l'Hôpital comme je l'ai prétendu mais pour une hospitalisation urgente en psychiatrie après des mois de dépression sévère et une dernière attaque particulièrement violente vis-à-vis de ma propre personne avec scarifications au rasoir sur le crâne et sur le visage dont je porte encore des traces. Mes crises de démence, chaque jour plus sévères, sont survenues peu après le suicide de ma femme. Celle-ci s'appelait Mauve et elle est morte par ma faute.

26.

Mon architecte était un malade psychiatrique ! Je ne pouvais y croire. J'avais en face de moi un imposteur à qui j'avais confié ma vie et dont j'avais bu les paroles pendant des semaines sans m'être doutée de rien. Tout se brouillait dans ma tête. « Mauve », je m'en souvenais maintenant. C'était cette femme internée depuis de longs mois et dont Alexandre m'avait dit s'être occupé en transformant sa chambre d'hôpital en jardin d'Hiver. C'était donc lui qui dans la réalité tenait son rôle. Décidément, mon Coca-Cola avait un goût de plus en plus désagréable et je n'avais d'autre choix que de le boire jusqu'à la dernière goutte.

Sentant mon trouble, Alexandre ou Samuel, je ne savais plus, esquissa un timide sourire et reprit son récit en parlant doucement, articulant chacun de ses mots comme s'il avait du mal à les prononcer et qu'il découvrait son histoire en même temps que moi :

— Sur ma jeunesse, j'ai beau chercher, il n'y a pas grand-chose à dire : j'ai été un jeune homme terriblement banal. Issu d'une famille de grands bourgeois, fraîchement diplômé d'une des meilleures écoles de commerce de la capitale, ma principale qualité résidait dans ma facilité à manier les mots. J'étais capable de briller sur n'importe quel sujet et d'enfumer le plus sceptique de mes interlocuteurs. Ma mère aurait rêvé que je sois acteur mais j'aimais trop l'argent et la réussite pour choisir cette voie. À cette époque, les filles tombaient facilement dans mes bras sans que j'y attache trop d'attention si ce n'est pour gagner les paris que nous faisions entre copains. Nous nous ressemblions tous, arrogants et prétentieux, le cœur sec, ne pensant qu'à nos futures actions et à la marque de nos prochaines voitures de fonction. J'avais toutefois une particularité qui me différenciait du groupe : une passion pour la lecture et le besoin permanent de m'inventer en secret d'autres destins. Chaque été, je passais les vacances en famille, dans une station balnéaire que vous connaissez bien, Saint-Cast. Vous comprenez que ce n'est pas un hasard si nous nous sommes rencontrés.

Je passais de la colère à la confusion la plus totale. Qui était l'homme en face de moi ? Quel crédit pouvais-je donc lui accorder ? Au fur et à mesure de son récit, Alexandre semblait de plus en plus perdu, comme un homme égaré sur une route inconnue. Quand le serveur vint enfin lui apporter son verre de Coca, il le but d'un seul trait en fermant les yeux. Éprouvait-il de l'effroi pour ce personnage qu'il avait été ? Il reprit alors :

— À l'époque, je vivais en bande : amis d'enfance du quartier chic de la station avec, chaque été, les mêmes rituels, sorties en mer, apéritifs dans les familles, puis virées canailles dans les boîtes de nuit de la côte. J'étais le meneur, distrayant l'assemblée avec mes belles histoires. J'avais toutefois parfois l'impression de tourner en vase clos et partais prendre l'air en allant me balader avec mon chien. Ce jour-là, le ciel était menaçant et le vent s'était levé. Par mille détours, j'ai fini par atteindre la plage de la Mare, une des petites criques isolées de la station que j'aimais car on apercevait au loin le Fort la Latte. C'est alors qu'elle m'est apparue. Il n'y avait personne sur la plage si ce n'est cette petite silhouette fragile, face à un chevalet, qui résistait à l'orage et dessinait sur la toile une mer déchaînée, fracassante, dont les vagues mauves venaient battre la digue.

» Pourquoi cette couleur ? J'en eus le souffle coupé. Le mauve saturait mes yeux et mon esprit et la jeune artiste aussi. Je m'approchai doucement d'elle. Moi qui jusque-là n'avais connu que les filles les plus en vue des grandes écoles, ravageuses et triomphantes, faisant leur marché lors de la boum de fin d'année pour trouver le meilleur parti, je me sentais aimanté par cette jeune femme si étrange qui affrontait ainsi les éléments. Elle s'appelait Marie Le Kermachen et venait de Saint-Brieuc. Elle était petite, fine, la peau diaphane, presque transparente. J'aurais aimé la peindre mais je n'ai pas ce talent. La seule chose que je sais manier ce sont les mots et j'en usai sur-le-champ. Marie s'appellerait désormais Mauve et serait la femme de ma vie. Trois mois plus tard, nous étions mariés.

» Tout est allé alors très vite. Mes parents m'ont aidé à acheter un bel appartement duplex dans le VIIe arrondissement. Au dernier étage du 45, quai Branly, avec une terrasse donnant sur la tour Eiffel. Cela avait de la gueule. Mais ma Mauve ne s'y aventurait pas car elle souffrait de vertige. Elle préférait rester dans le grand atelier que je lui avais fait construire où elle peignait des toiles de plus en plus épurées. Les affaires marchaient bien. Mauve adorait mes histoires. Elles la faisaient rire et j'en trouvais toujours de nouvelles pour voir ses yeux briller. À trente ans, j'avais créé ma propre entreprise et comptais désormais parmi les acteurs les plus importants du milieu de la finance.

» Placements audacieux, voyages, succès, j'étais devenu ivre de cette nouvelle vie qui me conduisait à travers le monde. Pour y cheminer, je m'amusais à choisir les placements financiers de mon groupe et les créations de nouvelles filiales en fonction, bien sûr, de stratégies commerciales mûrement pesées mais, surtout, selon la carte des récits de voyage de Kessel, Conrad ou Jack London, qui m'avaient nourri depuis l'adolescence.

» Dans ces repaires établis dans les quatre coins du globe en hommage à mes auteurs préférés, je disparaissais plusieurs semaines pour mener mes affaires à bien. J'ai toujours détesté la solitude et j'avais besoin d'une présence féminine pour veiller sur moi. Ces femmes ne représentaient rien à mes yeux mais l'habitude crée des liens et ma vie est vite devenue double, triple et même quadruple.

» Je savais que Mauve était toujours là à m'attendre, égale à elle-même, douce et sensuelle, prête à me combler. Dans les dîners en ville où j'aimais faire le beau, elle était à mes côtés, discrète et effacée, attentive à chacune de mes paroles. On disait d'elle qu'elle était "gentille", tenait bien sa maison et sa table, mais on la trouvait un peu éteinte, manquant de gaieté, en deçà de ce qu'on aurait attendu de l'épouse d'un énergumène comme moi.

» Je n'avais que faire des médisances. Pourtant, si j'y avais porté de l'attention, j'aurais vu que Mauve commençait à perdre de sa lumière, comme si elle s'étiolait. Mais j'étais aveugle et ma soif de conquêtes n'avait plus de limites. Je me lançais chaque jour de nouveaux défis, voyais toujours plus grand mais, de rêve en rêve, au gré d'histoires réelles ou inventées, la réalité commençait à se fissurer. Même si je faisais toujours illusion, mon discours parfois s'embrouillait et Mauve avait l'oreille assez fine pour entendre les notes discordantes.

» C'est à cette période que mon beau-frère René s'est rapproché de sa sœur. Professeur d'histoire géographie à Nantes, ce bon père de famille qui avait toutes les médailles du mérite m'avait toujours insupporté. Je savais qu'il me rendait bien la pareille et qu'il n'avait de cesse de monter sa "Marie" contre moi.

» Je ne cessais pourtant d'aimer et de chérir celle que j'avais choisie pour femme. À chaque retour de voyage, je la comblais de cadeaux, des bijoux et des vêtements somptueux mais je voyais bien qu'elle les portait uniquement pour me faire plaisir, une ou deux fois, avant de les ranger définitivement dans son placard comme s'ils étaient souillés par ce qu'elle devinait de mes autres vies. Mais c'est quand Mauve m'a demandé un enfant que j'ai compris que nous avions atteint un point de non-retour. Comment pouvais-je imaginer ma bien aimée si fine et si gracile, le ventre déformé par la grossesse puis embarrassée par une nuée d'enfants criards ? Cette idée me faisait horreur mais, pour être tout à fait honnête, je ne pouvais tolérer qu'un enfant vienne prendre ma place alors que tous les soins devaient m'être dévolus.

» Comme toujours, je bottai en touche. Le temps jouait pour moi. “Bien sûr, ma Mauve, mais plus tard. Ne sommes-nous pas heureux ainsi ?”

» Mauve a patiemment attendu jusqu'à ce que l'horloge biologique vienne à trente-neuf ans sonner le glas de ses rêves. C'est vrai qu'elle n'avait pas bonne mine, comme ne cessait de le répéter mon détestable beau-frère. Elle avait maigri et semblait flotter dans son immuable petite robe noire. Sa pâleur surtout était inquiétante, donnant l'impression que le sang se retirait peu à peu de ses veines et que, telle la princesse des contes, elle allait sombrer dans un sommeil sans retour.

» Mais comment pouvais-je m'en rendre compte ? Tant d'exploits, qu'une vie entière n'aurait suffi à réaliser, m'attendaient. Un beau jour, Mauve cessa de peindre. J'en fus peiné. Elle me dit qu'elle avait perdu le goût des couleurs et qu'elle préférait se consacrer désormais à l'aménagement de notre duplex, ne cessant d'inventer de nouveaux changements dans le choix des peintures, des rideaux, de la disposition des meubles ou des créations florales pour que, de retour à la maison, j'aie le sentiment de faire un nouveau voyage. Elle se montrait toujours aussi prévenante mais je trouvais toutefois quelque chose en elle de changé, des ombres dans ses grands yeux gris et un imperceptible recul quand je la touchais. C'était sans doute un des effets de l'âge.

» Toutefois, à chaque retour, je découvrais de nouvelles altérations dans le physique et le comportement de ma femme qui m'inquiétaient davantage : une maigreur accrue, des plis autour des lèvres qu'elle ne desserrait plus, de violentes migraines qui la forçaient à rester couchée. Que pouvais-je faire ? Ma Mauve, si sensuelle et si donnante, était comme cadenassée de l'intérieur et s'éloignait de moi toujours plus loin.

» C'est au printemps que Mauve a voulu entreprendre un petit voyage en Bretagne dans notre maison du Guildo, près du port. Cela faisait des années qu'elle n'y était pas retournée. Nous avions acheté cette maison de pierre sur un coup de tête au début de notre mariage car c'était le lieu de notre rencontre. Nous y avions passé notre premier été à errer dans les ruines du château de Gilles de Rais, à chercher les légendaires Pierres Sonnantes qu'on disait cachées dans une des grottes de la côte et à sillonner la mer jusqu'à l'île des Ébihens. C'est là que ma femme a peint ses plus belles toiles et disait avoir trouvé le secret de son mauve. Mais je me suis vite ennuyé dans ce repaire breton où mon encombrante belle-famille venait nous rendre visite un peu trop souvent. J'avais besoin de bruit et de fêtes et, malgré ses réticences, j'ai entraîné ma douce épouse vers d'autres lieux plus joyeux à mon goût, sur la côte basque et dans le Midi.

» Mauve avait maintenant besoin de retourner aux sources de notre amour. Pourquoi l'en priver ? Mes affaires devaient m'éloigner pendant plus de trois mois loin de Paris. C'était l'occasion pour ma belle si mal en point d'aller faire le plein de mer, de sel, et d'embruns et de me revenir pareille qu'au premier jour. Pourquoi me serais-je posé d'autres questions ? Le malheur m'a toujours fait peur. Je préférais ne rien voir et, comme toujours, prendre la fuite.

» Le jour de son départ pour le Guildo, Mauve m'a souri d'une drôle de façon, comme si j'avais déjà quitté son champ de vision et qu'elle naviguait ailleurs. J'eus un mauvais pressentiment que je chassai immédiatement. À mes retours de voyage, bien sûr, ma Mauve me manquait terriblement mais il y avait toujours de nouvelles sollicitations pour m'entraîner ailleurs. Je recevais régulièrement de ses nouvelles, de jolies missives rassurantes sur des cartes postales récentes ou anciennes représentant des coins où, dans notre jeunesse, nous aimions aller : "L'été est doux, cette année, en Bretagne, l'arrière-saison est le moment le plus délicieux car les foules ont déserté les plages et il y a des dizaines de pots de confiture de mûres qui t'attendent." "L'eau est à 16 degrés en ce moment, tu ne pourrais pas y tremper tes doigts de pieds mais cela ne m'empêche pas de me baigner deux fois par jour, par haute ou basse mer." "M. Trévidic, notre voisin, m'a proposé d'exposer mes tableaux dans son restaurant. Je termine un portrait qui te plaira et j'aimerais que tu viennes quand tout sera installé."

» Je n'avais aucune envie de partir m'exiler dans ce trou perdu et prétextai un surcroît de travail. J'étais déjà si heureux que Mauve se plaise tant au pays des Pierres Sonnantes et retrouve ses forces et puis j'étais confiant, persuadé que l'hiver et le crachin breton me la ramèneraient bientôt.

» Après l'été indien, la situation a commencé à se dégrader. Qu'est-ce qui empêchait ma femme de revenir ? "En octobre, le spectacle des grandes marées est saisissant. Les vagues viennent se briser sur la digue, j'en étais toute trempée." Cette carte postale avait été accompagnée de l'envoi du livre de Michel Tournier, *Les Météores*. Mauve adorait ce roman et insistait pour que je le lise et que je découvre l'histoire du petit Franz qui "l'avait bouleversée" comme elle me l'écrivait.

» Je fus très surpris par les premières pages qui décrivaient l'asile de Sainte-Brigitte. Celui-ci, en effet, existe véritablement, situé tout près de notre maison à côté de la plage des Quatre Vaux avec ses jeunes handicapés mentaux, "un troupeau désarmé, d'une simplicité animale" que Mauve croisait tous les jours sur la côte quand elle partait cueillir des fleurs sauvages.

» Dans son roman, Michel Tournier évoquait le monde de ces petits malades, débiles profonds, psychotiques, épileptiques ou mongoliens, et parmi eux, le jeune Franz qui faisait figure d'exception car il était à la fois incapable de faire une soustraction élémentaire mais pouvait résoudre des calculs réservés aux surdoués. Sa terreur toutefois, celle qui le laissait reclus dans sa chambre, était le passage du temps, celui de son écoulement mais aussi le passage de la pluie et du beau temps.

» Le jeune garçon avait alors développé une obsession, arriver à embrasser du regard les trois phares qui tournent dans la baie à des vitesses différentes. S'il arrivait à atteindre l'île des Ébihens, son rêve de lumière serait enfin réalisé.

» Une nuit, Franz réussit à ouvrir la porte de sa chambre. Il est à côté du dortoir de huit petites mongoliennes. Il est impossible d'échapper à son pouvoir d'attraction et elles le suivent sans dire un mot. Franz ne les remarque même pas, obsédé par sa tâche. La mer monte et il y a une barque de pêcheur sur la plage. Tout est facile. La mer scintille, la barque glisse sur l'eau et, tandis que Franz, fasciné, fixe les jeux de lumière, les courants mènent l'étrange embarcation tout droit vers sa destination fatale, les récifs de la Hache où elle ira se briser.

» Mauve avait-elle voulu me mettre en garde en me faisant lire ces pages ? Devinait-elle que mon aveuglement, les mirages dans lesquels je m'égarais, allaient signer la fin de notre histoire ? Si seulement j'avais compris ce message à temps, aurais-je pu empêcher l'irréparable ? Il ne se passe pas un seul jour sans que cette question ne vienne me hanter.

» Fidèle à moi-même, je préférais faire taire toute angoisse, et continuais à courir après mille lièvres à la fois. Mais j'avais beau faire, cela ne comblait pas le vide qu'avait laissé Mauve. Sans comprendre pourquoi, quand je pensais à elle, j'avais soudain le cœur serré et les larmes aux yeux.

» À l'approche de Noël, son absence m'a cruellement pesé. Je suis juif et incroyant mais je suis attaché à cette fête que nous avions toujours passée ensemble. C'était un silence chargé d'orage. Mauve m'avait pourtant écrit qu'elle reviendrait bientôt par le train mais elle n'avait pas spécifié le jour. J'aurais pu prendre la fuite pour ne pas subir cette attente, mais, cette fois, c'était moi qui étais prisonnier, contraint de prendre la place de celle à qui j'avais si longtemps affecté ce rôle.

» Les jours passaient et l'absence de Mauve envahissait de plus en plus mon esprit. Paralysé d'inquiétude, je ne mangeais ni ne dormais plus. Quand le 21 décembre je reçus dans l'après-midi un coup de téléphone de mon beau-frère, je ne fus pas surpris. Cela faisait une éternité que je l'attendais. On avait retrouvé Mauve, le matin même, allongée sans vie dans la grotte des Pierres Sonnantes. D'après le médecin, elle avait rendu l'âme l'avant-veille. Son corps ne portait aucune trace d'agression et, d'après les premiers examens, elle n'avait ingéré aucune substance chimique. La mort de Mauve restait donc inexpliquée.

27.

Je regardais les mains tavelées et tremblantes du très vieux monsieur que j'avais en face de moi. Le regard fixe, perdu sur d'autres rivages, il semblait en proie à un combat intérieur. Qui était-il ? Alexandre le conquérant, Samuel le cynique, ou un pauvre fou à la dérive ?

Quand le serveur passa à côté de nous, je commandai deux autres Coca d'office. C'était la drogue des pauvres et elle convenait parfaitement à la situation. Assoiffé, comme s'il venait de traverser le désert, celui que je continuais à appeler Alexandre vida tout son verre. La route était longue et il avait encore beaucoup à raconter. Il reprit son récit de la même voix douce, soucieux de n'omettre aucun détail sur l'enchaînement des faits.

— Le 22 décembre, je suis arrivé au Guildo. René m'attendait. Le corps de ma femme avait été transféré à Dinan, où, après des examens plus poussés, on avait confirmé l'absence d'ingestion de médicaments. Mauve ne s'était pas suicidée, la vie s'était retirée d'elle, naturellement.

» Cette mort inexpliquée m'était intolérable. On me mentait. Mauve n'avait pu mourir ainsi. Et pourquoi donc était-ce mon beau-frère qu'on avait prévenu de sa mort et pas moi, son mari ? J'étais ivre de colère, en pleine confusion mentale, et je m'étais mis à arpenter le village, prêt à parler au premier venu. Je prenais ainsi à partie les habitants du Guildo qui terminaient les dernières décorations de Noël et qui me répondaient gênés : "On partage la tristesse bien sûr. Un deuil à Noël, c'est terrible, on n'avait jamais connu cela au Pays. Marie, on l'appréciait bien. Elle faisait partie de la vie du coin. Elle l'aimait tant. Elle pouvait rester des heures à regarder la mer. Mais elle était toujours triste et seule, à attendre. On savait que vous étiez très occupé. Heureusement que son frère, René, venait la voir régulièrement, en voisin. Elle sortait peu, toujours aux mêmes heures, et aux mêmes endroits, tôt le matin, sur la plage des Quatre Vaux, et le soir autour des ruines du château de Gilles de Rais. M. Trévidic, le restaurateur, était le seul à parler avec elle. Il avait Marie en sympathie et lui avait même proposé d'exposer ses toiles pendant les vacances de Noël. Mais elle avait gentiment décliné l'offre. Elle lui avait dit qu'elle n'avait pas le cœur à faire la fête."

» Tout s'écroulait autour de moi. Marie m'avait attendu, en vain. Au fond d'elle-même, elle savait que je ne viendrais jamais voir ses toiles mais elle voulait me faire croire à une vie heureuse, remplie d'occupations alors qu'elle s'étiolait, perdant peu à peu ses forces.

» Anéanti, incapable d'aucune initiative, j'ai assisté muet à l'enterrement de ma femme. René avait tout pris en main : le transfert du corps, les démarches administratives, l'enterrement à Saint-Brieuc dans le caveau familial. Les parents de Mauve étaient morts mais le reste de la famille Kermachen était là, les oncles et les tantes, les beaux-frères et les belles-sœurs, les cousins, et leurs enfants, tous soudés, ne m'adressant pas la parole.

» Mais cela ne m'atteignait pas. J'étais déjà à mille lieues de tout commerce humain. Pendant que René terminait les procédures, je m'étais replié dans la chambre de Mauve, occupé à lire et à relire le dernier message qu'elle m'avait laissé. C'était un autoportrait installé sur un chevalet au beau milieu de la pièce. Impossible de le rater. Ma femme s'était dépeinte assise sur un rocher, fixant un point devant elle, la mer probablement, mais dans le cas présent, moi, Samuel. Pour cette rencontre posthume, elle avait mis le collier de pierres myosotis que je lui avais acheté lors de notre virée à Bruxelles, l'année de notre mariage. Elle portait également sa petite robe en soie vert émeraude, celle que j'aimais tant, dans une autre vie. Les souvenirs ressurgissaient, intacts, la finesse de ses poignets, l'odeur du parfum acidulé dont elle mettait chaque matin quelques gouttes à la naissance de son cou, les traces de nos pas sur la plage jusqu'à la grotte secrète et le désir fou qu'elle éveillait en moi. Oui, j'y étais, trente ans plus tôt, l'été de notre rencontre en 1986, quand Mauve s'appelait encore Marie. Elle avait retrouvé son allure juvénile, ses rides s'étaient effacées, sa peau était transparente et lumineuse. Pour l'occasion, elle avait maquillé ses yeux gris qui semblaient immenses. On pouvait y lire beaucoup de sentiments mêlés, de l'amour bien sûr, mais aussi de la tristesse, de la souffrance et surtout une résignation sans appel. La confrontation était insoutenable, je ne pouvais soutenir ce regard car y était inscrite toute notre histoire.

» Le mal était fait. On ne pouvait plus revenir en arrière. Marie avait posé sa main droite sur sa poitrine pour comprimer la blessure, mais elle ne pouvait pas empêcher le sang de s'écouler. Il y en avait partout, sur ses doigts, tout au long de sa robe, jusque dans les petites mares où se cachaient les crabes, des flots de sang mauve qui sortaient de son cœur.

» Pendant toute notre vie commune, Mauve ne m'avait jamais rien reproché mais, avant de partir, Marie s'était réveillée et m'avait laissé cette dernière explication : par égoïsme, j'avais contraint la jeune fille à l'aube de sa vie, à l'époque où elle portait encore en elle tant de nuances de couleur, à n'en incarner qu'une seule, celle que je lui avais choisie et imposée. Mauve avait fini par tuer Marie et j'étais le seul coupable.

» L'homme qu'on ramena à Paris n'avait plus grand-chose à voir avec le grand Samuel Pollack. Si René s'était écouté, il m'aurait bien abandonné à mes remords au fin fond du Guildo mais Marie lui avait fait promettre de veiller sur son époux si elle venait à disparaître. Il avait donc pris sur lui, fait taire ses envies de meurtre et avait reconduit jusqu'à Paris la loque qui avait mené sa sœur à sa perte. En homme de devoir, il m'avait même laissé ses coordonnées à Nantes et promis de m'appeler régulièrement.

» Ma chute fut à la mesure de mon ascension, vertigineuse. Perdu dans mon immense duplex, sans femme, sans enfants, sans véritables amis, j'avais débranché les prises et me faisais l'effet d'être devenu un arbre dont toute la sève se serait retirée.

» Après une première hospitalisation en clinique psychiatrique pour dépression sévère, je décidai, de retour chez moi, d'aller un cran au-dessus et d'utiliser cette fois la violence, d'abord envers moi-même, scarifications sur tout le corps et bouche fendue au cutter en clin d'œil au Joker de Batman, mais aussi sur l'appartement dont chaque meuble fut consciencieusement détruit à la hache, puis sur toutes les belles plantes du hall de l'immeuble ainsi que les statues de stuc dans la cour.

» Appelé d'urgence par la concierge, René dut sur-le-champ quitter sa Bretagne et me faire transférer dans le seul lieu capable de m'accueillir, Sainte-Anne. Je n'ai pas souvenir de la suite. Elle m'a été racontée.

» Un 14 juillet, la plupart des médecins étaient en vacances sauf un : Aurélien Raynouard, que vous connaissez déjà et qui terminait alors une étude comparative sur différentes typologies de patients souffrant de mythomanie. Il n'y a pas de hasard dans la vie. Je tombais à pic avec ma pathologie singulière qui allait donner une nouvelle dimension à ses recherches.

» Aurélien s'acharnait sur mon cas et mettait un point d'honneur à vouloir le comprendre. Il cherchait, tâtonnait, passait d'un traitement à l'autre, expérimentant toutes les molécules de son arsenal, mais aucun progrès n'apparaissait. Je restais prostré, imperméable au monde.

» René venait me rendre visite chaque mois, fidèle à la promesse faite à sa sœur. À chacun de ses passages, il m'apportait un petit cadeau : des confiseries et autres spécialités de Nantes que les infirmières se partageaient car je n'y touchais pas.

» En novembre, il opta pour une plante. Un petit arbre un peu rabougri entouré de cailloux. C'est souvent par un acte d'inadvertance qu'on déclenche le processus d'une guérison et c'est à mon beau-frère détesté, et à son arbre rabougri que je dois le réveil de ma conscience. Après des mois en silence sur mon lit, je m'étais redressé et observais la plante. Je voulais parler mais mes paroles étaient inaudibles. Trop de médicaments, une pensée encore embrumée. Le premier mot distinct fut "terre". C'est l'infirmière de nuit qui comprit. Je m'étais levé et étais resté campé jusqu'au matin à malaxer les cailloux en répétant ce mot. En effet, le petit arbre était en piteux état, sans eau, sans engrais, les feuilles en berne. On trouva à Sainte-Anne le nécessaire et, en redonnant vie à cet arbuste promis à la mort, je repris les commandes de moi-même.

» Ce fut le premier d'une longue série de sauvetages arboricoles. J'avais décidé de me transformer en jardinier. Il me fallait explorer la terre, plonger dans les racines pour enfin libérer ma parole. Je décidai alors de changer de nom. Samuel Pollack n'existait plus. Pierre avait pris sa place. Un homme sans nom de famille, avec un seul prénom, simple, celui des origines.

» Je me suis alors totalement identifié à mon rôle. Dévorant tous les ouvrages ayant trait à ma nouvelle passion, je connaissais désormais l'existence des plus infimes renoncules. Mon état s'améliorant de jour en jour, avec l'aval du comité médical, j'ai été autorisé à participer avec les techniciens de Sainte-Anne à l'entretien des pelouses et du jardin. La particularité de mon cas, c'était à la fois une pleine adhésion à mon identité d'emprunt mais aussi et surtout la possibilité d'accepter de revenir sur le passé et, lors des séances, de l'analyser et de me remettre en question : j'avais passé ma vie à brasser du vent et à rater ce qui devait être ma plus grande affaire, l'amour de ma femme. Tout ce que j'avais construit, un château de cartes, s'était effondré. Ma seule ressource était de creuser, dans la terre et en moi.

» Ma mythomanie, d'après les médecins, était lucide et salvatrice. Visiblement, ils n'avaient jamais été confrontés jusque-là à ce type de comportement. J'avais désormais besoin d'organiser l'espace, de le penser pour réussir à me mouvoir à nouveau dans le monde, je me métamorphosai donc en paysagiste. J'avais cette fois ajouté un nom à mon prénom, celui de Canson, en hommage aux feuilles de papier sur lesquelles je passais mon temps à dessiner des schémas et des plans.

» Les séances avec Aurélien étaient de plus en plus constructives. En mars 2016, il m'autorisa à faire mes premières sorties dans l'hôpital pour reprendre une "vie sociale". Il était convenu qu'il m'accompagne quotidiennement au Relay Café où il avait l'habitude lui-même de déjeuner pour me surveiller et m'encourager. Il se tenait à deux tables de distance de moi et me laissait libre de converser avec qui je voulais. Pierre Canson progressait ainsi. J'avais même réussi à nouer des liens avec mon beau-frère René en me confiant à lui et en lui exprimant tout l'amour que je portais toujours à Marie. C'est à cette période que j'ai décidé de ma dernière métamorphose. Je serais architecte : un homme des fondations qui allait reconstruire tout ce qu'il avait détruit.

» Alexandre Le Kermachen était né. J'avais choisi de porter le patronyme de ma femme défunte car ma seule raison sur terre est de retrouver sa lumière. Avec Aurélien, j'ai continué à explorer les fondements. Je sais qui je suis aujourd'hui. J'ai en main ma carte intérieure.

» Au Relay Café, j'ai vite pris mes habitudes et racontais des histoires à qui voulait les entendre. Quand je vous ai croisée en juin, on envisageait déjà ma sortie. Jusqu'à notre rencontre, je me bornais à papillonner, changeant d'interlocuteurs, amusant la galerie avec mes plans et mes chantiers imaginaires. Mais quand je vous ai vue, j'ai su que vous n'étiez pas quelqu'un comme les autres et que nous allions longtemps cheminer ensemble.

» J'ai quitté l'hôpital il y a quinze jours et reviens en consultation chaque semaine. On me dit "guéri" mais mon cas de mythomanie, consciente et contrôlée, continue à faire couler beaucoup d'encre.

J'espère qu'Aurélien en tirera les bénéfices et sera enfin reconnu pour ce qu'il est : un médecin humain et sensible, assez clairvoyant pour permettre à ses patients de dessiner leur propre chemin.

» Alors que d'autres m'auraient contraint à n'être qu'un, Aurélien a compris que je devais être multiple et que je m'inventais d'autres identités pour tenter de me reconstruire. Chacune de mes métamorphoses est une façon à la fois de me fuir et de m'approcher de celui que je veux être. Aujourd'hui, j'ai rejoint un groupe de cataphiles et explore les souterrains de Paris. J'ai vendu tous mes biens, je n'ai pas d'adresse déclarée et continue à creuser et à bâtir, pour réparer.

« Réparer » ! Mais que pouvait donc espérer réparer ce vieux faussaire qui n'avait cessé de brouiller les cartes. Je ne savais plus quelle attitude adopter, oscillant entre la rage, le chagrin et la pitié ? C'en était trop. Ce flot de paroles m'avait épuisée. Il fallait que je parte. Je commençais donc à rassembler mes affaires quand Alexandre me saisit le poignet :

— Je le vois à votre regard. Vous m'en voulez. Je n'ai jamais voulu vous faire de la peine, seulement vous charmer et vous distraire avec mes pauvres histoires. Si je me suis égaré, il y a une chose dont je suis sûr : nous ne nous sommes pas rencontrés par hasard. J'ai besoin de vous comme vous avez besoin de moi. Il y a quelques semaines, vous m'avez demandé d'enquêter sur Charles Hinstin, j'ai tenu ma promesse et j'ai commencé mes recherches. Voyez-vous, on laisse toujours des traces derrière soi. Je vous en parlerai quand nous nous reverrons.

» Votre quête me touche. Mais avant d'aller plus loin, il faut vous poser les bonnes questions : pourquoi ce lointain et si proche cousin vous obsède-t-il ainsi ? Vous êtes encore jeune, avez des amis, des enfants, vous allez vers la guérison, et, au lieu de profiter du présent, vous vous tournez obstinément vers le passé. Est-ce la peur de l'avenir ? Charles Hinstin n'a pas voulu affronter le sien. Est-ce cela qui vous tourmente ? Ne pas être capable de continuer à vivre ? Seulement, voyez-vous, la mémoire de Charles continue à rayonner grâce à son ami Kessel. Tout est une question d'alliance et de dettes, envers soi-même et envers les autres. Chaque étoile laisse la marque de son passage dans le ciel et elle perdure même quand elle s'est éteinte. Il ne faut pas se fixer sur un seul point de sa trajectoire, comme vous le faites, mais sur sa totalité, et celle-ci se poursuit après notre mort.

Pourquoi ce vieux fou essayait-il d'entrer ainsi en moi pour lire dans mes pensées. Il fallait qu'il se taise, je ne pouvais plus le supporter et me levai brusquement.

— Vous êtes furieuse. Vous ne voulez recevoir de conseils de personne, encore moins de moi. Partez donc mais vous verrez que j'ai raison et, de toute façon, nous nous reverrons. Je serai toujours là pour veiller sur vous. À quelques pas, invisible et silencieux.

Je sentais encore la marque des doigts d'Alexandre sur ma main tandis que je prenais la fuite. Vite, m'éloigner loin de lui, échapper à son emprise. Qu'est-ce qui m'avait poussée à raconter ma vie à cet homme, à lui accorder ma confiance ? Qu'avais-je donc dans la tête ? J'étais aussi dérangée que lui et c'est cela qui me faisait peur, nos deux folies conjuguées. Je regrettais de l'avoir trouvé sur ma route. J'aurais dû me détourner, me boucher les oreilles au lieu de l'écouter mais j'avais tout entendu et je n'arrivais pas à effacer ses paroles. Elles continuaient à résonner et à semer le trouble dans mon esprit, peut-être, parce qu'au fond, je savais qu'elles sonnaient juste.

J'avais du mal à avancer. Chaque pas était un effort. Il me restait dix jours avant de retrouver mes enfants en Bretagne. Ils me manquaient tellement. Pour être digne d'eux, je devais à tout prix reprendre des forces physiques et, surtout, ne plus me disperser avec des histoires de fous.

J'arrivai devant l'entrée de la maison à bout de souffle et sortis mes clefs. Jusqu'à ces derniers jours, à peine la serrure ouverte, Pedro venait m'accueillir. Il n'avait plus la force désormais de quitter le canapé sur lequel il somnolait. Allait-il supporter le voyage ?

Mon vieux chien était sur le point de mourir. Il fallait l'accepter tout comme il fallait bien admettre qu'une marche de plus de cent mètres me mettait dans l'état d'un coureur en fin du marathon de New York. C'est une mère diminuée, bonne à être conduite en fauteuil roulant le long de la digue, que mes enfants allaient accueillir et qui allait pourrir leurs vacances.

Je me maudissais. Ne valait-il pas mieux passer le mois d'août seule à Paris plutôt que d'être un poids pour mes fils ? J'arpentais l'appartement comme une folle, au bord de la crise de nerfs quand le téléphone sonna. C'était Arlette, l'amie de toujours, qui veillait sur les garçons en Bretagne pendant mon absence. Durant trente ans, avec Alain, son mari, elle avait tenu la maison Haller, la fameuse boutique de souvenirs du centre-ville. C'était un lieu merveilleux où Arlette vous accueillait toujours avec chaleur et gentillesse. Même en dehors des périodes touristiques, on venait chez les Haller pour causer et se sentir bien. En plus, dans cette caserne d'Ali Baba, on trouvait de tout : nécessaire de couture, laine pour tricoter, matériel de jardinage et de bricolage mais aussi de fabuleux cerfs-volants, des filets de pêche de toutes tailles, des farces et attrapes dont les fameux coussins-péteurs, des maillots de bain très tendance aux prix compétitifs et, surtout, la spécialité de la maison depuis trois générations, de petits bateaux à voile, confectionnés par Alain, le dernier descendant des Haller, voiliers qui sillonnaient le bassin du jardin du Luxembourg tant leur réputation était grande.

À la mort de son mari, emporté par un cancer, Arlette avait fermé la boutique, et s'était terrée chez elle. Elle n'avait pas d'enfants, n'avait vécu que pour son couple et son travail, et la rumeur ne lui donnait pas plus de trois mois pour survivre à son chagrin.

Et puis, un beau jour, on l'avait revue sur la plage en train de nourrir les mouettes. La vie avait repris et Arlette la bricolait en faisant de petits boulots saisonniers chez les uns et chez les autres, et en continuant à offrir sa bienveillance. Il y avait une sorte d'instinct chez cette femme pour qu'elle m'appelle juste au moment où je n'avais plus de garde-fous. Ce ne fut que quelques mots : « Tu reviens vite. Tes garçons t'ont préparé une surprise qui va te mettre sur le cul. Tu peux être fière d'eux. »

Qu'est-ce que mes petits diables avaient donc bien pu inventer ? L'appel d'Arlette avait provoqué sur moi un effet d'apaisement bien supérieur aux comprimés de Lexomil et je m'endormis sans problème. J'eus même droit à cinq six heures de sérénité jusqu'à ce qu'un cauchemar me réveille. Et pas n'importe lequel.

Je me trouvais dans une chambre noire, aux volets fermés. Cela sentait le renfermé. Je suffoquais et j'avais besoin de lumière. Je me dirigeais donc vers la fenêtre et commençais à tirer les rideaux, quand brusquement, sortis des ténèbres, ils s'élançaient tous d'un seul vol, me frôlant le visage avec leurs ailes. Au réveil, je gardais encore la sensation de leur caresse, aussi douloureuse qu'une morsure.

Ils n'étaient peut-être plus dans ma tête, mais continuaient à me poursuivre, ressurgissant sous n'importe quel prétexte. Une des pires suites de la maladie est sans doute cela : une fragilité qui vous rend poreux au monde, sans immunité, sans distance. C'était à coup sûr le récit de la vie d'Alexandre, la description de sa mythomanie et de son côté chrysalide sans cesse en quête de nouvelles métamorphoses qui les avaient réveillés en moi. Mais il fallait prendre au sérieux leur menace. Ils avançaient à mes côtés, tapis dans l'ombre, prêts à nouveau à envahir mon cerveau si je n'y veillais pas.

28.

Les contrecoups ne sont jamais immédiats. Jusque-là, j'avais bon gré mal gré tenu le choc, résistant à la maladie, l'opération et ses suites les plus désagréables, et alors que je m'approchais de la sortie du tunnel, des déferlantes d'angoisse m'envahissaient, faisant de la plus infime contrariété une montagne infranchissable.

Le voyage en Bretagne, d'abord, qui aurait dû être une joie était devenu une insurmontable épreuve. Lucien, de mèche avec les enfants, avait tout organisé. Il viendrait en personne me chercher en voiture à mon domicile le mercredi 10 août et me conduirait jusqu'au bord de la mer, où, c'était décidé, il passerait la fin de ses vacances avec moi.

Que fallait-il penser de ce soudain rapprochement ? Une rupture avec sa légitime ? Son coup de téléphone ne m'avait pas donné d'autres certitudes que celle de sa venue. Était-ce ce que je souhaitais, mon amant par intermittence, d'autant plus désirable qu'il était vagabond, qui allait soudain se transformer en homme de maison ?

Mais, pour l'instant, j'avais d'autres sources d'inquiétude dont la principale provenait de ma prochaine confrontation avec mes « relations » de vacances.

En effet, ma maison est plantée dans les rochers, et la plage, mon lieu de séjour régulier depuis l'enfance. Je connais donc beaucoup de monde, mon « bout de plage » étant protégé du vent et pris d'assaut dès la belle saison. Aux premiers rayons, ils sont tous là regroupés sous mes fenêtres, les accros des bains de soleil, les volleyeurs acharnés, les boulistes en rang d'oignon sur le sable mouillé, les grands-mères veillant aux châteaux forts de leurs vaillants rejetons, les nageurs à l'année (jusqu'à une température de 8 degrés l'hiver) et les frileux estivants hurlant en mettant leurs jambes blanches dans une mer à 17 degrés, et tous les clans qui s'agrègent sur le sable pour des raisons familiales ou pour le seul besoin animal de former un groupe, une foule de visages connus et amicaux que j'allais inévitablement croiser et qui allaient me demander des nouvelles de ma santé.

Qu'allais-je leur répondre ? Je me sentais un peu dans la même position que la Tante Léonie de Proust. D'une part, il fallait que chacun prenne en compte que j'étais malade, en convalescence et que j'avais besoin de repos. Mais la moindre réflexion sur ma mauvaise mine, mon creux à la tempe, mon œil encore légèrement saillant, ou encore la question insupportable posée sur un ton charitable,

« Vous êtes bien guérie maintenant ? », me révulsaient à l'avance.

Pour clore toute conversation désagréable, l'urgence était de mettre au point une stratégie de défense ne mentionnant ni les méningiomes (un terme nécessitant trop d'explications) ni une possible rechute. Peut-être évoquer un petit kyste, certes mal placé, mais sans gravité. Un cas très fréquent qui disparaissait d'un seul coup de bistouri pour ne plus jamais revenir mais qui nécessitait après l'intervention beaucoup de calme.

C'est d'ailleurs ce mot qui me faisait peur. Les années précédentes, celui qui caractérisait les vacances était l'intensité : la relecture complète de l'œuvre d'un des auteurs figurant dans mon panthéon littéraire, au moins trois baignades par jour qu'il vente ou qu'il pleuve, des départs en mer, mais aussi des expéditions dans les coins perdus de l'arrière-pays, des fêtes avec les amis, et surtout les rires des garçons ramenant de leurs incessantes transhumances des copains qui sans prévenir venaient passer la nuit à la maison sur des lits de fortune.

Tout cela me serait donc interdit puisque cet été, le mort d'ordre était « se ménager ». J'aurai au moins le droit de me baigner sans me mouiller la tête, de voir mes enfants grandir et s'épuiser de bonheur et de me replonger dans le passé en regardant la mer.

C'est banal de le dire mais, dans ce passé, se trouvaient mes plus belles années, celles de mes quatorze ans, quand le monde s'offrait à moi, que je pouvais encore être légère et désinvolte car je ne connaissais rien de la maladie. Maman était là, veillant sur moi d'un amour absolu, mon père vivait en reclus dans sa chambre car il détestait les plages sauf celles du Midi et Denis, mon meilleur ami, venait passer l'été chez nous et explorait à mes côtés les nouveaux chemins de sa sexualité.

Pour Denis, c'était les garçons, mais il n'osait pas encore se l'avouer ; moi, la tête pleine de tous les grands romans que je passais l'été à dévorer, je cherchais le grand amour, et, avant de l'avoir trouvé, je me contentais de papillonner avec, je dois l'avouer, un talent certain. À cette époque, je prenais bien la lumière et je savais faire tourner tous les regards sur moi. Mais justement, celui sur lequel j'avais les yeux fixés ne voulait pas me regarder. Il s'appelait Mathieu, il était beau, blond, et totalement rétif. Jusque-là, je n'aimais que les bruns, mais il avait un duvet doré sur les bras et les jambes qui m'avait fait changer d'avis. Je m'en étais rendu compte lors des cours de planche à voile qu'il donnait à l'autre extrémité de la plage, devant l'hôtel Ar Vro et auxquels je m'étais inscrite pour tenter un rapprochement.

La traque avait duré deux ans. Deux étés entiers d'allers-retours, moi qui déteste marcher, pour le retrouver à l'autre bout de la plage et patauger dans l'eau avec ma planche non loin de lui. Il y avait bien des sorties, toujours en groupe, mais il restait à l'écart, sombre, mystérieux, imprenable.

J'étais chasseuse en ces temps lointains. Mathieu était solaire et je ne cessais de rôder autour de lui.

Il avait fini par me laisser le suivre sur la mer mais il l'avait payé cher. Nous étions partis loin avec notre seule voile, jusqu'au cap Fréhel où nous avons failli nous noyer. C'était beau, dangereux et ardent. Cela ne pouvait pas durer. La maladie y a mis fin, je l'ai déjà raconté.

Sa maison est toujours là. Je croise parfois sa mère. Nous nous embrassons mais nous ne nous parlons de rien, surtout pas de lui. Ma seule crainte cet été serait de le revoir. La nostalgie est un sentiment néfaste pour ma santé.

Il était 11 heures et je tournais en rond dans la maison. J'avais reçu tous les coups de téléphone habituels du matin, enfants, amant, Russe fou, l'amie aixoise, la Brésilienne, et la Grecque, j'avais sorti le chien en le portant dans les bras jusqu'à la rue, car il n'arrivait plus à avancer et scruté une dernière fois ma boîte mail dans l'attente d'une réponse de ma demi-sœur qui ne venait pas.

C'était plus que je ne pouvais supporter. Alexandre m'avait trahie. J'avais beau me raisonner, me dire que le pauvre homme était fou, j'avais encore en tête sa promesse de m'aider et de rechercher des éléments sur la vie de Charles Hinstin à Kaboul. Pourquoi s'était-il avancé ainsi ? Lors de notre dernière rencontre, il disait avoir trouvé des « éléments ». Encore un nouveau mensonge ? Mais ses paroles restaient imprimées dans ma tête. Que voulait-il dire quand il parlait de « trajectoire », de « traces ». J'avais occulté un détail, celui qui, une fois découvert, éclairait différemment le tableau ? Que laisse-t-on derrière soi ? Alexandre n'avait cessé de répéter cette phrase et elle ne cessait de me hanter. Qu'avait laissé l'homme aux yeux d'or derrière lui ?

Il fallait que je regarde plus attentivement, dans la vie de Charles mais aussi dans celle de Kessel. Il me manquait un lien. J'attaquai donc Internet et listai tous les ouvrages ayant trait à l'Afghanistan et à l'auteur de *L'Armée des Ombres*. Je commandai neuf ouvrages en express. Lucien les mettrait dans le coffre de sa voiture et leur lecture occuperait toutes mes vacances. Je pouvais désormais partir vaquer, ma carte bleue à sec mais l'esprit confiant.

Et j'avais besoin de confiance pour me rendre à l'endroit que j'avais décidé de visiter une seconde fois avant le grand départ. Une expédition qui comportait deux stations de bus et une bonne dose de marche pour moi qui, hormis ma visite à Sainte-Anne, n'avait pas dépassé les proches abords de mon appartement.

29.

Tout avait été planifié la veille : je retournerais au cimetière Montparnasse en fin de journée, au moment où le soleil commencerait à taper moins fort. J'avais retrouvé les notes de mon père et les indications qu'il donnait sur l'emplacement de la tombe de la famille de Jacques Hinstin, à l'opposé de celle du Général. Je trouverais en moi le courage et la force de m'y rendre. Je n'étais quand même pas impotente.

Pour une fois, j'étais sûre d'avoir pris la bonne décision et je m'endormis sans trop de mal, mais c'était sans imaginer que le matin du 5 août aurait un goût de désastre.

Après une nuit toujours entrecoupée de cauchemars, je fus tirée du sommeil par un bruit terrible. C'était Pedro qui n'arrivait plus à respirer. Il était là, au pied du lit, à tousser, cracher, toute sa vieille carcasse secouée par des râles venant des tréfonds de lui-même. Il allait mourir étouffé. Je ne pouvais pas le laisser souffrir ainsi. J'avais trop attendu, il fallait appeler le vétérinaire et y mettre fin. Mais comme s'il avait deviné mon arrière-pensée, à peine la crise finie, mon vieux Pedro vint me faire la fête, marchant difficilement mais remuant vivement la queue, et me poussant avec sa truffe pour me signifier qu'il n'y avait pas à s'inquiéter et que c'était l'heure de sa soupe. Même au bord de la tombe, mon chien aimait trop la vie pour se laisser euthanasier.

Je n'avais toutefois plus trop envie de m'éloigner de lui et décidai d'aviser selon son état pour maintenir mon équipée au cimetière. Après avoir vérifié ma boîte mail, toujours désespérément vide, je mis sa laisse à Pedro qui réclamait sa sortie du matin et le transportai dans les bras jusqu'au trottoir où il s'acquitta rapidement de ses besoins. Propre et lucide jusqu'au bout, mon chien forçait l'admiration.

Au retour, le gardien, M. Rémond, sortit de son bureau pour m'apporter mon courrier. Me voyant les bras chargés par les neuf kilos qu'avait atteints mon vieux chien boulimique, il m'escorta jusqu'à la porte de mon appartement. Je pense que nous devions être les deux seuls êtres vivants dans l'immeuble en ce mois d'août caniculaire mais j'avais la chance que cela soit le meilleur de tous, un homme attentif, bienveillant et courtois dont la mission était de veiller sur les habitants d'un lieu dont on lui avait confié la garde.

Un premier livre sur l'Afghanistan était arrivé, un gros album aux photos jaunies que je regrettai d'avoir commandé à peine l'avais-je feuilleté. Il y avait également une enveloppe avec un timbre de collection et mes nom et adresse écrits à la plume. Je ne reconnaissais pas l'écriture et me dépêchai de l'ouvrir. J'y trouvai une lettre et une photo sur laquelle j'eus un choc en reconnaissant Monique en short et en chaussures de marche sur un chemin de montagne escortée par deux jeunes filles qui riaient aux éclats.

Ma compagne de galère était partie faire du trekking. Je n'en revenais pas ! Toute l'énergie qu'elle m'avait insufflée pendant notre séjour commun à Sainte-Anne se diffusait à nouveau en moi. Mais en lisant sa lettre, je déchantai. Monique se trouvait actuellement en Auvergne avec ses nièces où elle faisait « le plein » comme elle l'écrivait. Dix kilomètres de marche par jour. Il fallait recharger les batteries, prendre du bon temps et du bonheur car, en septembre, elle retournait à l'hosto pour cette fois se faire ouvrir le crâne. En effet, la radiothérapie stéréotaxique n'avait pas fonctionné. Elle le savait en quittant l'hôpital mais n'avait pas voulu assombrir la fin de mon séjour. Elle recommençait la partie avec son chirurgien en qui elle avait toute confiance. Il fallait voir le bon côté des choses. Avec la chirurgie, c'était radical. Ce n'était pas du virtuel, comme avec les rayons. On enlevait et on en était une bonne fois pour toutes débarrassé. Bien sûr, cela marchait ou cela cassait, il fallait juste le savoir.

Elle espérait retomber sur une voisine comme moi qui aimait les Hercule Poirot et qui avait de la conversation. En attendant, elle se faisait des visionnages de David Suchet à haute dose. La famille s'était cotisée pour lui acheter la série complète en DVD.

Je rangeai la lettre dans mon tiroir, celui où je gardais tous les messages précieux, les lettres d'amour mais aussi les photos et les textes d'amis disparus. J'étais partagée par des sentiments contradictoires. Je m'inquiétais, bien sûr, pour Monique mais je me sentais aussi fière d'elle et solidaire. Depuis des années, elle était allée de rechute en rechute sans que jamais son courage soit entamé. Cette opération était peut-être celle de la dernière chance mais elle s'y rendait comme à un match de boxe, préparée et pleinement consciente de tous les dangers.

La mort rôde toujours, que l'on soit malade ou bien portant. Ceux qui l'ont approchée de près ont cette force en commun : l'intime savoir que le terrain sur lequel nous avançons est instable et qu'à tout moment du jour ou de la nuit, il peut se dérober sous nos pieds.

Monique venait de me rappeler que chaque minute était précieuse. Pedro dormait d'un sommeil profond. Il m'aimait trop pour mourir sans moi. Et tant pis si le soleil donnait à plein, je ne pouvais plus différer, on m'attendait au cimetière.

J'attrapai le 68 de justesse. Il était quasiment vide. Jusqu'à l'arrêt Edgar Quinet, j'avais le temps de compulser mes notes. Pour ne pas risquer de me perdre et trouver facilement l'emplacement de la tombe de Jacques Hinstin et de ses proches, j'avais en effet transféré sur une feuille de papier toutes les indications que mon père avait laissées dans son cahier. D'après la carte qu'il avait dessinée, je devais me rendre à l'opposé du Mausolée du Général qui lui se trouvait du côté Raspail alors que la tombe des cousins Hinstin était située le long de la rue Froidevaux. « Division 9, deuxième section, ligne troisième sud, compter dix-sept tombes à l'ouest. »

J'avais bien fait de partir plus tôt car, même en horaire d'été, le cimetière fermait ses portes à 18 heures, comme l'indiquait le panneau à l'entrée du boulevard Edgar Quinet. Heureusement que j'avais emporté mon chapeau de paille car il faisait un soleil de plomb. Il fallait souhaiter que les indications de mon père soient bonnes car il n'y avait pas âme qui vive dans les allées. Je suivis donc le chemin indiqué sur sa carte, tout droit dans l'allée principale, couper d'abord l'avenue du nord, puis l'allée Lenoir, bifurquer à droite dans l'allée transversale, traverser l'allée des Sergents de La Rochelle et ensuite avancer dans l'avenue de l'Ouest jusqu'à la division 9.

Je me découvrais des réserves insoupçonnées pour être arrivée ruisselante de sueur mais encore sur mes jambes aux abords du jardin funéraire. Il fallait maintenant que je trouve la force de remonter l'allée de l'Ouest jusqu'à la porte de la rue Froidevaux.

Ensuite, la partie se corsait. Que signifiait « la ligne troisième sud » ? Il faisait trop chaud, et je ne comprenais rien. J'avançais au milieu des tombes, éblouie par le soleil, sans trouver aucune trace de la famille Hinstin. Je n'allais pas m'arrêter ainsi, si près du but. Quel Dieu pourrais-je donc implorer ? Je ne pratiquais aucune religion et ne faisais confiance à aucun. L'idée alors s'imposa d'elle-même. Il n'y avait qu'un esprit auquel s'adresser en ce lieu, au spectre qui y régnait, le bien nommé Général Hinstin.

La pensée magique a d'étonnantes vertus. Elle fonctionne que l'on soit rationnel ou pas. De toute façon, au bout de quinze minutes de douloureuse solitude, il était mathématiquement normal que je croise quelqu'un. L'émissaire du Général apparut alors sous les traits d'une vieille dame habituée des cimetières armée d'un râteau et d'un arrosoir. Heureuse de me faire profiter de ses connaissances, elle m'expliqua que la division 9 était divisée en rangées ou en lignes. Pour trouver la « ligne troisième sud », il fallait se placer en haut de la division et reculer de trois lignes pour découvrir la bonne rangée. Ensuite, il faudrait que je me dirige vers l'ouest, c'est-à-dire à gauche, précisa-t-elle en voyant mon regard perdu, et que je compte seize tombes pour trouver la bonne, la dix-septième. Était-ce clair ?

Avant de se transformer en fleur de cimetière, cette femme avait dû être une institutrice qui tapait les doigts de ses élèves avec une règle en acier. Sans plus attendre, je filai m'égarer dans la ligne trois, trop hagarde pour compter les tombes.

Elles se ressemblaient toutes, plus ou moins bien entretenues, avec souvent les mêmes formules touchantes, pauvres témoignages de notre séjour sur terre. J'étais perdue dans ce labyrinthe, quand soudain son nom accrocha mon regard. Charles Hinstin, au centre de la stèle.

« À la mémoire de Charles Hinstin
21 février 1903 - 28 juillet 1962
Commandeur de la Légion d'honneur
Croix de guerre 1939-1945
Médaillé de la Résistance
Inhumé à Kaboul, Afghanistan. »

J'étais profondément émue. C'était un étrange sentiment : « Le Zombie » était là sans être là. Autour de son absence reposaient ses parents, Jacques et Jeanne Hinstin, ses deux sœurs, Jacqueline et Adrienne, et enfin son épouse, Jacqueline Fournet Hinstin.

Je découvrais que la mère de Charles avait eu une très longue vie puisqu'elle s'était éteinte en 1984. Comment avait-elle survécu après la mort de son mari en 1937 et celle de son fils en 1962 ? Et sa femme, Jacqueline, quelle avait été son existence quand, à quarante-trois ans, mère de deux jeunes garçons, elle avait appris que son mari s'était suicidé à l'autre bout du monde ?

« 1919-1996, chevalier de la Légion d'honneur, médaillée de la Résistance. » Encore un personnage d'exception ! Tant de bravoure dans cette famille, mais aussi tant de silence et de souffrance.

Charles était partout et nulle part. Un fantôme errant entre Paris et Kaboul. Pour continuer à cheminer dans mes rêves, je décidai de rentrer à pied à la maison. Malgré la fatigue, j'étais portée par un sentiment de victoire. En venant sur sa tombe, je m'étais un peu rapprochée de mon étoile filante. J'avais enfin une trace de lui : son nom gravé dans de la pierre, au milieu des siens. Sa dépouille pouvait être à Kaboul, son nom avait retrouvé sa place dans la généalogie familiale, à quelques mètres du tutélaire Général.

Mon père pouvait être fier de moi. Tout ce travail qu'il avait fait pendant de longues années, ces cahiers patiemment remplis avec sa belle écriture, il les avait bien écrits pour que quelqu'un les lise, et reprenne le fil. Et, bizarrement, c'était moi qui avais emboîté ses pas, celle de ses quatre enfants qui l'avait jusque-là toujours déçu.

Au fond, nous nous ressemblions, mon père et moi. Nous ne lâchions jamais rien. Il était allé au bout de sa quête, m'ouvrant la voie vers son double rêvé, ce Charles qu'il aurait tant voulu être et que la réalité avait rattrapé. Il me l'avait offert en héritage. Charles était notre point d'ancrage, notre lieu de ralliement. La route était tracée. À moi de poursuivre. Alexandre avait raison en parlant de dette. Je réparais, à ma façon.

Le retour fut plus ardu que je ne l'avais escompté et j'arrivai chancelante à la maison. Était-ce l'épuisement ou bien plutôt la confiante sérénité que m'avait procurée ma visite au cimetière, mais le mail de ma demi-sœur que je découvris en rentrant ne m'affecta pas. Avec beaucoup de gentillesse, elle me disait que les deux fils de Charles ne répondraient pas à ma demande. Ils ne souhaitaient pas plonger à nouveau dans le passé de la famille et le rendre public. Elle les comprenait : c'était une « histoire trop douloureuse » et m'embrassait chaleureusement.

Cette réponse me soulagea. Qu'avais-je pu imaginer ? Que ces deux hommes allaient confier à une étrangère les répercussions qu'avait eues dans leur enfance et dans leur vie d'adultes l'annonce dévastatrice du suicide de leur père ? C'était comme leur demander de se pencher au-dessus d'un gouffre.

Il m'appartenait de poursuivre mon chemin avec Charles. J'avais beaucoup encore à apprendre sur lui, mais aussi sur moi. Je ne voulais rien perdre, ni oublier. Je l'avais maintenant compris, tisser des liens avec les morts, c'était une façon pour moi de trouver le lien et d'espérer ainsi voir apparaître, telle une écriture palimpseste, ma ligne de vie.

30.

Le départ approchait et je me sentais prise dans un étau. Nous étions déjà mardi. Heureusement, Lucien avait retardé d'une journée sa venue mais il serait là jeudi matin à la première heure, comme il me l'avait bien précisé.

L'épreuve me semblait insurmontable. La valise à préparer, la documentation Hinstin à emporter, tous les médicaments égarés dans la maison à rassembler et surtout les ordonnances à retrouver, la liste des tâches que je notais scrupuleusement sur mon calepin s'allongeait au fil de la journée. Il y avait aussi à ne pas oublier la crème solaire protection totale, le chapeau à large rebord recommandé par le médecin, les boîtes du chien dont la marque ne se vendait pas dans les supermarchés locaux, la biographie d'André Citroën où je trouverais des éléments qui me manquaient sur Jacques Hinstin et le précieux collyre à prendre à la pharmacie, indispensable au soleil. C'était trop lourd pour moi et surtout incongru. Je me sentais impuissante, incapable de m'imaginer en vacances. J'y allais contrainte et forcée, dans le seul but de serrer fort mes enfants contre moi.

À tout cela, s'ajoutait mon vieux chien. Comment allait-il supporter le voyage ? Il ne bougeait plus du canapé et commençait à ne plus vouloir s'alimenter. Je voulais tant qu'il tienne encore le coup et revoie une dernière fois la Bretagne où il était né. Je composai donc allô Véto, l'équivalent animal de SOS médecins. Le combat était mal engagé mais le rendez-vous était pris pour le lendemain à 17 heures.

En pleine tourmente, M. Rémond continuait à me rendre visite et à m'apporter les ouvrages que j'avais commandés. J'en avais reçu huit, il en manquait encore deux et avec une sorte d'angoisse compulsive, j'employais mes nuits à les dévorer méthodiquement. Je notais tout, les noms, les lieux, les dates, sans trop savoir où cela devait me mener.

À quoi Kaboul ressemblait-elle au début des années 1960 quand Charles Hinstin y livrait sa dernière bataille ? Il y avait beaucoup de Kessel dans mon regard. J'imaginais « la cendre funèbre qui recouvrait les montagnes », le dédale des ruelles, des venelles et des impasses, la chaleur suffocante et la poussière brûlante des étés, les rafales de vent et de neige qui s'abattaient les hivers sur cette grosse bourgade à la croisée de l'Orient, de l'Occident et de la Chine et que mon voyageur infatigable avait choisie comme dernier repaire.

Comment vivait-il dans cet univers si étrange ? Restait-il en retrait ou se promenait-il dans les bazars, au milieu des étals d'épices, de bois, de soieries ou de viande crue sur laquelle les mouches venaient se poser ? S'était-il habitué aux odeurs fortes, aux spectacles des enfants misérables sur des ânes décharnés, à la violence des combats de coqs, de chiens ou de chameaux et à la vision effrayante des boucs décapités ?

Charles savait que pour survivre il fallait disparaître dans le paysage, il en avait fait tant de fois l'expérience, mais les steppes arides et les chaînes de montagnes qui encerclaient Kaboul le tenaient à distance.

« Un paysage d'astre mort », écrivait son ami Kessel. Charles devait se sentir bien seul dans la longue nuit afghane, si loin de tout ce qu'il avait jusque-là connu. Il fallait composer avec ce monde hostile, il savait y faire et il s'y était employé de tout son cœur. On peut même dire qu'il y avait réussi. N'avait-on pas dit que Charles Hinstin était le véritable ambassadeur de la France à Kaboul ?

Je continuais à avancer dans mes recherches, avec le sentiment de m'égarer et de passer à côté de l'essentiel. Alexandre avait peut-être raison, je ne posais pas mon regard là où il le fallait. Les détails du décor avaient si peu d'importance face aux forces de la nuit qui pouvaient submerger un être humain. Je savais qu'on ne pouvait pas lutter sans fin et qu'en ce début d'été, le 3 juillet 1962, ce cousin, si lointain et si proche, dont je m'étais approprié le destin, avait décidé de mettre fin à la partie.

À quel moment la décision de quitter la vie devient-elle irrévocable, l'envie de partir plus forte que la peur du saut vers l'inconnu ? Je m'étais souvent posé la question, d'abord en travaillant sur Gérard de Nerval. Son suicide était devenu un acte littéraire, fondateur, mais on oubliait toute la souffrance vécue dans cette dernière nuit du 25 janvier 1855. Le doux et gentil Gérard qui à quarante-sept ans en paraît cent, misérable sans son paletot qu'il a perdu on ne sait trop où, avançant dans un froid glacial vers la rue de la Tuerie. « La nuit éternelle commence et elle va être terrible. » Il tient dans les mains le cordon de cuisine qu'il montrait depuis quelques semaines à ses amis et avec lequel il se pendra. Il frappe aux portes, aucune ne s'ouvre. Il essaye donc encore d'échapper à l'issue fatale mais « les ténèbres l'envahissent ». En contrebas de la rue de la Tuerie, les barreaux du garni de la rue de la Vieille Lanterne l'attendent. Il frappe une dernière fois à la porte. Aucune réponse. Le doute n'existe plus.

C'est probablement ce qu'avait vécu la femme d'Alexandre. Une trop grande lassitude. Elle avait décidé de sa fin, même s'il n'y avait pas de traces de suicide. C'était aussi ce qu'avait vécu maman. Des années d'usure et de souffrance. La perspective de rester seule dans son grand appartement, emprisonnée peu à peu par l'arthrose sans plus pouvoir marcher. Elle avait mis du temps avant de se résoudre à partir, à laisser derrière elle ses petits-enfants qu'elle adorait et puis moi, sa fille avec qui elle avait eu tant de beaux moments. Mais il y a un moment où la souffrance était devenue intolérable et la mort sa seule option.

Il n'y a pas de lâcheté dans cet effacement volontaire mais, au contraire, beaucoup de courage. J'aurais simplement aimé que maman y soit aidée.

Je ne comprends pas l'absurde rigidité du système médical français qui, par je ne sais quelle culpabilité judéo-chrétienne, n'accorde toujours pas la grâce à ceux qui souffrent trop alors qu'à quelques kilomètres de nos frontières, on peut mourir dans la dignité. Cette possibilité de partir quand l'épreuve devient insupportable fait partie de notre liberté en tant qu'être humain et, paradoxalement, la conscience de cette liberté peut aussi se transformer en une force qui vous encourage à mener le combat.

C'est mon père qui me l'a appris. J'avais vingt ans. Après dix mois de chimiothérapie intensive à l'hôpital Saint-Louis, j'avais eu le droit de quitter Paris quinze jours pour souffler avant la reprise des traitements. Il n'était pas question de partir en Bretagne et qu'on me voie avec ma mine de déterrée et les foulards qui cachaient mal mon crâne chauve. Nous allions donc nous envoler en avion pour le Midi avec mes parents, dans l'arrière-pays que Jean aimait tant. Il avait bien fait les choses et cassé sa tirelire de retraité pour nous payer le plus somptueux palace de la région. Je m'y suis tout de suite sentie mal. Je me souviens que je portais une robe jaune de la marque Lacoste dont j'étais très fière mais dans laquelle je flottais car j'avais beaucoup maigri et que je déambulais autour de la piscine qui m'était interdite à cause des microbes. Je m'ennuyais et j'avais mal au cœur. Chaque jour davantage. J'étais trop fatiguée pour manger au restaurant et je restais cloîtrée dans mon immense chambre où on me portait des plats auxquels je ne touchais pas. Les nausées furent mises au départ sur le compte des effets rétroactifs de la chimiothérapie mais la dégradation de mon état nécessita un retour en urgence dans un lieu moins luxueux mais plus approprié, l'hôpital Saint-Louis. Le diagnostic y fut posé : septicémie généralisée.

J'ai cru ne jamais pouvoir me relever. J'étais clouée au lit, paralysée par un état de fatigue insurmontable qui m'empêchait de tenir même un verre d'eau. Ce n'était pas la douleur ni l'agressivité des traitements qui me faisaient peur mais l'idée d'être condamnée à vivre perpétuellement dans cet état.

C'est alors que je me suis confiée à mon père. Pas à maman, je ne voulais pas lui faire de mal. Je devais partir. Je n'avais plus la force de continuer. Mon père m'a entendue. Je ne sais pas ce qu'il avait vraiment en tête mais il a compris qu'il devait répondre à ma demande, que c'était vital pour moi.

C'est par sa cousine qu'il a trouvé le moyen d'entrer en contact avec celui qui avait le pouvoir de m'aider. Probablement grâce à cette même cousine avec laquelle on lui avait prêté une liaison dans le passé et qui devait être devenue une très vieille dame. De toute façon, mon père ne lâchait jamais prise et, avec ou sans elle, il aurait réussi sa mission.

À Noël, j'eus le droit de quitter l'hôpital et de rentrer deux jours à la maison. Maman était maintenant au courant et un rendez-vous téléphonique avait été organisé avec celui dont j'attendais tout. J'avais été surprise en entendant la voix de ce grand professeur. Il connaissait parfaitement mon dossier. Il ne s'était pas dérobé. Il savait que c'était grave, que rien n'était gagné mais il m'avait demandé d'attendre un peu et de voir si la situation s'améliorait. De toute façon, j'avais sa promesse.

C'est grâce à cette promesse de mort que j'ai décidé de rester en vie et de me battre. Sans cette conversation avec le professeur Schwartzenberg, quand j'avais vingt ans, je ne serais pas là pour écrire ces lignes.

31.

J'avais pourtant décidé de le chasser de mes pensées, mais je n'y arrivais pas. Où se cachait donc Alexandre Le Kermachen ? Allais-je un jour le revoir comme il me l'avait annoncé ? Ma colère à son égard avait disparu. Elle s'était transformée en compassion mais aussi en regret d'avoir pris la fuite quand il avait eu le courage de se mettre à nu devant moi. Je mesurais maintenant tout ce que je lui devais, son soutien quand je traversais ces jours si noirs à Sainte-Anne et qu'il m'offrait des histoires à dormir debout mais telles que je voulais entendre car elles me faisaient un instant oublier les misères de l'hôpital et les douleurs dans ma tête meurtrie qui ne cessaient de se faire écho.

En fouillant dans mon désordre, je retrouvai le plan des réseaux de galeries qui se croisaient sous Sainte-Anne et qu'Alexandre m'avait offert le jour de mon départ de l'hôpital en juillet. Il séjournait donc là désormais, condamné à hanter les souterrains, à remuer les pierres, à exhumer les souvenirs pour tenter de ressusciter la femme aimée et perdue par son immense négligence. Voulait-il y élire domicile, s'enfouir sous terre *ad aeternam* pour expier ses fautes et tenter d'y trouver sa vérité ?

J'avais tant de questions à lui poser avant de quitter Paris. Je savais que lui seul pouvait m'aider à y répondre mais il ne m'avait toujours pas fait signe et le départ était prévu pour le lendemain.

Même si les cicatrices étaient encore là, je me faisais violence et me forçais à sortir de l'isolement dans lequel la maladie m'avait confinée. J'avais laissé un message sur le répondeur de ma demi-sœur en lui promettant que je passerais la voir à mon retour de Bretagne. J'avais eu la chance d'attraper Monique avant une de ses randonnées. Avec elle, on ne se perdait pas en bavardages : rendez-vous pris l'avant-veille de son opération le 25 septembre, à 12 h 30 précises dans un bistrot près de Montmartre où on servait les meilleures volailles de Paris. Je m'étais ensuite forcée de répondre avec des e-mails de plus de trois mots à certains de mes proches au bureau qui, fidèlement, pendant ma longue absence, avaient veillé sur moi par mille attentions, lettres, fleurs, chocolats ou captures illégales des toutes nouvelles séries produites aux quatre coins du monde. L'être humain n'était donc pas si mauvais.

Pour la montrer aux enfants, j'avais également pris soin de mettre dans mes bagages la lettre de ma direction me félicitant pour ma dernière création :

« Une histoire bien construite, perverse à souhait, qui, malgré ses dehors classiques, renverse toutes les perspectives habituelles. » On me donnait déjà les noms des acteurs pressentis, les gros cachets, les « montants », ceux dans l'air du temps. C'était sans doute pour me « booster » que mon patron m'écrivait tout cela. Il m'attendait avec champagne pour fêter mon retour le 1er octobre.

Je regardais mes papiers. C'était bien cela. Mon arrêt maladie s'arrêtait fin septembre. « La vie allait suivre son cours. » J'allais « repartir encore plus forte ». Je ne savais pas très bien ce que ces mots voulaient dire mais il y avait un point qui m'importait : le jugement de Monique quand elle visionnerait mon feuilleton. Et pour cela, il fallait qu'elle soit en vie.

J'avançais dans la préparation de ma valise. J'avais sorti toutes mes robes d'été en prenant particulièrement soin de la « chinoise », celle couleur gris pâle en soie que Lucien affectionnait, probablement à cause de sa fermeture dans le dos et de sa rangée de petits boutons si plaisante à défaire d'après lui. J'aimais sa hâte maladroite lors de cette première étape car je savais qu'ensuite ses mains deviendraient celles d'un virtuose. Il fallait simplement lui laisser le temps de faire ses gammes.

Ces derniers temps, me revenait souvent le souvenir de son odeur. Drôle d'affaire l'odeur d'un homme. Celle de Lucien était subtile, intense et épicée. Elle vous accompagnait longtemps tout comme la trace de ses mains sur le corps. Où allait-il les poser quand nous nous retrouverions demain ? Sur mes épaules, pour mieux me regarder ou plus probablement sur mes hanches car Lucien ne perdait jamais de temps.

Il était 11 heures du matin et je n'avais toujours pas sorti le chien qui dormait profondément. Je ne voulais pas le réveiller et je partis sans lui, rendre visite à M. Rémond et prendre mon courrier. Il manquait encore deux livres à ma commande que j'espérais bien récupérer avant mon départ : *L'Armée des ombres* de Kessel, dont Charles Hinstin avait fait son livre de chevet, et une curiosité, *Journal de Kaboul,* écrit par Geoffroy de Larouzière-Montlosier, un militaire engagé entre septembre 2003 et janvier 2004 en Afghanistan, à la tête d'un bataillon de 450 hommes.

À peine arrivée, je vis les deux paquets posés sur le bureau de M. Rémond qui m'attendait avec un grand sourire. M. Rémond était un gardien à part entière. Il prenait soin de moi et avait deviné depuis bien longtemps, je crois, d'où venaient mon impatience et ma fébrilité.

— Ils sont arrivés juste à temps. Vous allez pouvoir partir travailler en paix en regardant la mer.

La mer, mon gardien m'en parlait souvent. Celle de Djerba où il avait passé son enfance et que, pour d'obscures raisons, il n'avait jamais revue.

Mon gardien aurait pu être psy. Il avait prononcé les mots que mon inconscient réclamait : « Paix » et « mer », et, enfin rassurée, je m'apprêtais à prendre congé quand, d'un air malicieux, il me tendit une lettre avec mon nom écrit à l'encre rouge.

— On est venu la déposer ce matin. Un monsieur très prévenant. Il m'a dit que c'était urgent.

Le gentil M. Rémond imaginait sans doute une nouvelle romance. « Trop de richesses ne nuisent pas », avait-il l'habitude de dire. Je n'osai le détromper et je glissai la lettre entre les deux livres. Elle me brûlait déjà les doigts.

32.

Chère amie,

J'ai tardé avant de revenir vers vous, attendant que l'air me soit plus clément et que les mauvaises ondes que ma confession avait éveillées entre nous se soient dissipées.

Nous allons devoir encore cheminer ensemble et vous connaissez ma passion pour les cartes et les tracés géographiques. Avant de partir, il est vital d'avoir une vue d'ensemble, d'éviter les mauvaises routes et les écueils et d'envisager des détours s'ils vous mènent à bon port.

J'ai mis du temps à dessiner ma carte et à régler ma boussole. J'ai enfin compris que j'étais toujours le même, Samuel Pollack, mais je sais désormais me regarder en face et j'ai appris à domestiquer ma folie.

C'est encore Mauve qui m'a mis sur la voie. Quand ma femme est partie s'exiler aux Pierres Sonnantes, elle aimait se promener dans les sentiers attenants au château du Guildo. Elle avait ainsi fait connaissance avec M. Paul Ladouce, un chirurgien à la retraite qui, en 1985, avait décidé de remettre en état, avec ses propres moyens, la demeure en ruine de Gilles de Bretagne. Une fois les autorisations obtenues, il s'était d'abord employé à faire disparaître la végétation monstrueuse qui avait avalé le château, rendant le site impraticable.

C'était un travail de titan qui prit des années à notre vaillant retraité. Les arbres avaient été peu à peu abattus mais il restait encore d'énormes souches et des tas de végétaux qui bloquaient l'accès au château. C'est alors que l'histoire devient intéressante. En 1988 se présente sur le site une certaine Mme Lansquet qui propose ses services à Paul Ladouce. Elle est pensionnaire à l'hospice de Gibelaine, à 500 mètres du château. Elle a besoin d'un peu d'argent et sait très bien comment brûler les souches.

L'accord entre les deux parties est conclu mais, dès le lendemain, Paul Ladouce apprend que son employée a un lourd passé. Dévorée par la haine de son beau-frère, elle avait tenté à plusieurs reprises de mettre le feu chez lui et, accusée de pyromanie, avait alors été internée puis placée à l'hospice de Gibelaine.

Que faire ? Après avoir discuté avec la direction religieuse de Gibelaine, Paul Ladouce décide de laisser cette étrange femme assouvir sa passion du feu sur les souches du château. Les sœurs de Gibelaine lui accordent une allumette par jour. Elle fait alors preuve d'un talent exceptionnel, ne ratant jamais sa mise à feu, quel que soit le temps. Elle était même capable, disait-on, de faire disparaître des souches de deux ou trois tonnes en les « dégratant » de façon à ce que trois semaines après, avec du bois sec et des cartons, elles flambent en un tour de main.

D'après les autorités médicales, Mme Lansquet est aujourd'hui guérie de sa maladie. Aller au bout d'une obsession est le meilleur moyen de s'en délivrer. Il ne faut se fixer aucune limite. J'ai poussé au paroxysme l'art du mensonge et du travestissement jusqu'à risquer d'en perdre définitivement l'esprit mais j'en suis sorti lucide et, je crois, davantage clairvoyant.

*J'ai beaucoup pensé à vous depuis notre première rencontre, à votre bataille contre la maladie et, pour vous éloigner d'elle, à vos recherches sur votre généalogie familiale. On a tous besoin de s'appuyer sur un passé, réel ou imaginaire. Souvenez-vous d'*Aurélia*, ce texte que nous aimons tant, et de la scène où Gérard de Nerval se trouve soudain transporté dans une grande maison. Un oiseau vient lui parler des personnes de sa famille vivantes ou mortes en divers temps, comme si elles existaient simultanément. C'est alors, écrit-il, « qu'il me sembla voir une chaîne non interrompue d'hommes et de femmes en qui j'étais et qui étaient moi-même ».*

Il y avait un grand absent dans votre vie, votre père. Vous êtes en train de recréer la chaîne qui mène à lui. Vous avez assemblé presque tous les chaînons manquants mais il y en a un que vous n'arrivez pas à arrimer aux autres, ce Charles Hinstin qui vous obsède et qui vous échappe sans cesse. Vous avez raison, c'est un personnage magnifique, intrépide, fougueux, prêt à perdre son âme pour accomplir ses rêves et dont les mille vies valent de l'or pour un biographe. Arrêtez de vous perdre dans des détails inutiles. Vous n'avez pas besoin d'aller au bout du monde pour vous rapprocher de lui. Surtout, oubliez les décors pittoresques, les petites indiscrétions que vous allez glaner à droite et à gauche sur sa fin de vie à Kaboul qui ne vous mèneront à rien.

Sa vérité est ailleurs. Pour la trouver, il faut chercher à l'intérieur de vous. Faites comme moi, creusez sans cesse, nourrissez-le de votre chair jusqu'à ce que ce lointain cousin devienne votre double et que vous puissiez enfin voir à travers ses yeux.

J'ai quelques hypothèses que je vous livre ici, faites-en ce que vous voulez. Vous connaissez bien sûr cette lettre de Nerval à son ami Théophile Gautier quand le goût de la vie commençait déjà à le quitter. Elle résume tout : « Toi, tu crois encore à l'ibis, au lotus pourpré, au Nil jaune. Tu crois au palmier d'émeraude, au nopal, au chameau peut-être… Hélas, l'ibis est un oiseau sauvage, le lotus, un oignon vulgaire ; le Nil a l'air d'un plumeau grêle, le nopal n'est qu'un cactus, le chameau n'existe qu'à l'état de dromadaire. »

Je pense que Charles Hinstin a éprouvé cette lassitude qui, à moi aussi, a failli me coûter la vie. Après des années de voyages et d'aventures, il était arrivé au bout du monde mais les steppes afghanes ont vite perdu de leur mystère et se sont recouvertes de poussière. L'heure du désenchantement est cruelle et survient sans crier gare. Il n'y a alors pas d'autre issue. Charles Hinstin avait épuisé tous ses rêves.

Vous n'en êtes pas là et vous avez encore beaucoup à rêver. Sur lui, en particulier. Je vous l'ai déjà dit, interrogez-vous sur ce qu'il a laissé derrière lui : une famille bien sûr, mais des liens invisibles, ceux qu'il a tissés avec Kessel par exemple. Votre Charles était un joueur incurable, il l'est resté jusqu'à la fin de sa vie. Je me répète, on ne change pas. J'ai appris qu'il jouait beaucoup à Kaboul, de grosses sommes, mais aussi à Paris, dans des salles sombres et seul avec Kessel. On m'a raconté aussi qu'il avait toujours une pierre avec lui. Il la posait sur la table, près des cartes et la caressait avant de jeter les dés. Imaginez sa dernière partie avec son ami. Sa pierre fétiche lui a-t-elle porté bonheur ? c'est la question importante : qui des deux avait une dette ?

Vous allez trouver, j'ai confiance en vous. Nous sommes unis par notre rencontre dans ce que j'aime appeler « la nef des fous ». Sachez que vous pourrez toujours compter sur moi.

Aujourd'hui, je me suis réfugié dans un autre monde, sous terre, loin de toute lumière. J'explore les fondations, j'ausculte les pierres, je me mets en résonance avec la femme que je n'ai pas su assez aimer.

Dans les entrailles de la capitale, j'ai découvert une nouvelle société, celle des hommes de l'ombre qui, comme moi, cherchent à donner un autre sens à leur vie. Il y a un côté balzacien dans notre quête, le sentiment d'appartenir à une confrérie.

Quand nous nous reverrons, je vous raconterai la typologie de notre monde. Nous sommes nombreux à arpenter en clandestins les 300 kilomètres qui forment, sous terre, la doublure de la capitale. On trouve de tout dans les différents étages des galeries, des spéléologues, des géologues, des minéralogistes, mais aussi des historiens et des savants, des curieux ou de simples obsessionnels comme moi. Dans cette société, il y a des clefs qui mènent à des entrées secrètes. Il suffit alors d'un simple pied-de-biche pour avoir accès à des merveilles, des cryptes cachées, des stèles, des bas-reliefs, d'anciens cabinets de médecine, des cages aux fous et, soudain, au détour d'une promenade, des cristaux aux étranges couleurs et des perles groupées dans de petites vasques d'eau. Il faudrait une vie entière pour décrypter les inscriptions que les fantômes des lieux ont laissées. Certains ont choisi d'y consacrer leur existence.

Si nos quêtes diffèrent, cette vie du dedans nous unit et nous permet peu à peu de nous mettre en accord avec nous-même.

Je n'ai plus de téléphone et j'économise mes sorties dans le monde du dehors. Elles sont d'ordre divers mais malheureusement incontournables. Une fois par semaine, je dois me rendre à Sainte-Anne pour qu'on me donne des petites pilules censées réguler mes humeurs. J'en profite aussi pour voir Aurélien à qui je dois ma survie ; une seconde fois il me faut passer voir le gestionnaire du reliquat de mes biens pour ainsi veiller aux affaires et me permettre de vivre à ma guise sous la surface de la terre.

Je reste toutefois toujours accessible. Matin et soir, à 7 heures et à 19 heures, je sors relever mon courrier. Ce n'est pas loin de chez vous. J'ai en effet choisi comme adresse le quartier général de la Résistance à Denfert-Rochereau. C'est là que les agents de liaison venaient déposer leur compte rendu et chercher les directives auprès du commandant Rol-Tanguy.

Ils entraient par la gare de Sceaux, l'actuelle gare Denfert-Rochereau, gagnaient l'abri par les carrières et sortaient par la rue Schoelcher de façon à échapper à la surveillance des Allemands.

Vous trouverez facilement ma boîte postale. Elle se trouve dans une niche sur le bâtiment en face des Catacombes, juste en dessous de la plaque posée à la mémoire du colonel Henri Rol-Tanguy. Il suffit de monter sur la pointe des pieds et de glisser dans la cavité à gauche votre message.

Souvenez-vous du 19 août 1944. « Dans le souterrain de ce pavillon, le commandant Rol-Tanguy, chef des FFI de l'Île-de-France, installa son État-major.

» Par ce PC ont été donnés les ordres d'opération de l'insurrection parisienne victorieuse décidée par le comité parisien de la Libération et le Conseil national de la Résistance. »

On ne peut gagner qu'en résistant. N'abandonnez aucun de vos rêves et n'oubliez pas qu'on a tous une dette.

Votre dévoué Alexandre.

33.

À quoi jouait donc Alexandre avec ses énigmes ? Son retour, que j'espérais tant, me faisait à la fois très plaisir mais la forme sibylline de son message me plongeait en pleine confusion.

Que savait-il au juste ? Il parlait de dettes mais aussi de la pierre talisman que Charles transportait partout et dont mon père parlait dans ses cahiers. Comment Alexandre pouvait-il connaître ce détail ?

J'avais le désagréable sentiment que la solution se trouvait devant mes yeux mais que je ne savais pas voir. « Qui des deux avait une dette ? » Qu'est-ce que cela signifiait. J'avais beau réfléchir, je ne trouvais rien. Je repris mes notes, commençai à me perdre dans ma pléthorique documentation, quand, soudain, je vis posé sur mon bureau le livre de Kessel, *Tous n'étaient pas des anges*, dont la dernière nouvelle était le si beau portrait du « Zombie ».

Pourquoi n'y avais-je pas pensé avant ! C'était évident, l'histoire des deux hommes se trouvait dans ce livre. Je me précipitai sur la biographie de Kessel par son ami Yves Courrière, une mine dans laquelle j'allais trouver mon trésor.

On y évoquait bien sûr la folle expédition afghane de juillet 1956 pour le tournage de *La Passe du diable*. C'est là que Kessel et Charles Hinstin s'étaient rencontrés pour la première fois et que « l'homme aux yeux d'or » avait, par trois fois, sauvé la mise au grand écrivain. Je ne savais pas que le jeune producteur qui s'était enthousiasmé à l'époque pour l'invraisemblable projet de Kessel n'était autre que Georges de Beauregard, le futur producteur d'*À bout de souffle* et du *Mépris* de Godard, de *Lola* de Jacques Demy et du *Doulos* de Jean-Pierre Melville. Avec Pierre Schoendoerffer comme metteur en scène et Kessel comme scénariste, on ne pouvait espérer mieux.

En 1961, quand Kessel avait entrepris d'écrire *Les Cavaliers*, il était retourné trois semaines à Kaboul avec sa femme Michèle et avait profité de son ami Charles. Un beau souvenir : « Plus on avance en âge, plus les jours heureux sont rares. »

Charles Hinstin et Joseph Kessel s'étaient encore revus à Paris jusqu'à la date fatidique du 3 juillet 1962, celle que l'homme aux yeux d'or avait choisie pour prendre le départ. Un coup dur pour Kessel. L'automne 1962 s'était toutefois passé dans l'effervescence des préparatifs de son élection à l'Académie française, le 22 novembre 1962. Fête au Fouquet's et gueule de bois.

L'avenir n'était malgré tout pas si rose. Depuis la parution en 1960 de son livre *Avec les Alcooliques Anonymes* qui n'avait pas été un grand succès, Kessel n'avait rien publié. Or la période était mauvaise. L'écrivain n'arrivait pas à écrire une ligne et avait même demandé au jeune Paul Guilbert de construire la trame du discours qu'il devrait prononcer lors de sa réception dans la grande maison. La librairie Plon fit alors habilement une proposition juteuse au grand Académicien. Difficile de dire non. Trois ans sans un livre en librairie ne correspondait pas aux habitudes de l'écrivain. Mais comment surmonter sa panne d'inspiration ?

C'est alors que Charles Hinstin vint une quatrième fois en aide à son ami et que celui-ci put enfin lui rembourser ses dettes. En effet, Kessel avait dans ses tiroirs de vieilles histoires, publiées dans de petits livres devenus alors introuvables ou bien encore dans des éditions de *France Soir* d'avant-guerre. C'étaient des portraits « d'hommes d'aventures », des personnages « en marge de la société, des lois, de la vie et de la mort » dont il racontait les destins brisés. Il décide alors de reprendre ces textes, il les bricole, les peaufine, les assemble. Les neuf dixièmes du livre sont ainsi déjà écrits. Et c'est en travaillant que l'inspiration lui revient. Enfin, il arrive à reprendre la plume et écrit « le Zombie », la plus belle des dix-sept nouvelles, celle qui clôturera le volume. Elle rend hommage à son ami, Charles Hinstin.

Kessel a mis du temps pour rembourser ses dettes mais avec ce texte il donne une nouvelle vie au « vagabond céleste » qu'il a tant aimé.

Mais, même après la mort, la loi de l'amitié règne encore. Kessel croit aux signes. Charles Hinstin lui a toujours porté chance. Le titre du recueil est trouvé, *Tous n'étaient pas des anges,* et la sortie programmée début juin 1963. Il n'y a plus qu'à prier.

Qui pouvait y croire ? C'est immédiatement un immense succès, 80 000 exemplaires vendus en quelques semaines. « Vous êtes donc sorcier ! », s'était exclamé Kessel à Kaboul quand Charles Hinstin avait miraculeusement sorti de son placard la somme nécessaire à l'achat du camion qui permettrait à l'équipe de réaliser son reportage.

Faire du neuf avec du vieux, transformer la boue en or, il est vrai qu'il fallait des dons de magicien pour y réussir et aussi beaucoup de chance. La presse, habituellement dédaigneuse envers les livres de Kessel, n'y avait vu que du feu et avait fait unanimement l'éloge du best-seller de l'été. Un dernier clin d'œil de Charles du haut du ciel ?

Je fermai le livre d'Yves Courrière avec un sentiment de victoire. C'était une bien petite victoire, mais elle me suffisait. Je n'avais plus maintenant qu'à imaginer : début d'été 1962, Kessel et Hinstin un soir au Fouquet's. Les deux hommes aiment se retrouver tous les deux en tête à tête. « L'amitié est précieuse et devient rare quand on avance en âge. » Charles a confié à son ami ses soucis financiers.

Il souffle un air de fin de partie mais, qu'importe, l'homme aux yeux d'or a le don de l'insouciance. Les habitudes reprennent. On boit, de la vodka uniquement. On en boit beaucoup, et on joue. Je ne connais pas les règles du poker menteur et je ne sais pas si on peut y jouer à deux ; en tout cas les deux amis s'amusent. Charles a posé sa pierre à côté des cartes. Il a la main, il connaît les combinaisons, les pièges et les manipulations mieux que personne. Kessel le sait et le laisse gagner. À 2 heures du matin, il n'a plus un centime en poche. Quand Charles quitte le bar, il préfère rester encore un moment pour boire un dernier verre. Quand le serveur vient encaisser l'addition, l'écrivain a les larmes aux yeux en regardant la pierre que son ami a laissée sur la table.

Si je veux aller encore un peu plus loin, je pourrai donner un visage au serveur. J'ai une idée en tête. Mon personnage a mille visages et a vécu mille vies. Il est toujours là pour dénouer les situations complexes, trouver une voie pour sortir des pistes les plus enchevêtrées. Il attend son heure et, quand le bar ferme, il empoche la pierre.

34.

Il était 13 heures. Ma valise était terminée. Pedro dormait sur le canapé et le vétérinaire venait à 17 heures. Je m'étais assoupie après mes recherches et Alexandre était encore revenu rôder dans ma tête. Je ne crois pas avoir une vocation de cataphile et restais insensible, même en rêve, à la proximité des têtes de morts, aux fêtes dans les cryptes et aux soirées bière à « la playa », du côté de la rue Sarreau, le lieu le plus coté du XIVe arrondissement souterrain, avec une plage de sable fin et la reproduction sur les murs de pierre de la grande vague d'Hokusai.

Pour prendre la fuite, je me glissai difficilement dans un étroit passage qui menait à une des sorties, sous la prison de la Santé, quand, soudain, je me réveillai.

Le soulagement d'avoir retrouvé l'air libre fut suivi par un étrange sentiment de malaise. Difficile à expliquer mais quelque chose ne collait pas.

Était-ce ce voyage dans les profondeurs de la terre qui m'avait troublée ou bien plutôt le silence qui régnait dans l'appartement ? Pas un bruit, sauf celui de ma respiration.

Je me forçai à tourner les yeux dans sa direction. Mon chien était couché à mes pieds, et ne bougeait pas. Je connaissais déjà la réponse, elle était évidente. Mais je continuais à le fixer et à tendre l'oreille. Étais-je sûre que sa poitrine ne se soulevait plus et qu'aucun souffle ne sortait de sa gueule ? Il y a une heure, il dormait. Qu'est-ce qui me faisait penser qu'il était maintenant mort ?

Je n'osais pas le toucher. Son corps était encore chaud. La rigidification n'avait pas commencé mais son poil me semblait déjà rêche et son museau sec. À partir de quand la vie nous quittait-elle définitivement ?

Je fermai les yeux. Des images que je ne voulais plus voir envahissaient ma tête. Elles étaient toujours là, intactes, celles de ce petit matin de décembre, quand je m'étais brusquement réveillée avec la certitude que c'était fini. J'avais couru chez elle, monté les deux étages qui la condamnaient depuis des années à rester prisonnière dans ses 120 m^2, puisqu'il n'y avait pas d'ascenseur dans l'immeuble. Il fallait traverser deux immenses pièces pour atteindre sa chambre. Cet appartement était beaucoup trop grand pour une vieille dame seule mais elle y avait tous ses souvenirs et, on me l'avait souvent répété, le déménagement d'une personne âgée la condamnait à mourir.

De toute façon, les jeux étaient déjà faits. Nous avions juste repoussé l'échéance. Elle n'avait plus d'argent, on avait vendu l'appartement en viager. Elle pouvait donc rester en vie le temps qu'elle souhaitait, pas trop longtemps tout de même disait-elle, pour que les futurs propriétaires puissent profiter de leur acquisition. La date n'était pas fixée mais c'était pour elle la seule option, chaque journée devenant plus difficile à traverser, une épreuve interminable, avec une mobilité toujours plus réduite et des dégradations humiliantes et irréversibles.

Il lui avait fallu beaucoup de courage pour préparer tous les médicaments, les faire fondre dans un verre avec une cuillère qu'elle avait été cherchée dans la cuisine, alors qu'elle ne pouvait presque plus se déplacer. Avait-elle hésité avant de prendre cette décision qui lui coûtait tant, celle de ne plus jamais voir ses petits-enfants et sa fille qu'elle aimait tant ?

Pedro était le seul témoin de cette scène. Il avait accompagné sa maîtresse jusqu'au bout et il m'attendait, couché sur le lit, quand je l'ai découverte sans vie. Qu'allais-je faire de ce vieux chien ? Il n'aurait probablement pas la force de survivre. Il avait pourtant mis plus d'un an avant de rejoindre le paradis des chiens, battant tous les records de longévité canine. Sa disparition marquait la fin d'un cycle. Avec lui, maman était définitivement morte et j'étais seule à porter son secret.

L'ENVOL

35.

— Nous pouvons conserver le rendez-vous de 17 heures, si vous le souhaitez. Notre service prend en charge la dépouille de l'animal. Nous avons tout le matériel nécessaire au transport, des sacs confortables et hermétiques et des employés qualifiés qui agissent vite et toujours dans le respect. Mais vous avez peut-être pris d'autres dispositions.

Je n'avais pris aucune autre « disposition » mais je déclinai poliment l'offre de ce service vétérinaire « qualifié » et « respectueux ». Qu'allais-je donc faire du cadavre de mon chien échoué sur le canapé ? Le conserver ? L'empailler ? Qu'est-ce qui m'avait pris de refuser la voie du bon sens ?

J'avais bien une idée en tête, mais elle était si folle que je n'osais pas l'énoncer. D'autres que moi avaient pourtant eu plus de courage. C'était avant mon opération, j'avais croisé mes voisins britanniques, endeuillés par la mort de leur chien. Il s'agissait de Reth, un vieux terrier adorable et tyrannique qui leur imposait tous ses caprices. Je n'avais pas pu m'empêcher de sourire quand ils m'avaient raconté la cérémonie donnée dans leur maison de campagne après l'enterrement de leur compagnon. Un concerto de Chopin joué par des musiciens.

Mais en quoi était-ce risible ? Parce que ce n'était pas la norme ? Pour mes voisins, c'était une façon comme une autre de clore une histoire, de dire adieu à celui qui les avait accompagnés pendant de longues années et d'envisager un avenir sans lui.

Moi non plus, je n'avais pas envie de mettre mon chien dans un sac et de le jeter dans la fosse commune. Avec sa mort, c'était un cycle qui se terminait et il me fallait le marquer d'une pierre. Pourquoi hésiter ? La maladie m'avait fait toucher le fond, mais j'avais réussi à m'en sortir, même s'il me fallait encore du temps pour cicatriser. Ce n'était pas après avoir fait tout ce chemin que j'allais fléchir et me soumettre aux regards des autres.

Je rédigeai sur-le-champ mon message. Il ne fallait rien oublier : les modalités, le tempo et le lieu précis, de façon à prendre toutes les mesures nécessaires. Il était 18 heures. Il me restait tout juste une heure pour trouver la cachette et déposer ma lettre.

Quand je revins, je m'enfermai dans ma chambre. Le téléphone sonna deux fois. D'abord mes enfants. Demain, c'était le grand jour. Je devinais à leur voix surexcitée qu'un feu d'artifice de surprises et de gâteries m'attendait à mon arrivée sur le sol breton. Je gardais bien sûr pour moi la mort de Pedro et j'essayais de faire preuve d'enthousiasme pour ne pas les chagriner même si j'étais incapable de me projeter dans un futur proche. Le second appel fut aussi surréaliste. Lucien était en route pour le grand voyage. Il serait chez moi demain à midi.

À l'entendre, il m'emmenait au bout du monde, dans un paradis éternel où tout ne serait plus que calme, luxe et volupté. Il était comme toujours pressé et gourmand, me glissant au détour d'une phrase, sans aucune pudeur, toutes les idées affriolantes qui lui passaient par la tête. Mais quelque chose semblait avoir changé en lui. Pour la première fois nous passions des vacances ensemble et pour la première fois l'homme de l'instant me parlait d'un après. Une petite maison avec jardin dans le XIVe arrondissement qu'un de ses confrères quittait et que nous pourrions visiter.

Je laissais planer le silence. Pourquoi pas ? La vie était trop courte pour négliger aucune piste. Mais pour l'instant, celle que j'avais décidé de prendre nécessitait toute mon attention.

Je lui avais confié plusieurs missions et je ne l'attendais pas avant un bon moment. Il ne serait certainement pas là avant 22 heures mais je ne m'inquiétais pas. Il n'y avait qu'un homme aussi fou que lui pour m'aider à réaliser mon projet. Avant de m'allonger sur le lit de ma chambre, j'allai me regarder dans la glace. Je le faisais chaque soir, observant au millimètre près mon œil droit. Il n'avait toujours pas diminué. Certains soirs, je trouvais même qu'il avait grossi. Je savais que les méningiomes avaient tendance à revenir. La boule derrière l'œil se formait-elle à nouveau avec son nid de papillons ? Je ne pouvais rien déduire de mon observation. Tout était peut-être dans ma tête. Seule l'IRM T3 avait le droit d'y pénétrer et livrerait son verdict. Mon rendez-vous était déjà pris. Cinq mois à attendre. La machine infernale avait un carnet de bal pris d'assaut.

J'écoutais en boucle Bob Dylan. C'était l'humeur du jour : « *Knocking on heaven's door* », le plus beau morceau. Il ne fallait surtout pas que j'oublie de dire aux enfants que je voulais cette musique le jour de mon enterrement. Le caveau de Grosrouvre étant plein, il était également urgent de trouver un autre emplacement pour me décomposer en paix. Mais avant toute chose, je devais m'inscrire sans attendre à l'association pour mourir dans la dignité et réunir la somme nécessaire à un dernier voyage en Suisse ou en Belgique si les papillons menaçaient de revenir.

Ma vie était fragile. Avoir écrit ces lignes avait fait refluer en moi tous les souvenirs que j'avais eu tant de mal à enfouir. Mais maintenant qu'ils étaient couchés sur le papier, que j'y laissais la trace de mon passé, je pouvais les oublier et recommencer à vivre.

Quand il sonna, j'étais déjà prête, me tenant devant la porte. À la minute près, je savais quand il arriverait. Nos horloges internes s'accordaient depuis Sainte-Anne. Sa nouvelle apparence ne me surprit pas. Il avait cette fois troqué ses costumes pour un jean et un débardeur. Il ne portait également plus de panama. C'était désormais des tatouages qui habillaient son crâne totalement rasé, des inscriptions étranges dont les dessins sinueux se poursuivaient sur le cou, le torse et couvraient intégralement ses bras. On y devinait des ciels étoilés et des cartes de mondes inconnus, ceux de ses voyages à venir.

Nous restâmes quelques instants sans parler. Alexandre portait toujours beau mais il semblait fatigué, vieilli aussi. Ses yeux maquillés de khôl se posèrent alors sur moi :

— J'ai trouvé le châle que vous souhaitiez. Un vrai pashmina afghan fait avec de la laine de chèvre et la meilleure des soies. Un de mes compagnons sous terre possède une affaire qui en fait commerce. Vous verrez, les broderies sont très belles.

Il sortit son présent d'un sac à dos qui semblait bien chargé et me le tendit. Je découvris alors sur son annulaire gauche une bague en argent en forme de tête de mort. Était-ce le signe de sa nouvelle alliance avec le monde des profondeurs ? Nous nous dirigeâmes vers le salon où je dépliai le châle. Il était comme je le voulais, somptueux.

Vint alors le moment que je redoutais mais Alexandre s'arrangea pour que tout aille très vite. Il posa l'étole sur le corps de Pedro puis l'enroba complètement et, avec précaution, le prit dans les bras. J'avais le cœur serré mais il fallait le faire. La procession pouvait maintenant commencer.

Nous avions préparé ensemble l'itinéraire, nous allions longer la rue Froidevaux jusqu'à la rue Gassendi puis nous prendrions à droite la rue

Émile Richard, celle qui coupait, depuis 1890, le cimetière Montparnasse en deux. Une étrange rue, comme me le fit remarquer Alexandre, car elle était entièrement faite des murs des deux cimetières, sauf le numéro 1 qui abritait au rez-de-chaussée une maison de pompes funèbres.

Il y avait bien la question des portes du cimetière fermées dès 18 heures, même en horaires d'été. Je l'avais soumise à Alexandre dans le fiévreux message que je lui avais déposé à Denfert. Avant notre départ, il y répondit par un haussement d'épaules. Nous n'allions pas nous arrêter pour si peu. Comment pouvais-je douter un instant d'un homme qui d'un seul pied-de-biche faisait sauter toutes les dalles scellées de la capitale !

Malgré l'heure tardive, il faisait encore chaud et j'avançais doucement au côté d'Alexandre qui tenait le cadavre de Pedro dans les bras. Le silence était pesant et je commençais à douter du bien-fondé de mon entreprise.

Sentant mon angoisse monter, mon compagnon se mit alors à me parler de sa vie sous terre. Elle avait d'après lui une qualité inestimable. Il y régnait une quiétude que ceux du dehors ne pouvaient soupçonner. Était-ce dû à la température toujours stable, 15 degrés quelle que soit la saison, à la profondeur du silence, à l'absence de code social et de hiérarchie ? Entre les habitués des profondeurs, le ciel des carrières permettait de se mettre en accord avec soi-même et donnait un autre sens à l'existence. Mon chien y reposerait en paix.

Alexandre avait d'abord exploré la zone souterraine qui se trouvait sous Sainte-Anne. Il avait conçu ce projet pendant son hospitalisation car il avait appris par un médecin érudit que sous l'hôpital se trouvait tout un réseau de galeries et de salles dont une avait servi de salle de chirurgie pendant la Seconde Guerre mondiale. Pour y pénétrer, il fallait passer par l'hôpital Cochin dont les initiés connaissaient l'entrée secrète. Alexandre y avait trouvé ses repères et y séjournait régulièrement.

Une de ses occupations principales était de déchiffrer les inscriptions et les plaques qui jalonnaient son parcours, beaucoup datant de la révolution française et signées par Guillaumot, l'homme à qui l'on doit la consolidation des carrières. Il aimait aussi s'amuser à retrouver les messages facétieux des carabins écrits à la fumée de bougie lors de leurs virées nocturnes, une façon sans doute de marquer leur territoire et la suprématie de leur hôpital respectif. Alexandre fréquentait également le coin reliant la rue d'Assas, Notre-Dame-des-Champs et le Val-de-Grâce, avec une halte régulière devant le tombeau de Philibert Aspairt, le malheureux concierge qui se perdit le 3 novembre 1793 dans une excursion qu'il tenta seul et dont on retrouva le corps onze ans plus tard. Mais toutefois, son terrain de prédilection restait le cimetière Montparnasse. Il en connaissait chaque recoin, comme il allait me le prouver.

Arrivé devant le 5 de la rue Émile Richard, mon compagnon sortit de son sac à dos un casque en acier, une lampe torche et deux grandes cartes. Il me remit la première, c'était un plan détaillé du cimetière qu'il avait annoté et éclaira avec sa lampe la seconde.

« Le Carrefour des Morts ». Il me fallut un moment pour comprendre que j'avais sous les yeux le plan de l'autre cimetière Montparnasse, son double souterrain. Huit kilomètres de galeries étagées sur deux niveaux. Un niveau supérieur qui suivait le tracé des allées du cimetière, un niveau inférieur où serpentaient des galeries plus sinueuses. Les cimetières manquant de place, six dépôts d'ossements y avaient été installés à partir de 1870.

Non loin de l'emplacement du mausolée du Général Hinstin se trouvait sous terre l'un des principaux ossuaires, situé dans un grand carrefour circulaire, « le Carrefour des Morts », d'où partaient quatre allées : l'allée de Gentilly, l'allée de Montrouge, l'allée des Deux Carrefours et l'allée de Paris. Non loin de là, il y avait un puits à échelons qui menait au second niveau. En marchant un peu, on arrivait à un lieu étonnant qui abritait une petite maison sculptée avec la mention « bienvenue ». Alexandre irait y déposer la dépouille de Pedro.

Faire sauter la serrure de l'entrée du cimetière fut un jeu d'enfant, à croire qu'Alexandre avait pratiqué le cambriolage dans une de ses nombreuses autres vies. Nous examinâmes encore une fois la carte. Avant de venir me chercher, Alexandre avait vérifié toutes les entrées. Le puits de la Licorne et celui de l'escalier de Cristal étaient fermés. On venait de cimenter la dalle du champ d'Asile. Il restait la rue Schoelcher. La voie royale, celle empruntée par les Résistants sous le commandement du colonel Rol-Tanguy.

Nos routes allaient désormais se séparer mais je décidai de suivre Alexandre jusqu'à ce qu'il disparaisse sous terre avec Pedro. L'immeuble de la rue Schoelcher était en travaux et un grillage en interdisait l'accès. D'un coup de cisailles, Alexandre en fit son affaire. Il se coiffa alors de son casque de mineur éclairé au front par une lampe et me remit la torche.

Dans une dizaine de minutes, nous allions pouvoir entrer en résonance. Quand j'arriverais devant le mausolée du Général Hinstin, il serait à quelques mètres sous moi, dans les profondeurs, devant la petite maison où Pedro reposerait.

Dans ce monde labyrinthique, tout circulait. Il n'y avait plus de séparation entre les deux cimetières et on rejoignait sans problème le caveau de la famille Hinstin et celui du Général. Après l'été, dès que j'aurais repris des forces, Alexandre m'emmènerait visiter les lieux. J'aimerais, il en mettait sa main à couper, car, dans cet espace, les rêves étaient plus puissants qu'ailleurs. En attendant, il aurait une pensée pour mon chien chaque fois qu'il passerait par le Carrefour des Morts et je lui promis, en retour, d'aller me recueillir aux Pierres Sonnantes, et de rendre hommage à Marie.

Je regardais mon vieil ami disparaître avec Pedro emmailloté dans son linceul afghan et je repris seule la route. La porte de la rue Émile Richard était restée grande ouverte. Il n'y avait personne. Le cimetière m'appartenait. Je rangeai la carte, je n'en avais pas besoin. Il me suffisait d'écouter le sol, de sentir les vibrations, pour deviner la trace des pas d'Alexandre et le suivre.

J'avançai dans l'allée principale, celle du Midi. Il faisait nuit noire et ma torche faisait surgir brusquement des noms sur les tombes, la famille Ben Lévy, la famille Charles Kahn, la famille Simon Seligmann, qui disparaissaient ensuite dans les ténèbres. Je ne m'étais pas trompée. J'étais bien dans le cimetière israélite. Soudain, le chemin s'arrêta et je dus tourner à gauche, dans la 30e division, avenue Thierry. Là, de nombreuses croix apparaissaient sur mon chemin, juifs et catholiques se mêlaient donc dans cette partie du cimetière. J'avais un repère en tête, la tombe de la famille d'André Citroën qui était au bout d'une allée derrière laquelle se trouvait le Mausolée du Général, mais je ne l'avais toujours pas trouvée.

Je tâtonnais dans le noir. Cette route avait-elle donc une fin et le vent allait-il se lever et apporter la libération, comme le chantait Leonard Cohen ? Je connaissais les paroles du « Partisan » par cœur et je les récitais alors à voix haute, sous forme de prière :

> « *Oh the wind, the wind is blowing,*
> *Through the graves the wind is blowing,*
> *Freedom soon will come.*
> *Then will come from the shadows.* »

Avec Alexandre, nous étions entrés tous deux en résistance, lui contre la folie, moi contre la maladie. Notre pacte était insensé mais il fallait y croire.

M'avait-il entendue chanter ? C'est alors que soudain apparut devant moi la tombe des Citroën. Je levai la tête et dans le noir, éclairé par ma torche, je vis les reflets du visage du Général Hinstin sur son vitrail. Il semblait bouger sans cesse, en perpétuelle métamorphose. Je m'approchai. J'avais atteint mon but. À vingt mètres sous terre, Alexandre déposait la dépouille de Pedro. Nous avions réussi.

Je restai un instant immobile, les yeux fermés. Un monde circulait sous mes pieds. Il fallait que j'en prenne la mesure, que j'en ressente la force pour tenir debout et avancer. Je poussai la porte rouillée du Mausolée et entrai. Je faisais face au Général, le spectre aux multiples visages qui régnait sur le cimetière. Sur le mur de gauche, se trouvait gravé le nom de sa femme, Adèle Edwige Simon, morte un an après lui. C'est de là qu'il prit son envol, un petit papillon de nuit qui frôla mes cheveux et disparut dans la nuit. J'eus un instant l'illusion qu'il était sorti de ma tête.

Je regardai vers ciel. Le vent se levait. Il y avait encore de la vie et il était temps de sonner l'appel.

Avec les morts, il faut se comporter comme avec les vivants. C'est donnant-donnant. On pense à eux, on les nourrit de nos souvenirs, on en invente même certains et, en échange de la nouvelle vie qu'on leur offre, ils nous permettent de ne jamais être seuls. Ils nous offrent une mémoire, un ancrage dans le passé et ainsi nous protègent et nous réconfortent.

Je convoquai d'abord ma famille : Anne-Marie bien sûr, ma grand-mère Louise et son mari

Fernand Lamaze, mais aussi mon père car nous étions enfin réconciliés. Je pouvais maintenant ajouter d'autres membres à ce premier noyau. Ceux que je m'étais choisis : mon arrière-grand-père, Gustave Hinstin, le mal-aimé de la famille, pour qui j'avais une affection particulière ; Jacques Hinstin, si doué pour le bonheur et qui avait raté sa sortie de scène, et son fils Charles, le plus attachant de tous, lumineux et insaisissable, éternel vagabond sur les rivages du fleuve Léthé. Il y avait bien sûr tous les autres et, à leur tête, mon ami Denis qui collectionnait les anges avant d'en devenir un, suivi par tous ceux, disparus, qui m'avaient marquée de leur empreinte. Nous étions nombreux.

Division 28. À l'ombre de son mausolée, nous nous sommes réunis et d'une seule voix nous lui avons prêté allégeance. Nous avions l'éternité pour nous. Tout au long des saisons, nous sommes restés ainsi à contempler les reflets changeants de son visage jusqu'à ce qu'il nous donne le signal.

C'est alors que j'ai repris vie.

36.

Jeudi 11 août, à 10 heures pétantes, Lucien sonnait à ma porte. C'est drôle comme cet homme si peu fiable dans les autres engagements de la vie mettait un point d'honneur à ne pas être en retard d'une minute.

Il vit tout de suite que quelque chose n'allait pas. Pedro n'était pas avec moi. J'esquivai ses questions et récitai ma leçon comme un robot : le vétérinaire avait pris sa dépouille. La mort de Pedro était dans l'ordre des choses. Il fallait bien que cela arrive.

Lucien savait que je mentais, que j'étais triste et anxieuse, et qu'il ne fallait pas m'en demander plus.

Une partie du voyage se passa ainsi. J'étais groggy, comme anesthésiée et moi, toujours si bavarde en route, gardais le silence. J'étais encore incapable d'imaginer la suite, mes enfants dans les bras, le bruit des vagues et la mer à l'infini. C'est à la station Total que je commençai à émerger. Cela me revint soudain à la mémoire : les pièces en or qu'on gagnait à chaque plein et dont je faisais collection quand j'étais enfant. Puis, le reste suivit et je racontai à Lucien en détail toutes mes autres collections. Elles étaient innombrables : les petits soldats bien sûr, les voitures miniatures, les gommes en forme d'animaux, les décalcomanies dans les Malabars, les gadgets de *Pif*, les coquillages en nacre et, la plus impressionnante de toutes car j'avais atteint le score de mille spécimens, celle des autocollants avec certaines pièces rares provenant des grandes sociétés chez qui je faisais du porte à porte chaque week-end et qu'aucun autre copain ne possédait.

À mesure que nous avancions, je sentais monter en moi l'excitation. À quel moment allais-je apercevoir la mer ? Je la devinais avant d'arriver à Pen Guen, comme si elle se mêlait au ciel derrère les étendues de champs.

Enfin, nous arrivâmes au boulevard de la mer. Trois silhouettes m'attendaient sur la plage devant la maison. À leur tête, campée comme un roc, la fidèle Arlette, et mes deux garçons qui me sautèrent au cou. Ils avaient changé en quelques semaines, encore plus beaux, hâlés, mystérieux aussi, forts de cette vie que je ne connaissais pas car ils l'avaient vécue sans moi.

Arlette avait eu raison de me prévenir. Les garçons m'avaient préparé une surprise de taille. J'eus un choc en pénétrant dans la maison. Tout avait été refait. Plus de papier peint, ni de vieilles boiseries mais des murs repeints avec un blanc éclatant. Je cherchai, inquiète, les objets que j'avais amoncelés depuis des années sur des étagères. Ils n'étaient pas perdus, me dit-on, mais rangés et mis sous clef dans la chambre noire.

Je ne savais pas très bien comment réagir. J'aimais mon fouillis, mes recoins secrets, et mes lieux de souvenirs mais les enfants avaient un bonheur contagieux et je me laissai gagner par leur enthousiasme. Lucien qui prenait un air faussement modeste me fit vite comprendre qu'il n'était pas étranger à ces « petits travaux ».

Le repas fut servi à 16 heures. Des chariots entiers de crevettes, bulots, langoustines, crabes et homards défilaient devant mes yeux. Tout ce que j'aimais. Cela me changeait des biftecks hachés du Franprix. Lucien qui, la chemise maculée de mayonnaise, essayait de faire bonne figure en se battant avec les pattes de son crustacé, se plaignit qu'il n'y ait pas d'huîtres. La réponse fut cinglante : « Maman ne les aime pas. » Il n'y avait rien à dire, mes enfants restaient vigilants. Je compris toutefois que grâce à Arlette, nous avions échappé à la dernière création culinaire de Martin : un gratin de mollusques au lait de coco et à la sauce au thé.

À 18 heures, Lucien tira sa révérence. Il partait chercher son fils dans le Finistère où ce dernier terminait un stage de plongée. Ils reviendraient tous les deux samedi et son fils passerait une semaine avec nous avant de repartir chez sa mère. L'idée m'enchantait. À quoi donc ressemblait un petit Lucien ? Elle semblait toutefois moins du goût des garçons.

Avant de partir, mon amoureux me dit avec fierté que, grâce à lui, le rendez-vous à Sainte-Anne pour la reconstruction faciale avait été fixé au 15 décembre prochain. Un exploit car habituellement il fallait compter plus d'un an d'attente. Devant ma mine inquiète, il me retoqua sans attendre que j'allais enfin pouvoir arrêter de regarder en pleurant mes tempes creusées : une petite anesthésie générale, une injection de graisse prise je ne sais où et le tour était joué. La chirurgie des autogreffes était parfaitement rodée. Je n'osai pas lui demander si une reconstruction mentale était prévue pour le même prix, ce n'était pas le moment de fâcher un homme en pleine phase d'enracinement.

La fin de soirée se passa dans une effervescence joyeuse. Martin jouait à la guitare ses nouvelles compositions et Jacques, qui ne restait jamais en place, s'échauffait dans l'appartement en esquissant des coups droits à la Federer avec sa nouvelle raquette de tennis. Heureuse et épuisée, je les embrassai et partis tôt me coucher.

En marchant dans le couloir qui menait à ma chambre, je sentais l'absence de mon vieux chien. J'avais du mal à m'habituer à sa mort, je l'oubliais même parfois et continuais à le chercher dans tous les coins où il aimait se nicher. Je m'assis sur le lit, observant autour de moi. Tout avait changé, même les rideaux. Les nouveaux étaient rouge orangé, « fluo », « flashy » et « vitaminé », des mots que je détestais. Je parie que c'était Jacques qui les avait choisis, ils avaient la même couleur que ses tee-shirts de tennis préférés. Comment lui dire que je préférais le vieux rose un peu passé des fleurs sur mes rideaux d'antan et que le changement me faisait peur.

Jusqu'à minuit, j'entendis encore les rires des garçons dans le salon puis ils montèrent dans leur chambre continuer à s'inventer de nouveaux délires. Je me sentais étrangère dans cette nouvelle chambre. Pourquoi Lucien n'était-il pas resté avec moi cette nuit ? Il aurait su donner une première fois à ce lieu non défini, une première fois inoubliable, car il avait ce talent.

Je n'osais pas fermer les yeux, je craignais encore leur retour. Pour me changer les idées, je m'accrochais à mon avenir. J'avais maintenant des dates : octobre, reprise de mon travail, novembre, IRM T3 et rendez-vous avec le professeur P., décembre, chirurgie réparatrice. Et puis, année nouvelle. Que me réserverait-elle ?

Est-ce le bruit de la mer, le sommeil vint me prendre sans me prévenir et je me réveillai comme réparée.

J'ai toujours aimé les matins et les petits déjeuners. Même à l'hôpital, même aux pires périodes, j'attendais avec impatience l'instant où on allait m'apporter mon plateau au lit. Peu importait que le café soit tiède, le pain ranci et la confiture sans goût, après une nuit de ténèbres, d'abandon et de cauchemars, c'était le signe que la vie alors reprenait avec ses rondes immuables d'infirmières, de soins, de toilettes, de ménage, et de médecins. Quand on disposait devant moi le sucre et la confiture, j'avais un instant l'illusion d'être à l'hôtel. Malgré tout, j'avais gardé l'envie. C'est peut-être grâce à tous ces petits déjeuners que je suis encore parmi les vivants.

À cette heure, la plage était déserte. Il y avait un léger brouillard, le présage d'une journée ensoleillée. « Saint-Cast doit dormir tout au fond du brouillard » chantait Jacques Brel dans la belle chanson qu'il avait offerte à Jojo, son ami disparu. La mer tout doucement se retirait. Cela devait être la période des grandes marées car l'eau était montée jusqu'à la digue. Il me semblait voir le fantôme de maman nageant sa petite brasse, la tête haute, pour ne pas se mouiller les cheveux. Elle s'était baignée jusqu'à ce que l'arthrose l'empêche d'avancer. C'était sa façon à elle de lutter contre les mauvaises pensées qui l'envahissaient brutalement, par à-coups, et dans lesquelles elle s'était abîmée à en perdre le goût de vivre.

En haut, les garçons dormaient et ne se réveilleraient pas avant midi. Il n'y avait pas à hésiter. C'était l'heure parfaite et si j'y allais maintenant, j'aurais la mer pour moi seule.

Avant de partir me changer, je pris le temps de la regarder. Elle était là, posée à côté de mon ordinateur. Je l'avais trouvée dans ma poche, après avoir quitté Alexandre au cimetière et, depuis, elle ne m'avait pas quittée.

J'ai toujours aimé les pierres. Elles sont vivantes, chaudes et bienveillantes. Certains les préfèrent aux fleurs pour garnir les tombes, je les comprends.

Peu importait sa provenance, des confins du monde ou bien des catacombes, c'était à moi de lui donner une histoire. La maladie était ma boussole, j'avais retrouvé le fil, il me fallait maintenant trouver les mots. J'avais décidé de garder la pierre d'Alexandre jusqu'à ce que j'aie écrit les premières pages de mon livre. Elle me revenait aujourd'hui et me porterait chance. Ensuite, je me l'étais promis, j'irais la déposer à sa place, aux Pierres Sonnantes, à la mémoire de Mauve.

J'avais hâte de goûter l'eau et enfilai le premier maillot qui me tombait sous la main, un vieux rouge délavé que je portais quand je faisais encore de la planche à voile.

Rien n'avait changé. Je passai devant le Club des Goélands. Les trampolines et les balançoires attendaient les enfants qui seraient tous là à 9 heures, se préparant à la séance des « pitchouns ». C'est là où j'avais appris à nager avec M. Auguste, le responsable du club que je trouvais si beau, grand, mince, nerveux, la peau ocre et les yeux gardant toujours la lumière des soleils de son pays. Aux Goélands, les leçons de natation se faisaient dans la mer, pas dans une petite piscine pourrie, comme chez les Benjamins, notre club ennemi. Grâce à M. Auguste, je suis devenue un poisson. C'est d'ailleurs mon signe astrologique.

La mer était déjà loin. J'avançais dans les flaques d'eau, slalomant entre les amas d'algues. J'aimais particulièrement les trous dans le sable mouillé. C'est là que se cachaient les couteaux. Il y avait toute une vie sous mes pieds. Je la sentais bouger, me faire des signes. J'aurais pu rester des heures accroupie, à guetter au bord des rochers les bigorneaux ou les petits crabes. Quand je capturais des crevettes avec mon épuisette, je prenais toujours soin de les remettre ensuite dans la mer. Ceux qui ne le faisaient pas me mettaient en colère. D'ailleurs, que savaient-ils de leur avenir. Le néant, probablement, mais peut-être aussi la réincarnation dans la coquille d'un petit crustacé malmené par de stupides gamins.

En avançant ainsi sur la plage, me vint à l'esprit cette constatation. Parmi mes diverses pathologies, je souffrais d'une maladie incurable, le décalage grandissant entre mon corps qui avançait en âge et une attraction irrépressible vers le monde de l'enfance.

J'avais maintenant de l'eau jusqu'au ventre. 17 degrés. Il me restait à mouiller le cou et à rentrer les bras dans la mer, mais c'était la partie la plus dure pour moi et je prenais le temps. Le soleil commençait à percer et, devant moi, surgissait de la brume l'île des Ébihens où étaient partis se noyer les enfants imaginaires de Michel Tournier. Entre la pointe de l'Isle à gauche, qui abritait le port, et celle de la Garde à droite, j'étais dans une anse familière, protégée. Je devinais au loin Saint-Malo, Cézembre et toutes les îles dont je pouvais rêver. Il fallait simplement se laisser porter.

C'est ce que je fis. Lors de sa première leçon, M. Auguste m'avait appris à faire la planche. Tous les nageurs devraient savoir rester sur le dos sans fléchir, disait-il. C'était vital car la planche est utile dans toutes les situations, une crampe, un malaise, un naufrage. On se laisse flotter ainsi, calmement, en attendant les secours.

Grâce à mon professeur, j'étais devenue un as de la planche. Je pouvais tenir des heures sur le dos, à la fois fragile et invincible, ballottée par les vagues et les courants, entre deux mondes, celui du ciel et celui des profondeurs.

Le soleil commençait à me caresser le visage. Avec l'eau dans les oreilles qui altérait mes sensations et le scintillement de la lumière sur la mer, j'avais l'impression d'être entrée dans un autre univers. C'était divin.

Je fermai les yeux et m'abandonnai. Je ne voulais rien perdre de cet instant. Il fallait y goûter éperdument jusqu'à le rendre éternel, gravé dans ma mémoire pour le revivre quand le jour viendrait.

C'est ainsi que nous, les zombies, avançons dans l'existence, toujours entre deux mondes, sachant mieux que personne que nous sommes ici de passage, en sursis. De nos voyages, nous avons appris à voir plus loin et à capter les lumières cachées.

C'est notre force.

Remerciements

À tous ceux qui, à l'hôpital Saint-Louis, à l'institut du Sein et à l'hôpital Sainte-Anne s'acharnent à sauver des vies, je leur dois tant. Au docteur Sciot et au docteur Lopez de Ayora qui connaissent déjà cette histoire.

À la mémoire d'un scientifique pas comme les autres, Jean-Jacques Lefrère, chercheur passionné, biographe hors normes, en qui l'arrière-petite-fille de Gustave Hinstin a toujours trouvé une oreille attentive.

À Jean-Claude Poulain, qui a su m'encourager à ouvrir les portes de la famille Hinstin. À Lili Hinstin pour son beau film *Le Zombie* sur les traces de son grand-père au Cameroun.

À Gilles Thomas, pour qui les souterrains de Paris n'ont pas de secrets. Je connaissais déjà ses ouvrages, le hasard a provoqué notre rencontre alors que je terminais mon roman. Je lui dois la fascinante carte du « Carrefour des Morts » et la certitude que la réalité et la fiction ne font qu'un.

À Patrick Chatelier, qui a croisé le regard du Général et lui a ainsi ouvert la voie.

À mes éditeurs : Karina Hocine, qui a l'art de deviner et de faire jaillir ce qui n'a pas encore été écrit, et Laurent Laffont avec lequel j'aime tant cheminer.

Carte du Carrefour des Morts

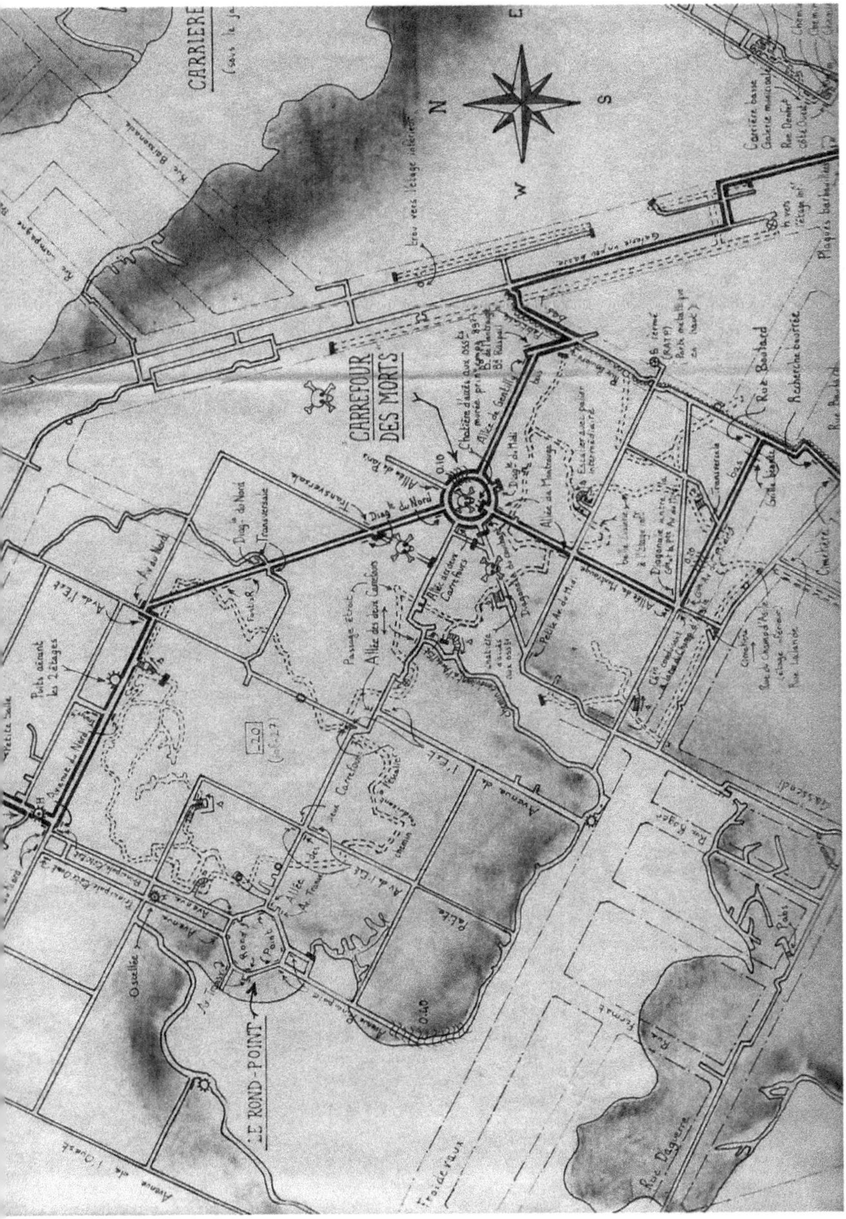

Arbre Généalogique

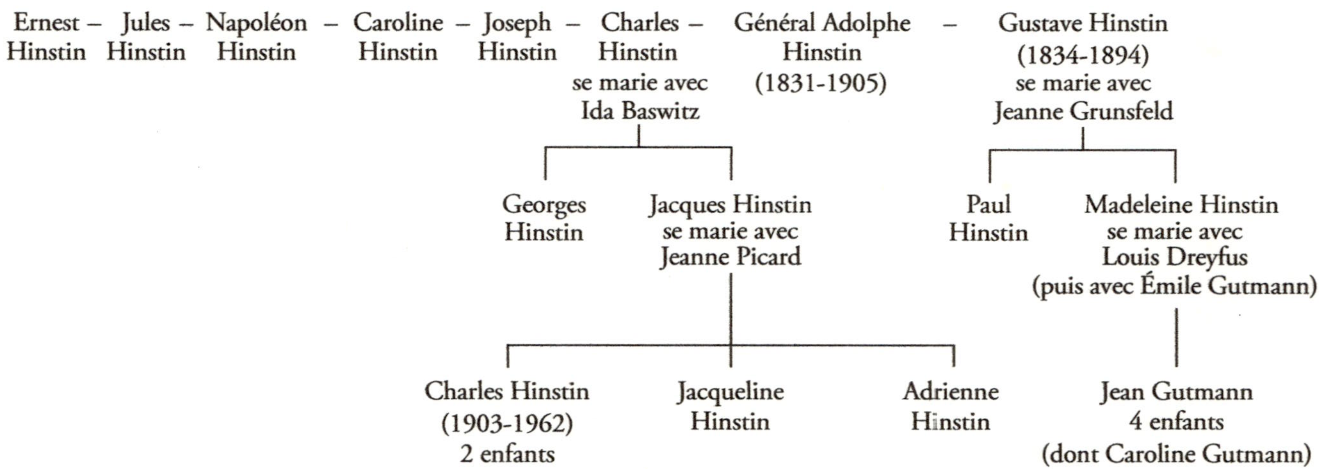

CET OUVRAGE A ÉTÉ COMPOSÉ PAR PCA
ET ACHEVÉ D'IMPRIMER PAR
CPI BUSSIÈRE
POUR LE COMPTE DES ÉDITIONS J.-C. LATTÈS
17, RUE JACOB – 75006 PARIS
EN AVRIL 2018

N° d'édition : 01 – N° d'impression : 2036497
Dépôt légal : mai 2018
Imprimé en France